AF203729

An einem dunklen, verschneiten Wintermorgen wird in der Nähe von Reykjavík ein verlassener Schiffscontainer entdeckt. Darin: die leblosen Körper von fünf jungen Frauen. Wie kann so etwas Furchtbares geschehen, und wer zur Hölle steckt dahinter? Während der Polizist Daníel sich mit dem brutalsten Verbrechen seiner Karriere konfrontiert sieht, untersucht die Finanzermittlerin Áróra den Hintergrund eines Verdächtigen, der sich als Verlobter von Daníels Ex-Frau entpuppt. Daníel und Áróra treffen auf skrupellose Verbrecher, die bereit sind, bis zum Äußersten zu gehen. Unterdessen sucht Áróra weiter nach ihrer vermissten Schwester Ísafold, deren plötzliches Verschwinden sie immer noch verfolgt. Und während die Temperaturen weiter sinken und der Schnee dicht und stetig fällt, werden ihre Ermittlungen immer gefährlicher …

Lilja
Sigurðardóttir

SCHNEEWEISS

EIN ISLAND-KRIMI

Aus dem Isländischen
von Anika Wolff

DUMONT

SCHNEEWEISS

Die Kälte. Zuallererst bedrohlich, wie sie von allen Seiten über sie herfällt, darauf lauert, an sie heranzukommen, unter ihre Kleider kriecht, ihr ins Fleisch beißt. Sie krallt sich in ihre Glieder, Finger, Hände, Füße; krabbelt bis zum Knie hinauf. Sie wehrt sich, bewegt die Beine. Steht auf und hüpft und tritt später einfach nur in die Dunkelheit, als ihr die Kraft zum Aufstehen fehlt. Dann kauert sie sich zusammen und reibt sich die Hände. Schiebt sie zwischen ihre Beine oder unter die Achseln und zittert. Als das Zittern aufhört, bemerkt sie, dass ihre Beine taub sind. Als wären sie nicht mehr da oder gehörten nicht mehr zu ihr. Sie kann sie bewegen, aber sie spürt sie nicht mehr.

Doch die Kälte lügt. Die Taubheit verschwindet, und ihre Beine melden sich zurück, mit einem stechenden Schmerz, der von innen kommt. Aus den Knochen. Sie weint und sieht doppelt, auch der Lichtschimmer durch das Lüftungsgitter hat sich vervielfacht, und einen Moment lang glaubt sie, zu Hause in ihrem Bett mit den ersten Sonnenstrahlen aufzuwachen, bald wird sie den Hahn krähen hören und aufstehen, auf den Hof treten und sich in der Morgensonne wärmen, sich die Radionachrichten anhören und ihren Kardamomkaffee trinken.

So täuscht die Kälte. Sie gibt vor, Wärme zu sein. Tut so, als wärmte sie ihren Körper, und es ist so herrlich warm, dass sie sich die Kleidung vom Leib reißen will. Doch sie ist zu schwach, um sich auszuziehen. Außerdem liegt Clara halb auf ihr und ist so schwer, dass sie sie nicht bewegt kriegt. Also liegt sie bloß da und genießt es, endlich wieder warm zu sein. Gönnt sich etwas Erholung. Entspannt sich. Vergisst den Albtraum der letzten Tage.

Als sie wieder zu sich kommt, ist die Kälte allumfassend. Die Täuschung ist verflogen. Einzig die ruckelnde Stahlhülle ist real, und die schaukelt und wackelt und bebt, bis Clara von ihr runterrutscht und zu Marsela auf den Boden rollt.

Und es duftet auch nicht nach Morgensonne oder heißem Kaffee, sondern stinkt erbarmungslos nach Angst und kaltem Stahl. Mit großer Mühe öffnet sie die Lider und schließt sie gleich wieder, als die Containertür aufschwingt und ihr das weiße Licht in die Augen schneidet.

1

Elín wachte in absoluter Dunkelheit auf, doch hinter dem dicken Vorhang hörte sie es leise durch den Fensterspalt heulen, als drückte der Wind genau auf das Fenster und spielte ein langes Lied mit nur einem Ton, das ab und zu in ein zartes Pfeifen überging. Aber nicht der Wind hatte sie geweckt, sondern Sergeis Stimme irgendwo in der Wohnung. Er telefonierte, und sie hörte es an seinem Tonfall, dass er mit der Frau sprach, die zu jeder Tages- und Nachtzeit anrief und angeblich seine Mutter aus Russland war. Vielleicht stimmte das auch. Dennoch kam es ihr komisch vor, dass er sich immer zurückzog, sobald sie anrief, und hinter verschlossener Tür mit ihr sprach. Warum musste er sich einschließen, wenn er mit seiner Mutter telefonierte? Zumal Elín kein Wort Russisch verstand und er direkt vor ihr stehen und über sie reden konnte, ohne dass sie es mitbekam.

Sie streckte die Hand aus und tastete auf dem Nachttisch nach ihrem Handy. Als der Bildschirm grell aufleuchtete, musste sie die Augen zusammenkneifen, um die Uhrzeit zu erkennen. Kurz vor halb sieben, also konnte sie auch aufstehen. Sie wachte meist früh auf, ging gleich runter in ihr Atelier und begann zu malen, sodass sie oft schon zwei Stunden gearbeitet hatte, wenn Sergei auf den Boden klopfte, um ihr mitzuteilen, dass er aufgestanden und der Tee fertig war. Es dauerte, wenn er Tee kochte, weil er das in mehreren Schritten tat und ihm diese Zeremonie sehr wichtig war. Zuerst brühte er starken Tee im Kessel auf und ließ ihn eine ganze Weile ziehen, ehe er ihn in die kleine Thermoskanne abgoss. Dann füllte er die große Kanne mit heißem Wasser, schnitt eine Zitrone auf und legte Schnitze in ihre Tassen. Wenn Elín heraufkam, schenkte er meist gerade Tee aus der kleinen Kanne ein, eine halbe Tasse für sich, für sie nur eine Pfütze, weil sie ihn nicht so stark mochte, und füllte dann mit heißem Wasser aus der großen Kanne auf. Das nannte er *caravan tea*, und es war ihm offenbar den Aufwand wert, während sie genauso gut auch einfach einen Beutel Melrose's trinken konnte und keinen Unterschied gemerkt hätte.

Elín setzte sich auf, tastete mit den Füßen nach ihren Wollsocken und zog sie im Dunkeln an. Sie hatte nicht vorgehabt, Sergei beim Telefonieren zu belauschen, doch plötzlich stand sie im Flur, drückte ihr Ohr an die Badezimmertür und hörte ihn mit so sonderbar sanfter Stimme säuseln. Er hatte ihr ein paar russische Wörter beigebracht, die sie aussprechen und auch verstehen konnte, wenn er sie zu ihr sagte, aber wenn er in normalem Tempo mit anderen Russen sprach, verstand sie nichts. Dann hörte sie nur einen Schwall fremder Laute, die für ihre Ohren immer gleich klangen. *Tsja-tsja-snje-snje-minja-privnja-snje-snje.* Daher waren es nicht die Worte, die ihr ins Herz stachen, sondern der Tonfall. Die Zärtlichkeit in seiner Stimme. Sie kannte diese Zärtlichkeit, ihretwegen lag sie ihm zu Füßen, denn sie stand in so starkem Kontrast zu seinem Aussehen und seinem sonstigen Verhalten. Sergei war groß und wirkte etwas plump, sah dabei aber gut aus. Meist trug er einen Trainingsanzug und eine schwere Goldkette; sie schmiegte sich um seinen starken Hals und an seine Brust, die er in der Dusche in einem Zug mit dem Kopf rasierte. Als Elín ihm vorgeschlagen hatte, dass er sich auch mal ein feines Hemd und eine Jeans kaufen könnte, hatte er nur gelacht und gesagt, dass sich da der Altersunterschied bemerkbar mache. Elín begreife einfach nicht, dass das der aktuelle Straßenlook sei. Hemd und Krawatte würde er ab seinem dreißigsten Geburtstag tragen. Es war ihr unangenehm, dass er ihr den Altersunterschied von zwanzig Jahren unter die Nase rieb, und es kam ihr irgendwie lächerlich vor, dass sie sich mit Ende vierzig so verliebt hatte.

Dieses Gefühl überkam sie auch jetzt, als sie vor der Badezimmertür stand und seinem Telefongespräch lauschte. *Tsjatsja-snje-snje.* Als sie ein bekanntes Wort hörte, war ihr, als ob ihr Herz einen Riss bekam und das warme Blut unter großen Schmerzen in ihren Unterleib rann. *Baby*, sagte er. *Come on, baby.* Das sagte er auch oft zu ihr. Wenn er sie überreden wollte. Sie zu irgendetwas bringen wollte. Zusammen tanzen gehen. Ihm Geld leihen. Sie ins Bett kriegen. Elín stützte sich an den Türrahmen und wagte kaum, Luft zu holen, aus Angst davor, ein weiteres bekanntes Wort zu verpassen. Irgendeinen Hinweis. Mit wem sprach er so? In diesem zärtlichen Ton, der doch eigentlich ihr vorbehalten war? *Come on, baby. Come on, Sofia. Snje-snje. Tsja-tsja-snje.*

2

Der rostrote Schotter in den künstlichen Kratern wirkte noch greller durch die dünne Schneeschicht, die sich von Norden auf die Landschaft gelegt hatte, auf die Zaunpfosten und auch auf den Container, der vom Weg aus nicht zu sehen war. Daníel hatte an der Ringstraße geparkt, um eventuelle Reifenspuren auf dem wenig befahrenen Heiðmerkurvegur und der Piste ins Rauðhólar-Gebiet nicht zu zerstören. Helena und die Spurensicherung waren auf dem Weg, auch sie würden die Fahrzeuge am Straßenrand stehen lassen und erst prüfen, ob sie mit ihrer Ausrüstung bis zum Container heranfahren konnten, ohne Beweismittel zu gefährden.

Der Schnee war über Nacht gefallen und in der niedriger gelegenen Hauptstadtregion schon längst geschmolzen, doch hier oben war es zwei Grad kälter, wenn die Temperaturanzeige im Auto stimmte. Das erste Tageslicht kündigte sich bereits an, aber es dauerte noch eine Weile, bis die schwache Märzsonne versuchen würde, den Himmel zu erklimmen. Daníel zog den Reißverschluss seiner Jacke zu. Es schauderte ihn, wenn auch nicht vor Kälte. Vielmehr war es die Angst vor dem, was ihn erwartete. Was der Notruf ihnen mitgeteilt hatte, klang wirklich fürchterlich, er rechnete mit dem Schlimmsten. Ein Jogger mit Hund hatte den Container entdeckt. Er drehte dort jeden Morgen vor acht seine Runde und hatte beim städtischen Umweltamt angerufen, weil er wissen wollte, was ein zwanzig Fuß langer Umzugscontainer im Naturschutzgebiet zu suchen hatte. Der städtische Mitarbeiter, der daraufhin hergekommen war, um sich die Sache anzusehen, hatte den Container geöffnet und sich sofort übergeben müssen. Auch die Polizisten, die wenig später angerückt waren, konnten kaum in Worte fassen, was sie gesehen hatten. *Ein Haufen Leichen* sei darin. Ein Haufen.

Sie standen ein gutes Stück vom Container entfernt. Der eine hatte die Hände in den Taschen vergraben und trat steif von einem Bein aufs andere, während sein Kollege auf der Stelle hüpfte und sich mit den dicken Handschuhen abklopfte. Einen der beiden meinte Daníel zu kennen, doch er war sich nicht sicher. Wahrscheinlich kamen sie von der Wache am Dalvegur. Er angelte im Jackenkragen nach dem Band, an dem sein Ausweis hing, zog ihn heraus und hielt ihn den Kollegen hin.

»Daníel Hansson, Kriminalpolizei«, sagte er, und die Männer in Uniform nickten synchron, ohne sich den Ausweis anzusehen. Ihre Gesichter waren starr, und Daníel hatte das Gefühl, dass sie mit den Tränen kämpften.

»Wir haben den Mann von der Stadt nach Hause geschickt. Der war nicht mehr dienstfähig, nachdem er das gesehen hatte.«

»Habt ihr seine Personalien aufgenommen?«, fragte Daníel und zog Latexhandschuhe aus der Jackentasche.

»Ja«, antwortete einer der Polizisten. »Ich habe ihn auch

schon kurz dazu befragt, weshalb er hergekommen ist, warum er den Container geöffnet und was er darin gesehen hat.« Er zeigte sein Notizbuch, und Daníel nickte.

»Gut. Den fertigen Bericht bitte gleich an mich schicken. Was ist mit dem Jogger, der den Container entdeckt hat?«

»Die Kollegen von der Stadt haben leider vergessen, seinen Namen zu notieren, aber vielleicht könnt ihr von der Kriminalpolizei seine Nummer nachverfolgen lassen?«

Daníel verzog sein Gesicht zu einem kurzen Lächeln. Streifenpolizisten hatten manchmal merkwürdige Vorstellungen davon, wo bei solchen Ermittlungen die Prioritäten lagen.

»Das wird sicher nicht nötig sein.« Er zog sich den ersten Handschuh über, sah abwechselnd die beiden Männer an und fügte hinzu: »Über wie viele Personen sprechen wir eigentlich?«

Die beiden Männer sahen sich an. »Ich habe gezählt«, sagte schließlich der, der auf der Stelle gehüpft war. »Es sind fünf.«

»Alles Frauen?«, fragte Daníel.

»Ich glaube schon.«

»Du glaubst?« Daníel sah ihn forschend an.

»Ähm, ja. In dem Container ist es dunkel und ähm … Ich weiß nicht. Der Mann von der Stadt stand davor und hat alles vollgekotzt. Ich musste ihn wegbringen, während Jonni Verstärkung angefordert hat und … ja. Ich bin da einfach nur schnell wieder raus und dachte mir, ihr guckt euch das später ja sowieso noch genauer an.« Jetzt hatte Daníel beide Handschuhe an.

»Hast du bei allen die Vitalfunktionen überprüft?«

»Die Vitalfunktionen?«

»Ja. Puls. Atmung.«

Der Polizist sah ihn fassungslos an. »Das ist, ähm …«, stotterte er. »Du wirst es verstehen, sobald du den Container betrittst. Schon allein der Geruch. Dieser widerliche Gestank. Genau wie bei dem alten Mann, der nach einem Monat in seiner Wohnung gefunden wurde …«

»Verstehe«, sagte Daníel. »Dennoch entspricht es der Vorschrift, die Vitalfunktionen zu prüfen.« Er lief zum Container hinüber und zog den einen Handschuh wieder aus, holte das Döschen mit dem Tiger Balm aus seiner Jackentasche und rieb sich reichlich davon unter die Nase. Zum Glück war das nicht oft nötig, doch nachdem er einmal den Gestank alten Todes gerochen hatte, reagierte sein Körper automatisch mit einem Würgereflex. Der Beschreibung der Polizisten nach zu urteilen würde es eine Herausforderung sein, die Fassung zu wahren. Wenn tatsächlich die Leichen von fünf Frauen in dem Container lagen, würden diese Ermittlungen der reinste Horror werden. Schon allein beim Gedanken daran fühlte Daníel sich wie ausgelaugt. Doch dieses Gefühl verschwand schlagartig, als er vor den offenen Container trat. Das war kein Verwesungsgeruch. Das war der Geruch der schieren Verzweiflung. Das Gefühl, das ihn an manchen Tatorten überkam, entstand als Lichtblitz ganz hinten in seinem Kopf, zuckte nach vorn bis zur Stirn und nahm ihm kurz die Sicht. Danach fegte eine Windböe durch seinen Kopf, und eine Stimme zischte ihm ins Ohr, dass hier der Tod mit eisiger Gnadenlosigkeit zugeschlagen hatte.

3

Das Wasser im Kessel kochte, als Elín die Badezimmertür hörte und Sergei herauskam. Er trug noch Schlafhose und Unterhemd, aber er roch wie frisch rasiert. Hatte er sich vielleicht doch nur zum Rasieren ins Bad zurückgezogen?

»Ich mache *caravan tea*«, sagte er und legte seinen Arm um ihre Schultern, drückte sie kurz an sich und küsste ihren Hals. Ein seliges Gefühl durchströmte sie, doch schon im nächsten Moment blitzte Enttäuschung in ihr auf, als seine Bartstoppeln ihre Haut schmirgelten. Er war nicht frisch rasiert und hatte sich nicht deshalb im Bad eingeschlossen.

»Wer war am Telefon?«, fragte sie und fixierte ihn mit forschendem Blick, versuchte, aus seinem Gesicht zu lesen, ob er die Wahrheit sagte.

»Das war Mama«, sagte er, sah sie kurz an und widmete sich dann seinem Tee. Elín hatte den Eindruck, dass er die Wahrheit sagte. Aber genau das war das Problem. Sie glaubte ihm immer, wahrscheinlich weil sie ihm glauben wollte. Sie wollte daran glauben, dass diese späte Romantik echt war und richtig und dass am Ende alles gut werden würde. Dass Sergei genauso verliebt in sie war wie sie in ihn, und sie eine glückliche, gemeinsame Zukunft vor sich hatten. Dass diese Frau, mit der er allein telefonieren wollte, wirklich seine Mutter war. Er stellte die Teetassen auf den kleinen Küchentisch am Fenster, und Elín setzte sich ihm gegenüber.

»Und, was sagt deine Mama?«, fragte sie.

Sergei zuckte mit den Schultern. »Dasselbe wie immer«, antwortete er. »Sie braucht Geld. Es ist gerade schwierig in Russland. Vor allem für alte Menschen. Alte Frauen. Mama hat keine Rentenversicherung. Ich hab ihr gesagt, sie muss bis nächste Woche warten. Ich habe einiges bei einem Mann gut, für den ich ein bisschen gearbeitet habe. Sie muss warten, bis er mich bezahlt.« Sergei machte eine Pause, und Elín wusste schon, was als Nächstes kam. »Es sei denn, du … Ach nein, nichts. Vergiss es.« Sergei sah sie mit diesem Blick an, den sie insgeheim *den Welpenblick* nannte, wenn er sie so schüchtern mit seinen großen braunen Augen anguckte.

»Doch«, brummte Elín. »Ich kann dir ein bisschen was für sie geben.« Sie griff nach ihrer Tasche auf der Fensterbank.

»Nein, nein. Vergiss es«, wiederholte Sergei, doch sie wusste, dass er es nicht so meinte. Es war ihm einfach unangenehm, schon wieder Geld von ihr anzunehmen, nachdem sie ihm gerade erst etwas gegeben hatte. Aber sie wusste, dass er ihre Hilfe brauchte. Er hatte kein festes Einkommen, sondern jobbte hier und da als Türsteher, Umzugshelfer oder übernahm andere Arbeiten, bei denen er seine Muskeln einsetzen konnte und für die er schwarz bezahlt wurde. Außerdem war es für sie eine Selbstverständlichkeit zu helfen. Sie hatte ihm schon oft Geld geliehen, und in den allermeisten Fällen hatte er seine Schulden bei ihr beglichen. Nicht dass sie genau Buch darüber führte. Das passte nicht zu einer Partnerschaft.

Sie öffnete ihr Portemonnaie, zählte ein paar Fünftausender ab und gab sie ihm. Er strahlte kurz, nickte und nahm die Scheine.

»Danke, Elín«, sagte er. »Ich gebe es dir zurück, sobald ich mein Geld kriege.«

»Mach dir keinen Kopf deswegen«, sagte sie und trank von ihrem Tee. Einen Moment lang war da nur dieses Glücksgefühl, das sie in Sergeis Nähe erfüllte. Der Tee wärmte von innen, sein Rasierwasser duftete, und sie hätte bis in alle Ewigkeit so sitzen und seine muskulösen Arme bewundern und ihn inhalieren können. Diese vertrauten Gewohnheiten, die sich wie von selbst eingespielt hatten, und die Liebe, die sie wie eine Wolke umhüllte, wenn sie zusammen waren.

Doch dann meldete sich das mulmige Gefühl zurück, das mit jedem Anruf dieser Frau mehr Fragen in ihr weckte. Warum schloss Sergei sich ein, wenn es doch nur seine Mutter war? Und ehe sie sichs versah, versank sie in der kalten Einsamkeit der Eifersucht.

»Wie heißt deine Mutter?«, fragte sie und wunderte sich selbst darüber, dass sie ihm diese Frage erst jetzt stellte.

Sergei sah sie an, überhaupt nicht mehr welpenhaft, sondern mit zu Schlitzen verengten Augen. »Wieso fragst du?«, entgegnete er, und in seiner Stimme lag keinerlei Wärme.

»Nur so«, sagte Elín und bemühte sich um einen unbekümmerten Ton. »Ich habe mich nur gefragt, wie sie wohl heißt.«

»Galina«, antwortete Sergei. Immer noch sah er sie scharf und gleichzeitig abwartend an. Als spürte er, dass sie noch mehr fragen wollte. Ihm etwas vorwerfen würde. Damit lag er richtig.

»Ach ja? Ich dachte, sie heißt Sofia«, sagte Elín und wünschte sich im selben Moment, sie hätte sich auf die Zunge gebissen und geschwiegen. Sergei sprang so wütend auf, dass sein Stuhl umfiel, und er verpasste ihm einen Tritt in Richtung Wohnzimmer.

»Sofia?«, brüllte er. »Wie kommst du darauf?«

»Ich habe gehört, wie du am Telefon etwas gesagt hast, das wie Sofia klang«, antwortete sie kleinlaut. Sie wollte sich ihm vor die Füße werfen und ihn um Verzeihung bitten. Alles wiedergutmachen, ihn anflehen, sich zu setzen und noch mehr Tee aufzugießen und sie mit seinen warmen Welpenaugen anzusehen und nicht mit diesem harten, kalten Blick.

»Hörst du neuerdings meine Telefonate ab? Hm? Belauschst du meine Gespräche? Und meinst, die Namen irgendwelcher anderen Frauen zu hören? Kannst du auf einmal so gut Russisch, dass du verstehst, mit wem ich telefoniere? Das ist ja allerhand!« Er nahm die Scheine vom Tisch und warf sie auf Elín. »Behalt dein Geld. Ich finde andere Wege, meiner Mutter zu helfen. Mit so einem Misstrauen kann ich nichts anfangen.« Er schnappte sich seine Jacke vom Haken und stürzte aus der Tür. Elín zuckte zusammen, als er sie laut hinter sich zuknallte.

4

Helena drosselte das Tempo und hielt an der Schotterpiste ins Rauðhólar-Gebiet, während der Krankenwagen auf die Ringstraße bog. Sie fuhr bis zum Ende der Piste und stellte ihren Wagen am Wegesrand ab. Als sie ausstieg, hörte sie, wie der Krankenwagen weiter unten auf dem Suðurlandsvegur die Sirene einschaltete. Die würde ihm durch den dichten Morgenverkehr helfen, der genau jetzt seinen Höhepunkt erreicht hatte und noch bis nach neun anhielt. Sorge machten ihr die vielen Fahrzeuge, die sich in unmittelbarer Nähe der Ringstraße angesammelt hatten, mittendrin ein Polizeiwagen mit blinkendem Blaulicht, der den Hunderten Vorbeifahrenden, die aus der Stadt in Richtung Hochebene fuhren oder umgekehrt, natürlich nicht entging. Es war nur eine Frage der Zeit, bis jemand die Medien informierte. Zum Glück war der Container wenigstens von der Straße aus nicht zu sehen, und auch die Kollegen von der Spurensicherung hatten ihren weißen Transporter außer Sichtweite geparkt.

Der rote Schotter knirschte unter ihren Schuhen, und sie erinnerte sich an die Zeit, als diese Steinchen auf allen Reykjavíker Gehwegen und in allen Einfahrten lagen. Die rote Farbe war damals der letzte Schrei, und niemand hielt die Leute davon ab, ihre Anhänger vollzuladen, denn man wusste noch nichts von der geologischen Einzigartigkeit dieses Gebiets. Helena lief ganz dicht am Wegesrand, obwohl das wahrscheinlich übertrieben war, nachdem der Krankenwagen ohnehin schon mögliche Reifenspuren verwischt hatte. Auch um den Container herum war die dünne Schneedecke komplett zertrampelt. Der Schnee auf dem roten Untergrund und die grünen Mooshöcker, die im späten Morgenlicht hier und dort aus dem Weiß ragten, hatten etwas Weihnachtliches. Doch diese Assoziation verschwand schlagartig, als Helena Daníel entdeckte, der etwas abseits in der Landschaft kniete und sich wie vor Schmerzen krümmte. Sie warf einem uniformierten Polizisten in der Nähe des Containers einen fragenden Blick zu, aber der Mann starrte ihr bloß mit leeren Augen entgegen. Diesen Gesichtsausdruck kannte sie. Er sagte ihr, dass der Polizist gedanklich ganz woanders war, vermutlich bei etwas so Alltäglichem wie den anstehenden Reparaturen in seiner Garage oder der Serie, die er gerade guckte. So schützte sich die Seele vor der Hässlichkeit.

Sie stieg über die grünen Buckel zu Daníel und hockte sich neben ihn. Er atmete schwer, die Zähne fest zusammengebissen, und gab eine Art Knurren von sich, als wollten die starken Kiefer mit aller Kraft ein gewaltiges Weinen zurückhalten.

»Eine war noch am Leben«, stöhnte er. »Sie lag mitten in dem Leichenhaufen. Die toten Körper der anderen müssen sie irgendwie warm gehalten haben.«

Helena legte ihre Hand auf seinen Rücken und strich ein paarmal kräftig darüber. »Das habe ich schon auf der Wache erfahren«, sagte sie. »Dass sie zu Bewusstsein gekommen ist.«

Daníel schnaubte, und Helena kannte ihn gut genug, um zu wissen, dass er es nicht verächtlich meinte, sondern eher erstaunt oder ungläubig. »Ich weiß nicht, ob man von Bewusstsein sprechen kann«, sagte er. »Ich hatte kaum Hoffnung, einen Puls bei ihr zu finden, und als ich die Finger fester auf ihren Hals gedrückt habe, ist sie plötzlich aufgesprungen und aus dem Container gestolpert, wimmernd und steif vor Angst.« Er atmete ein paarmal tief ein und aus.

»Ich habe immer wieder gesagt, dass ich von der Polizei bin, *police, police.* Keine Ahnung, ob sie mich verstanden hat, aber immerhin hat sie es zugelassen, dass ich meine Jacke um sie lege. Vielleicht war sie auch nur zu schwach und durchgefroren, um sich dagegen zu wehren.«

»Mein Gott, Daníel«, seufzte Helena. »Wie furchtbar.«

Daníel stand auf, schwankte kurz und blickte wütend auf den Container. Helena zuckte zusammen, als er einen lauten Schrei ausstieß, der jedoch nicht weit hallte, sondern vom Verkehrsrauschen auf der Suðurlandsbraut und den eingeschneiten Moospolstern von Rauðhólar verschluckt wurde.

5

Elín war immer noch ganz flattrig, als sie schon längst in ihrem Atelier saß und überlegte, ob sie heute vielleicht doch nicht arbeiten, sondern gleich wieder hoch in die Wohnung gehen und fernsehen sollte. Aber selbst eine Krimiserie würde sie im Moment nicht ablenken und schon gar nicht eine der Seifenopern, die sie oft mit Sergei guckte. So ging es ihr immer, wenn sie mit Sergei stritt. Oder eher, wenn sie uneins waren. Uneinigkeit passte besser, denn es kam höchstens zu einem kurzen Wortgefecht, bis Sergei hinausstürmte. Beim ersten Mal hatte Elín sich wer weiß was ausgemalt und schon befürchtet, er wäre vielleicht für immer gegangen und hätte sie verlassen. Als er zurückkam, war sie völlig verheult gewesen. Inzwischen wusste sie, dass er das brauchte, um sich abzukühlen, um sich zu beruhigen und einen klaren Kopf zu kriegen. Wenn er zurückkam, war er friedlich und besonnen und vernünftig. Meist bat er sie um Entschuldigung, und sie versöhnten sich wieder.

Doch obwohl sie wusste, dass er zurückkehren und sie die Sache in Ruhe klären würden, fühlte sie sich schlecht. Sie hatte Bauchschmerzen, ihr war übel, und ihre Nerven bebten wie straff gespannte Geigensaiten. Würde sie ein Mikro an ihre Haut halten, könnte sie ihre überspannten Nerven singen hören, ein ängstliches Klagelied. Einen Appell an Sergei, zurückzukommen und sie in den Arm zu nehmen und zu trösten. Wobei vermutlich diesmal sie diejenige war, die ihn trösten sollte. Ihn um Verzeihung bitten und sich für den Eifersuchtsanfall entschuldigen. Sie verstand selbst nicht, was sie da geritten hatte, woher dieses Misstrauen kam.

Elín ließ den Blick durch ihr kleines Atelier schweifen, das sie sich in der Garage unter dem Reihenhaus eingerichtet hatte und das ihr auf einmal völlig chaotisch vorkam. Dabei war es gar nicht unordentlicher als sonst. Sicher war dieser Eindruck nur ihrer aufgewühlten Verfassung geschuldet. Sie hatte es aufgegeben, an ihrem aktuellen Bild weiterzuarbeiten, und wollte sich gerade daranmachen, einen neuen Rahmen mit Leinen zu bespannen, als ihr Handy klingelte. Sie ging sofort ran, glaubte, dass Sergei anrief, doch es war ihr Vater.

»Na, Liebes«, sagte er freundlich. »Was gibt es Neues in der Welt der Kunst?« Das fragte er jedes Mal, wenn er anrief oder sie ihn besuchte. Und auch ihre Antwort fiel meist gleich aus: Wenig. Denn in ihrem Beruf war ein Tag wie der andere. Sie bezog einen Rahmen, grundierte, machte eine grobe Bleistiftskizze und begann zu malen. Während sie an einem Bild arbeitete, konnte sie nicht darüber sprechen. Sobald sie versuchte, das Thema zu umreißen oder die Entwicklung zu schildern, geriet der künstlerische Fluss ins Stocken, und sie verlor das Interesse. Vielleicht war das wie eine Schreibblockade bei einem Schriftsteller. Daher erzählte sie erst von ihren Werken, wenn sie fertig waren, und hatte ihrem Vater dementsprechend wenig Neues zu berichten. Bisher hatte sie ungefähr alle zwei Jahre eine Ausstellung gemacht, doch jetzt stapelten sich die Bilder; sie hatte das Gefühl, dass der rote Faden fehlte, ihre Werke nicht gut genug waren. Irgendetwas in ihr sträubte sich gegen eine Ausstellung. Vielleicht mangelte es auch nur am nötigen Selbstvertrauen. Früher hatte sie hin und wieder ein Bild direkt aus dem Atelier verkauft, aber in letzter Zeit kam das nur noch selten vor. Sie lebte hauptsächlich von den Mieteinnahmen der Wohnung, die sie gekauft hatte, nachdem der Vater ihr vorzeitig ihr Erbe ausgezahlt hatte, und da sie auch das Reihenhaus davon abzahlen konnte, kam sie gut über die Runden.

»Ich beziehe einen Rahmen«, sagte sie zu ihrem Vater.

»Schön, schön«, sagte er, und sie sah vor sich, wie er in seinem Rollstuhl am Wohnzimmerfenster saß und zum Burgerladen und zur Werft auf der anderen Straßenseite blickte.

»Welches Schiff liegt gerade im Trockendock?«, fragte sie und hörte, wie er sich aufrichtete, froh darüber, etwas erzählen zu können.

»Die *Saltvík RE*«, sagte er, und sie kritzelte den Namen unter die anderen Schiffsnamen, die sie auf einer Wand ihres Ateliers sammelte. Das war zu einer Art Spiel zwischen ihnen geworden, seit ihr Vater sich vor einem Jahr die Wohnung gegenüber der Werft gekauft hatte. Es machte ihr Spaß, die Schiffsnamen zu sammeln, und sie wusste, dass irgendetwas davon mal in ein Bild einfließen würde. So begannen Ideen. Mit irgendetwas Unbedeutendem, manchmal sogar Verschrobenem. Mit einer Schrulle oder Besessenheit, die plötzlich die Kreativität entfachte wie ein Funke das Feuer.

»Schön, schön«, sagte er dann, und Elín wusste schon, was als Nächstes kam. »Ist der Russe anständig zu dir?«, fragte er. Elín seufzte.

»Natürlich, Papa. Sergei ist ein feiner Kerl.« Ihr Vater sagte nie seinen Namen, sondern nannte ihn nur *den Russen*, und Elín hörte an seiner Stimme, dass ihm ihre Partnerwahl nicht so recht behagte, obwohl er Sergei gegenüber immer absolut höflich war, wenn sie sich sahen.

»Von einer Heirat hat er nicht mehr gesprochen?«

»Doch, hat er«, antwortete sie zögerlich. Sie hatte keine große Lust, mit ihrem Vater darüber zu reden, besonders jetzt, nach ihrer Uneinigkeit. »Er braucht, wie gesagt, eine Aufenthalts- und Arbeitserlaubnis, und eine Heirat ist der einfachste Weg dorthin.« Das hatte sie ihrem Vater schon unzählige Male erklärt, doch er schien ihr nicht richtig zuzuhören, denn jedes Mal tat er wieder so, als hörte er es zum ersten Mal.

»Nun denn.« Er räusperte sich leise, und auch Elín räusperte sich, als ob ihr Gespräch auf Grund gelaufen wäre und keiner von ihnen wüsste, wie man das Boot wieder zum Schwimmen brachte. Schließlich gab er sich einen Ruck. »Denk an die Sache mit dem Ehevertrag, über die wir neulich gesprochen haben«, sagte er. »Du hast Besitz, er aber nicht, deshalb musst du einen Ehevertrag abschließen, wenn ihr heiratet. Was ich aber, wie gesagt, völlig unsinnig fände.«

6

»Erst ein einziges Mal war ich kurz davor aufzugeben«, sagte Daníel zu der Polizeipräsidentin, während sie einen der roten Sessel zu ihm heranschob, die überall in ihrem Büro herumstanden, und sich setzte, so nah, dass ihre Knie sich fast berührten. »Das war während der Ermittlungen zu einem Hausbrand, bei dem eine Person in den Flammen gestorben ist, und ich … ich konnte den Anblick der Leiche und den Geruch nicht mehr vergessen. Der Geruch war das Schlimmste.«

»Trink das«, sagte die Polizeipräsidentin und hielt ihm einen großen Becher Cola unter die Nase. »Der Zucker wird dich aufmuntern.« Daníel nahm den Becher entgegen und trank ihn zur Hälfte leer. Und tatsächlich kam es ihm so vor, als ob sein Körper sich etwas entspannte, als wenigstens seine Geschmacksknospen freigespült wurden, während seine anderen Sinne immer noch ganz bei der Frau waren, die er vor zwei Stunden in seine Jacke gewickelt und fest an sich gedrückt und zu beruhigen versucht hatte, indem er ihr immer wieder zugeraunt hatte, er sei *police* und *here to help,* in der schwachen Hoffnung, dass seine Worte durch ihre Panik drangen und dass sie überhaupt eine Bedeutung für sie hatten.

»Es zerreißt mich«, sagte er. »Ich will zum Hafen laufen und den Zoll dazu verdonnern, jeden einzelnen Container zu durchleuchten, der hier ankommt. Jeden einzelnen zu öffnen und ...« Er verstummte, als der Container von Rauðhólar vor seinem inneren Auge auftauchte. Die Frauenkörper, in Kleidung und Decken gewickelt, die völlig unzureichend gegen die nordische Winterkälte in einem nicht isolierten Container gewesen waren.

»Das wäre der Idealzustand, ist aber völlig unrealistisch, selbst wenn der Etat des Zolls verzehnfacht würde«, entgegnete die Polizeipräsidentin. »Sie können nur einen winzigen Bruchteil der Container kontrollieren. Deshalb ist unsere Arbeit so wichtig. Wir müssen die Leute fassen, die hinter diesen abscheulichen Machenschaften stecken.« Daníel schüttelte den Kopf, ohne zu wissen, ob er damit die Worte der Direktorin abschütteln wollte oder die Erinnerung an den üblen Geruch der krausen Haare der Frau, die er an sich gedrückt hatte in der verzweifelten Hoffnung, dass sie seine Wärme spürte. Einen Hauch von Menschlichkeit und Wohlwollen.

»Der Geruch ...«, begann er, und als er den Kopf hob, sah er in die Augen der Direktorin. »Ihr Geruch und ihr Blick ... Ich kann das nicht. Ich kann an diesem Fall nicht mitarbeiten.« Die Direktorin straffte ihren Rücken.

»Du bist einer meiner erfahrensten Leute«, sagte sie. »Wir brauchen hierfür ein großes Team. Ich kann den Kriminalhauptkommissar bitten, dich nicht als Verantwortungsträger einzusetzen, zumal du ja auch eigentlich um Urlaub gebeten hast, weil du Zeit für deine Kinder haben willst, aber wir brauchen für diesen Fall jemanden deines Kalibers. Jemanden, der Menschen lesen kann. Der über so viel Menschenkenntnis verfügt wie du. Der empfindsam ist und Mitgefühl hat.«

»Das, was du Empfindsamkeit nennst, arbeitet in diesem Fall aber gegen mich«, sagte Daniel. »Die Welt wird mir zu … Ich weiß auch nicht … einfach zu viel. Nach so vielen Jahren mit allen möglichen Fällen stoße ich hier an meine Grenzen. Ich packe das nicht, wenn es noch schlimmer kommt.« Die Polizeipräsidentin legte ihre Hand auf seinen Arm und drückte ihn fest.

»Daniel«, sagte sie und suchte wieder Blickkontakt. »Schlimmer wird es nicht. Schlimmer kann es gar nicht mehr werden.«

7

Helena erschrak, als sie den großen Raum betrat, der so voll war, dass einige Leute stehen mussten. Schon allein das zeigte, dass dieser Fall höchste Priorität hatte, denn es waren so gut wie alle Abteilungen der Polizei vertreten. Sie bahnte sich einen Weg durch die Menge, bis sie ein freies Stück Tischkante fand. Es herrschte eine merkwürdige Stimmung, die Leute unterhielten sich leise, und die wenigen Wörter, die sie aus dem allgemeinen Gemurmel heraushörte, waren Fragepronomen. Offenbar wusste noch kaum jemand, um was es hier eigentlich ging.

Sie hielt nach Daníel Ausschau, entdeckte ihn aber erst, als er mit der Polizeipräsidentin und Kriminalhauptkommissar Gylfi von der zentralen Ermittlungsabteilung den Raum betrat. Als sie seinen betretenen Gesichtsausdruck sah, befürchtete sie schon, sie hätten ihm die Ermittlungsleitung aufgedrückt, doch als sich ihre Blicke trafen, zwinkerte er ihr kurz zu. Helena atmete auf. Das Zwinkern sagte ihr, dass alles in Ordnung war und nicht er die Hauptverantwortung in diesem furchtbaren Fall schultern musste. Sie sah ihn vor sich, wie er am Morgen zwischen den Mooshöckern gekniet hatte, voller Verzweiflung, Wut und Abscheu. Sie wusste, was es mit Menschen machte, die derart schlimme Verbrechen aufklären sollten, und dass die Verantwortlichen sich oft persönlich schuldig fühlten, wenn das nicht gelang.

Schlagartig kehrte Stille ein, als die Polizeipräsidentin sich räusperte. Kriminalhauptkommissar Gylfi sah sie an und nickte, dann blickte er in den Raum und nickte noch mehrere Male, ehe er das Wort ergriff. Diese Angewohnheit ging vielen unsäglich auf die Nerven, doch Helena betrachtete sie als lustige Marotte, die immer wieder Anlass zu Scherzen bot. Es hieß, je öfter er nicke, umso ernster sei das Thema, über das er sprechen wolle. In diesem Fall traf das sicher zu, denn er hatte mindestens siebenmal genickt.

»Heute früh kurz nach acht wurde dem Notruf ein zwanzig Fuß langer Container im Naturschutzgebiet Rauðhólar südlich des Suðurlandsvegur gemeldet, darin mehrere Leichen. Wie die Polizei bereits festgestellt hat, handelt es sich um fünf Frauen. Nur eine davon lebt. Als Todesursache kommen Unterkühlung oder auch generell der offenbar lange Aufenthalt der Frauen in dem Container in Betracht. Die Nationalität der Opfer ist noch unklar, doch vieles deutet darauf hin, dass sie ausländischer Herkunft sind. Es ist davon auszugehen, dass sie in dem Container ins Land gebracht wurden. Die Tatsache, dass die Frauen nicht zugedröhnt in einen Flieger gesetzt wurden, wie wir es schon häufiger erlebt haben, deutet darauf hin, dass sie aus Ländern stammen, die keine Mitglieder des Schengener Abkommens sind, und ein Visum bräuchten.«

»Sprechen wir also von Menschenhandel?«, fragte Kristján aus einer Ecke des Raums.

Gylfi nickte zweimal bedeutungsschwer. »Diesen Verdacht müssen wir gründlich untersuchen.« Er nickte weiter, als suchte er den Faden, den er nach Kristjáns Zwischenfrage verloren hatte.

»Die Überlebende wird in der Uniklinik behandelt. Ihr Zustand ist kritisch. Laut den behandelnden Ärzten entscheidet sich in den nächsten Stunden, ob sie wieder zu Bewusstsein kommt.« Der Kriminalhauptkommissar richtete seinen Blick abermals in den Raum hinein, und sein Kopf hob und senkte sich erneut, als ob er prüfen wollte, welche Reaktion diese Informationen bei den Anwesenden auslösten. In den meisten Gesichtern stand Entsetzen.

»Alle, die hier versammelt sind, werden an den Ermittlungen beteiligt sein. Dieser Fall hat ab sofort höchste Priorität«, sagte er. »Die Polizeipräsidentin und ich sind uns einig, dass wir besser mit einem großen Team anfangen und es eventuell später verkleinern als andersherum. Von diesem Moment an ist dies der einzige Fall, an dem ihr arbeitet. Lasst mir bitte die Aktenzeichen der Fälle zukommen, mit denen ihr derzeit befasst seid, damit ich sie an ein anderes Team übertragen kann.« Zum ersten Mal seit Beginn der Besprechung ging ein leises Raunen durch den Raum. Es konnte schwer sein, einen Fall wieder loszulassen, manch einer fühlte sich persönlich verpflichtet und verbiss sich geradezu in die Aufklärung eines Verbrechens.

»Ich selbst werde die Ermittlungen leiten«, fuhr er fort. »Und ich übernehme auch die Kommunikation mit den Medien. Ich muss euch ja nicht sagen, wie unglaublich wichtig es bei einem solchen Fall ist, sich bedeckt zu halten und die Journalisten in die richtige Richtung zu lenken. Der Container wird mit ziemlicher Sicherheit bald in den Schlagzeilen auftauchen, aber die Tatsache, dass eine der Frauen überlebt hat, sollten wir so lange wie möglich für uns behalten.« Fast alle Anwesenden nickten kurz. »Ein solches Thema provoziert Gerüchte und Spinnereien, daher sollten wir uns davor hüten, noch mehr Unsinn zu verbreiten.« Damit trat der Kriminalhauptkommissar zur Seite und machte Platz für die Polizeipräsidentin.

»Ich möchte euch kurz mit den Kolleginnen und Kollegen bekannt machen, die uns unterstützen werden«, begann sie. »Die meisten kennen sich ja bereits, aber es schadet nicht, noch einmal zu klären, wer was macht. Beginnen wir mit unserer Rechtsmedizinerin Jóna.« Die Polizeipräsidentin wies auf eine ältere Frau mit stattlichem grauem Dutt. »Ihre Aufgabe wird es in diesem Fall nicht nur sein, die Todesursache festzustellen, sondern auch die Identitäten der Opfer zu klären. Dabei wird sie von der Internationalen Abteilung des Landespolizeipräsidenten unterstützt, daher möchte ich euch Kriminalhauptkommissar Ari Benz Liu vorstellen, Leiter der Internationalen Abteilung.« Ari Benz stand von seinem Stuhl auf und grüßte in die Runde, obwohl fast alle ihn bereits kannten. Er hatte schon als junger Streifenpolizist in der Wache an der Hverfisgata gearbeitet und sich von dort aus schnell hochgearbeitet. Am berühmtesten aber war er für seine Namensänderungen. Er hatte das Namensrecht mehr als jeder andere Isländer strapaziert, doch auf seinen letzten Antrag hatte er ein klares Nein kassiert. Daraufhin hatte er seinen Vorgesetzten und Kollegen mitgeteilt, dass er Benz als weiteren Vornamen angenommen habe, da sich in seiner vorherigen Namenskombination ein Fluch verberge. Auch die Polizeipräsidentin respektierte diesen Wunsch.

»Oddsteinn von der Staatsanwaltschaft wird von Anfang an mit dabei sein«, sagte die Polizeipräsidentin und zeigte auf einen Mann an der hinteren Wand des Raums. »Sobald wir die potenziellen Täter ins Auge gefasst haben, steht er euch beratend zur Seite. Aber auch vorher könnt ihr euch bei allen Unsicherheiten an ihn wenden. Wir müssen uns unserer Sache absolut sicher sein, und uns dürfen bei den Ermittlungen und im Vorfeld des Prozesses keine Fehler unterlaufen.« Oddsteinn lächelte kurz und steif in die Runde und ruckelte seinen Krawattenknoten zurecht.

»Es steht viel auf dem Spiel«, sagte er. »Dokumentiert jedes einzelne Detail in der LÖKE-Datenbank und ruft mich an, wenn ihr bei irgendeiner Sache auch nur den geringsten Zweifel habt.« Wieder machte er sich an seinem Krawattenknoten zu schaffen, als wollte er damit sagen, dass er fertig war und die Polizeipräsidentin wieder übernehmen konnte.

»Für Verhaftungen, Ortsbegehungen, Hausdurchsuchungen und so weiter bekommt ihr so viele Leute, wie ihr braucht«, sagte sie. »Die Buchhaltung kümmert sich um allen Papierkram und die Kommunikation. Jean-Christophe und sein Team sind mit der Spurensicherung am Tatort bereits fertig. In diesem Moment wird der Container an einen sicheren Ort gebracht, an dem sie ihn von oben bis unten untersuchen werden, daher sind sie nicht anwesend. Rannveig, wo bist du?« Die Polizeipräsidentin stellte sich auf die Zehenspitzen und blickte suchend durch den Raum, bis Rannveig die Hand hob. »Ja. Rannveig von der IT-Abteilung ist vor allem jetzt am Anfang eure Frau, denn sobald unser Meeting hier beendet ist, nimmt sie sich die Aufnahmen der Überwachungskameras in der Umgebung von Rauðhólar vor, außerdem die Aufzeichnungen der Kameras an allen Häfen im Hauptstadtgebiet. Sobald wir die Person oder die Personen finden, die den Container nach Rauðhólar geschafft haben, kommt der Ball ins Rollen.«

Nun trat Kriminalhauptkommissar Gylfi wieder nach vorn, als wäre das sein Stichwort. Ein kurzes Nicken, dann begann er mit der Aufgabenverteilung, die alle Anwesenden mit einer Mischung aus Spannung und Sorge erwarteten. »Baldvin ist meine rechte Hand«, verkündete er, woraufhin Baldvin aufstand und sich neben ihn stellte. Offenbar wusste er bereits Bescheid, denn seine Ernennung zu Gylfis Stellvertreter schien ihn nicht zu überraschen. Die meisten anderen hatten mit Sicherheit auf Daníel an diesem Posten gehofft, doch sie ließen sich ihre Enttäuschung nicht anmerken. »Bei Baldvin laufen die Fäden zusammen, er entscheidet über die Priorisierung der Aufgaben, hört sich die Vernehmungen an und studiert alle Dokumente auf LÖKE – also gebt euch Mühe!« Wie ein strenger Lehrer fuchtelte Gylfi mit dem Zeigefinger herum und richtete ihn schließlich auf Kristján. »Kristján, du richtest dem Team ein Büro ein und übernimmst die Leitung, hast den Überblick darüber, wie viele Leute für die verschiedenen Aufgaben gebraucht werden, und beschaffst das nötige Equipment.« Kristján nickte bestätigend. Das war sein gewohnter Job, den er offenbar gern übernahm. »Daníel ist unser Verbindungsmann zu der Überlebenden, da er sie im Container gefunden hat und es schon eine gewisse Verbindung zwischen den beiden gibt.« Daníel hob die Hand und kassierte dafür einen fragenden Blick von Gylfi.

»Vielleicht kann Helena mich unterstützen. Ich denke, es wäre gut, wenn auch eine Frau dabei ist.« Gylfi stimmte ihm zu.

»Gibt es noch weitere Fragen?« Allgemeines Kopfschütteln. Sein Blick wanderte über das Team, natürlich nicht ohne das obligatorische Nicken. Dann klatschte er in die Hände und beendete das Meeting.

»Gutes Gelingen«, sagte die Polizeipräsidentin, als sich die Versammlung auflöste.

8

Sergei freute sich über das Abendessen, obwohl Elín sich keine große Mühe mit dem Kochen gegeben hatte. Sie hatte einfach nur eine Art Pesto aus dem zusammengemixt, was sie im Kühlschrank gefunden hatte, und über die Nudeln gekippt. Ihr Streit war beigelegt. Er war nach Hause gekommen und hatte sie in den Arm genommen und lange an sich gedrückt, und sie hatte ihm eine Entschuldigung ins Ohr geflüstert. Damit war die Sache vergessen. Ihm war schon nicht mehr anzumerken, dass überhaupt etwas gewesen war, doch sie fühlte sich immer noch elend, und hin und wieder flatterten ihre Nerven wie bei einem Nachbeben.

»Vorhin hat Papa angerufen«, sagte sie. Sergei blickte auf. Er kaute langsam auf seinem Bissen herum, während er sie forschend ansah.

»Und was wollte er?«, fragte er, nachdem er geschluckt hatte. Elín hoffte, dass nicht gleich die nächste Verstimmung aufkam, aber sie wollte diese Sache schnell hinter sich bringen. Immerhin konnte sie ihren Vater vorschieben, denn wenn sie ganz ehrlich war, hatte sie schon ähnliche Sorgen gehabt wie er.

»Er sagt, dass wir einen Ehevertrag brauchen, wenn wir heiraten«, antwortete sie, ungewohnt leise. Sergei brummte etwas Unverständliches, dann schob er sich die nächste Gabel Nudeln in den Mund und kaute seelenruhig. »Da hat Papa natürlich ein bisschen mitzureden«, fuhr Elín fort. »Denn er hat mir ja schon mein Erbe ausgezahlt, wovon ich die Mietwohnung und dieses Haus hier finanzieren konnte.« Sergei nickte und aß weiter, und kurz dachte Elín, dass er vielleicht tatsächlich einverstanden war. Dass er darüber nachgedacht hatte und einen Ehevertrag vernünftig fand. Es als gerecht ansah. Denn diese Ehe sollte natürlich für sie beide eine faire Sache sein. Sie musste ihren Besitz abgesichert wissen, und er brauchte die Aufenthaltsgenehmigung.

»Darling«, sagte Sergei, wischte sich den Mund mit einem Küchenpapier ab und streckte die Hand nach ihr aus. Sie legte ihre Hand in seine, und es durchströmte sie wohlig, als er ihre Finger umschloss und sanft knetete. Er war immer so warm. Als bullerte in ihm eine Heizung, die nie ausging. »Babe. Die Leute checken das mit dem Altersunterschied einfach nicht«, sagte er und sah sie nun direkt an, sah ihr so tief in die Augen, dass sie das Gefühl hatte zu schmelzen. »Die Leute haben Vorurteile, da ist dein Vater keine Ausnahme. Die begreifen einfach nicht, wie eine mittelalte, mollige Frau wie du sich einen so coolen Typen wie mich angeln kann.« Das schmerzte ein wenig, aber diese Wortwahl war typisch für Sergei. Er feilte nicht an den Wörtern, was zu einem gewissen Teil sicher daran lag, dass seine Englischkenntnisse weder Schnörkel noch Süßholzgeraspel zuließen. Und irgendwie war es auch angenehm, dass er unumwunden sagte, was er meinte, und nicht wie die Katze um den heißen Brei schlich.

Außerdem wusste Elín, dass er recht hatte. Den Leuten war ihre Beziehung wirklich suspekt. In Geschäften und im Kino wurden Sergei und sie angestarrt, selbst draußen auf der Straße, und wenn sie irgendwelchen Bekannten begegneten, brachten die kaum mehr ein Wort heraus. Die russischen Freunde von Sergei waren da deutlich toleranter. Jedenfalls die beiden, die sie kennengelernt hatte. Sie kamen manchmal auf ein Bier zu Sergei und verhielten sich ihr gegenüber immer ausgenommen höflich und freundlich.

»Ich liebe dich, und du liebst mich, mehr gibt es nicht zu sagen. Ruf morgen auf dem Amt an und mach einen Termin aus, Babe, okay?« Elín nickte, vermutlich etwas zu zögerlich, denn Sergei fügte hinzu: »Es kann dauern, bis wir einen Termin kriegen, aber ich brauche die Aufenthaltsgenehmigung, damit ich endlich anfangen kann, richtig zu arbeiten. Dann musst du nicht mehr allein für uns sorgen. Come on, Babe, sei ein braves Mädchen und tu, was Sergei sagt.« Er zwinkerte ihr zu und grinste breit, und Elín musste losprusten. Sergei nutzte die Gelegenheit und stand auf und umarmte sie, schmiegte sein Gesicht an ihren Hals und kitzelte sie mit seinen Lippen, und sie quiekte und kicherte, als er sie zum Bett trug.

9

Wie manchmal gegen Mitternacht öffnete Daníel die Tür zum Garten und lief barfuß über den gefrorenen, knisternden Rasen zu Lady Gúgúlús Garage. Seine Schlaflosigkeit schien sich mit der Schlafroutine der Queen synchronisiert zu haben, die in der ersten Nachthälfte für gewöhnlich in Hochform war.

»Ich hab was mitgebracht«, sagte er und suchte vergeblich nach einem freien Fleck auf dem Tisch, um das Bier abzustellen. Schließlich rupfte er sich eine Dose aus dem Sixpack und gab Lady Gúgúlú die übrigen fünf. Lady tat es ihm nach und ließ den Rest in dem kleinen Kühlschrank unter ihrem Tisch verschwinden. »Was nähst du?«, fragte Daníel und setzte sich. Normalerweise interessierte er sich nicht fürs Schneidern, aber heute war er bereit, sich alles Mögliche anzuhören, solange es ihn von der verängstigten Frau und der riesigen Aufgabe ablenkte, die vor ihm lag.

»Das wird ein Engelskostüm. Der unterste Stoff ist mit Elasthan, damit es sich gut anschmiegt und ich mich auf der Bühne frei bewegen kann. Darüber kommt zarte Seide, die glänzt wahnsinnig toll im Scheinwerferlicht. Sieh mal.« Lady hielt ihm ein Stück Stoff hin.

»Ja«, sagte Daníel und trank einen Schluck Bier. »Die glänzt.«

»Sag ich doch«, sagte Lady. »Und über die Seide kommt dieser hauchfeine, wallende Chiffon in mehreren unregelmäßigen Lagen. Den raffe ich und nähe ihn dann fest, guck hier.«

»Hm«, brummte Daníel und versuchte, sich vorzustellen, wie sich Lady wohl als Engel machte. Zweimal hatte er sich bisher überreden lassen und Gästekarten für ihre Dragshow angenommen, und er musste zugeben, dass es beide Male recht unterhaltsam gewesen war. Trotzdem mochte er die ruhigen Plauderabende hier in ihrer Garage deutlich lieber.

»Und dann will ich in den Chiffon eine feine Lichterkette einnähen, sodass das Licht von der Seide reflektiert wird und es so aussieht, als ob das Kostüm leuchtet und ich von einer Aura oder einem Heiligenschein umgeben bin.«

»Das wird sicher hübsch.«

»Keine Frage!«, sagte Lady. »Diesmal geht es um Schönheit. In meiner letzten Show habe ich mich mit dem Tod, der Angst und dem Missverständnis auseinandergesetzt, aber diesmal steht die Schönheit im Mittelpunkt. Gepaart mit der Lust, die ich natürlich in den Zuschauern wecke.«

»Natürlich«, sagte Daníel und lächelte.

»Und du, mein Lieber? Kannst du nicht schlafen?«

»Ach, nein.«

»Lass mich raten: Hat es vielleicht mit deinem Job zu tun?« Lady beobachtete ihn aus den Augenwinkeln, und Daníel nickte zögerlich. Er wollte lieber nicht über die Arbeit reden. Und auch nicht an den Tag denken, der hinter ihm lag. Und auf keinen Fall an morgen und daran, wie er den Kindern erklären sollte, dass er sich doch nicht freinehmen und so viel Zeit mit ihnen verbringen konnte, wie er es versprochen hatte.

»Die Kinder kommen morgen, und ausgerechnet jetzt haben wir einen heftigen Fall reingekriegt, aus dem ich mich nicht rausziehen kann. Ich muss irgendwie versuchen, mich davon so wenig wie möglich vereinnahmen zu lassen.«

»Ach, Darling. Du weißt, dass ich immer für dich da bin. Ich kann jederzeit die Babysitterin spielen. Nur frühmorgens und spätabends natürlich nicht. Ich habe Freude an den kleinen Rackern.«

»Danke«, sagte Daniel. »Das ist schwer zu beschreiben, aber mich stresst nicht nur der Zeitdruck, sondern auch der Gedanke daran, immer hin und her switchen zu müssen zwischen dem Grauen und den Kindern.«

Lady sah ihn nachdenklich an. »Wenn ich es mal schwer habe – das kommt tatsächlich hin und wieder vor, believe it or not –, dann lege ich meine Hand auf den Elfenfelsen im Garten und bitte sie um Hilfe. Ich weiß, dass du in deinem Starrsinn und deiner mangelnden Kenntnis der Physik die Existenz jeglicher anderen Dimension abstreitest, aber manchmal schadet es nicht, einen Versuch zu wagen und das Beste zu hoffen.«

Daniel grinste. »Ich und deine Unkrautelfen um Hilfe bitten … Ich befürchte, ich war noch nie so kurz davor wie jetzt«, seufzte er. »Ich habe das Gefühl, dass ich in den nächsten Wochen jede Hilfe brauche, die ich kriegen kann. Aus allen Dimensionen des Universums.«

»Ich bitte die Felsengeister, dir zu helfen. Ich habe hundert Gefallen bei ihnen gut.«

»So läuft das also in der Elfenwelt?«, fragte Daníel und lachte. »Gefallen gegen Gefallen?«

»So läuft das überall«, entgegnete Lady. »Ob du es sehen willst oder nicht, das ist quasi das Grundgesetz des Universums. Wie Yin und Yang, Plus und Minus, Darling. Rein und raus.« Daníel trank sein Bier aus, zerquetschte die Dose und gab sie Lady im Tausch gegen eine frische aus dem Kühlschrank. Die leere Dose warf sie in eine Ecke, knapp neben einen schwarzen Müllbeutel, der vor Getränkedosen überquoll.

»Du musst mal zum Recyclinghof«, sagte Daníel.

»Nein, ich will mir für die Frühjahrsvorstellung ein Kleid daraus machen«, sagte Lady. »Also musst du fleißig trinken.« Daníel lachte beim Gedanken an Lady Gúgúlú in einem Bierdosenkleid. Diesen Auftritt durfte er sich nicht entgehen lassen. Vielleicht sollte er sich auch die Engelsshow ansehen. Er hatte sich fest vorgenommen, mehr am gesellschaftlichen Leben teilzuhaben und seiner sonderbaren Untermieterin ein besserer Freund zu sein.

»Und was ist mit Flügeln?«, fragte Daníel und öffnete sein Bier. »Engel brauchen Flügel, oder?«

»Glad you asked, Darling«, sagte Lady und strahlte voller Vorfreude. Daníel lehnte sich auf seinem Stuhl zurück und machte sich auf eine ausführliche Schilderung der Flügelherstellung gefasst. Und es kam ihm so vor, als ob sich der Knoten in seinem Bauch ein klein wenig löste.

10

Es dauerte eine ganze Weile, bis Áróra begriff, was die Anruferin von ihr wollte. Die Frau hatte sie auf dem Boden kniend erwischt, über eine Karte von der Region Vesturland gebeugt, die sie gerade in praktikable Suchgebiete unterteilte. Sie wollte bereit sein, denn die Tage wurden bereits länger, und sobald der Schnee verschwunden war und der Wind nachließ, würde sie die Suche mit der Drohne wieder aufnehmen. Den Großteil des letzten Sommers und bis in den Herbst hinein hatte sie genau das getan, hatte Suðurnes gründlich abgesucht und sich als Nächstes Vesturland inklusive der Halbinsel Snœfellsnes vorgenommen. Sie wollte alle Pisten und Pfade abfahren, die das weitläufige Land durchzogen, und die Drohne über dem Auto fliegen lassen, so hoch, dass sie ein gutes Stück des Geländes rechts und links des Weges erfasste. Ein Gelände, wo man gut eine Leiche verschwinden lassen konnte.

Ihre Mutter rief regelmäßig aus England an und bat Áróra, nach Hause zu kommen. Diese Suche sei eine Obsession. Ihre Schwester werde für immer verschwunden bleiben. Das Land sei zu groß und zerklüftet, außerdem könne es genauso gut sein, dass Björn die Leiche im Meer oder in einem See versenkt habe. Und wie wolle sie dort suchen?

Áróra konnte nur wiederholen, dass sie es weiter versuchen müsse. Sie müsse nach Antworten suchen und könne nicht aufhören, ehe sie die letzte Ruhestätte ihrer Schwester gefunden habe.

Áróra verstand die Sorgen ihrer Mutter, aber es war ja nicht so, dass es ihr in Reykjavík schlecht ging. Sie hatte sich eine Wohnung gekauft und eingerichtet, und da sie seit ihrem Umzug nach Island schon den einen oder anderen Auftrag angenommen hatte, mangelte es auch nicht an Geld, denn sie verlangte ein gutes Honorar und hatte zudem einiges angespart. Ihre Vermutung war, dass ihre Mutter tief in ihrem Inneren gar nicht wollte, dass die Leiche ihrer Schwester gefunden wurde, denn damit würde der letzte Funke Hoffnung in ihr sterben. Ihre absurde Hoffnung war, dass die Polizei falschlag und Ísafold gar nicht tot, sondern mit ihrem Mann Björn untergetaucht war und in Kanada ein neues Leben begonnen hatte. Denn Björn war tatsächlich vor der Justiz nach Kanada geflohen. Warum sollte Ísafold nicht bei ihm sein? So oder so ähnlich dachte ihre Mutter vermutlich, auch wenn sie es Áróra gegenüber nicht laut aussprach.

Doch jetzt klopfte die Vergangenheit aus einer anderen Richtung an, diesmal ging es nicht um Ísafold, sondern um Daníel. Er hatte der Frau am Telefon geraten, Áróra anzurufen.

»Daníel meint, du bist so eine Art Detektivin«, sagte die Frau.

»Na ja, ich habe mich darauf spezialisiert, beiseitegeschafftes Geld aufzuspüren, und arbeite mit den Steuerbehörden und den Banken zusammen«, sagte Áróra und wusste immer noch nicht, was die Frau von ihr wollte.

»Ähm, na ja, also … Daníel sagt, du kannst etwas über die finanzielle Situation von Personen und solche Dinge herausfinden, undercover, anders als die Polizei das kann«, sagte die Frau und klang dabei fast entschuldigend. »Ich muss mehr über einen Mann erfahren, den ich vielleicht heiraten werde.« Áróra stand vom Boden auf und seufzte. Jeder dritte Auftrag, der an sie herangetragen wurde, kam von Leuten, die keinen blassen Schimmer davon hatten, was sie machte, und die sie daher um die merkwürdigsten Dinge baten.

Aber in diesem Fall hatte Daníel den Kontakt vermittelt, und das gab Áróra die Chance, die Funkstille zu beenden. Sie war immer noch nicht darüber hinweggekommen, wie sie beim letzten Mal auseinandergegangen waren. Wie sie keifend davongerannt war. Und wie sie es vermasselt und alles noch viel schlimmer gemacht hatte, als sie sich am Telefon entschuldigen wollte. Irgendwie war alles, was mit Daníel zu tun hatte, so schwierig und heikel und in gewisser Weise auch albern. Aber wenn sie sich auf das merkwürdige Anliegen dieser Frau einließ, konnte sie mit Daníel reden und alles wieder einrenken. Ihn vielleicht sogar treffen. Sie spürte, wie ihr das Blut beim Gedanken an ein Treffen mit Daníel durch die Adern rauschte. Ihn zu sehen, ihm in die Augen zu blicken, seine ruhige, warme Stimme zu hören …

»Und du sagtest, du heißt Elín und bist mit mir verwandt?«, hakte Áróra nach.

»Ja. Du erinnerst dich natürlich nicht an mich. Du warst

noch so klein, als wir uns das letzte Mal begegnet sind. Dein Vater ist mein Cousin. In der Familie werde ich immer Didda genannt, obwohl ich den Namen nicht mag. Na ja, ich habe mich an Daníel gewandt, weil er Polizist ist und ich dachte, dass er vielleicht weiß, wie man etwas über die Vergangenheit von jemandem herausfinden kann. Von einem Ausländer. Aber Daníel meinte, das sei kein Job für die Polizei, und hat mich an dich verwiesen. Er sagt, ich kann dir vertrauen.« Langsam nahm die Sache Gestalt an, doch ein Puzzleteil fehlte noch.

»Und woher kennst du Daníel?«, fragte sie.

»Ach, entschuldige, das hätte ich gleich sagen sollen«, antwortete die Frau und lachte verlegen. »Es klingt verrückt, dass ich mich wegen meines Freundes an ihn gewandt habe, aber ich wusste nicht, wen ich sonst fragen sollte. Daníel ist mein Ex-Mann.«

11

Daníel und Helena standen vor dem Eingang zur Intensivstation der Uniklinik und warteten darauf, dass man sie hineinließ. Offenbar hatte Helena es gestern nach der Arbeit noch zum Friseur geschafft, denn ihr dunkles Haar war kürzer als sonst, an den Seiten quasi rasiert und die restlichen Haare gerade so lang, dass sie sie mit einer ordentlichen Portion Gel scheiteln konnte wie ein englischer Eliteschüler. Sie war mittelgroß, schlank, aber nicht mager, immer gepflegt und erinnerte an einen jungen Büroangestellten. Das Hemd ordentlich in die Hose gesteckt und bis zum Hals zugeknöpft. Polierte Schuhe und knitterfreier Blazer. Neben Helena kam Daníel sich fast lottrig vor, da sein Hemd zerknitterte, sobald er hineinschlüpfte, und er selten etwas Schickeres als Jeans trug. Aber eines hatten sie gemeinsam: Sie vermissten die Uniform. Sie, weil die Polizeiuniform ordentlich aussah und geschlechtsneutral war – und er, weil er als Polizist in Uniform nie darüber hatte nachdenken müssen, was er anziehen sollte.

Sie hatten Nachricht über den Zustand der Frau aus dem Container erhalten. Nachdem sie in der Notaufnahme aufgewärmt worden war, hatte man sie auf die Intensivstation gebracht, wo sie nun wieder zu Bewusstsein gekommen war. Daníel mochte den Krankenhausgeruch nicht, oder vielleicht war es auch das Fehlen eines Geruchs. Diese sterile, etwas zu kühle Atmosphäre löste ein Unbehagen in ihm aus, das zweifellos mit zu vielen Besuchen bei Verbrechensopfern zu tun hatte. Mit dem Leid und der Furcht, die er versuchte, nicht zu nah an sich heranzulassen, um sich das scharfe, klare Denkvermögen zu erhalten, das Kriminalermittlungen erforderten.

Helena hingegen schien vor allem die Ungeduld zu plagen, so, wie sie dort stand und ständig auf die Zehenspitzen ging, als wäre es ein großer Kraftakt für sie, still zu stehen, und als bräuchte sie diese Bewegung, um nicht aus der Haut zu fahren. Er war sich nicht sicher, ob er richtig hörte, doch er meinte, dass sie ganz leise ein Weihnachtslied summte.

»Du weißt aber, dass Weihnachten vorbei ist?«, merkte er vorsichtig an. »Schon eine ganze Weile.« Helena lachte.

»Ähm, ja. Keine Ahnung, warum ich das mache. Immer wenn ich gestresst bin, habe ich plötzlich diese Lieder im Kopf.« Daniel lächelte. Er wusste, dass sie aus demselben Grund gestresst war wie er. Sie hatten beide Bammel vor der Begegnung mit dem Opfer. Zumal gar nicht feststand, ob sie überhaupt bereit war, mit der Polizei zusammenzuarbeiten. Nach solchen Traumata waren Menschen oft verwirrt und wussten nicht, wem sie vertrauen konnten, vor allem diejenigen, die in die Hände von Verbrecherbanden geraten waren. Und das schien in diesem Fall ja zuzutreffen.

Die Tür zur Intensivstation öffnete sich, und eine junge Frau im Arztkittel erschien. In der linken Hand hielt sie eine Patientenakte, die rechte streckte sie zur Begrüßung aus.

»Sóla. Ich bin Ärztin auf der Intensivstation«, sagte sie. Daníel und Helena murmelten ihre Namen und zeigten ihr die Dienstausweise, die sie an einem Band um den Hals trugen. Dann folgten sie der Stationsärztin durch einen Flur zu einem großen Raum auf der linken Seite, der eine Art Wartebereich zu sein schien. »Wir sind gerade komplett voll«, sagte Sóla entschuldigend und wies auf ein Sofa in einer Ecke des Raums. »Daher müssen wir hier im Wartebereich für die Angehörigen sprechen.« Daníel und Helena setzten sich, während die Ärztin aus einer anderen Ecke des Raums einen Stuhl holte. Sie nahm den beiden gegenüber Platz, blätterte kurz die Dokumente durch, die sie mitgebracht hatte, und begann dann, als ob sie sich alles eingeprägt hätte, was in den Unterlagen stand: »Gestern früh wurde eine junge Frau eingeliefert, zwischen zwanzig und dreißig Jahren alt, stark unterkühlt nach langem Aufenthalt unter widrigen Umständen«, sagte die Ärztin, und Daníel fühlte sich sofort in den dunklen, stinkenden, eiskalten Container zurückversetzt. »Bei ihrer Ankunft hatte sie eine Körpertemperatur von zweiunddreißig Grad Celsius und war bei eingeschränktem Bewusstsein, sie hatte viel Flüssigkeit verloren und Erfrierungserscheinungen an Fingern und Zehen. Die Ärzte in der Notaufnahme haben wenig Erfahrung mit Erfrierungen bei dunkelhäutigen Menschen, daher wurde ein Experte für Dermatologie und Plastische Chirurgie hinzugezogen. Nachdem ihr Körper wieder Normaltemperatur erreicht hatte, hat sie hyperventiliert, hat Herzrasen bekommen, großen Bewegungsdrang und in einer fremden Sprache herumgeschrien. Ihr wurde ein Beruhigungsmittel verabreicht, damit die Erfrierungen behandelt werden konnten, die sich dann doch als geringfügiger herausgestellt haben als befürchtet. Laut dem Experten sind es Erfrierungen zweiten Grades, die bei Erwärmung mit Blasenbildung und großen Schmerzen einhergehen. Daher hat die Patientin starke Schmerzmittel bekommen. Nach der Erstbehandlung wurde sie hierher verlegt und über Nacht überwacht.« Die Ärztin ließ die Akte sinken und sah die beiden mit einem Blick an, der zu verstehen gab, dass nun Zeit für Fragen wäre.

»Wie geht es ihr jetzt?«, fragte Helena.

»Sie ist sehr schwach, aber bei vollem Bewusstsein. Heute früh hat sie etwas zu sich genommen, aber sie spricht nicht. Nennt weder ihren Namen, noch gibt sie andere Informationen preis. Wir glauben, dass sie weder Isländisch noch Englisch versteht.«

»Wie geht es jetzt mit ihr weiter?«, fragte Daníel.

»Da ihr Zustand stabil ist, wird sie heute auf Station A4 für Hals-Nasen-Ohren-Heilkunde, Verbrennungen, Wiederherstellungs- und Gefäßchirurgie verlegt. Dort werden die Erfrierungen an ihren Händen und Füßen weiter behandelt.«

»Wir würden gern mit ihr reden. Wenigstens versuchen herauszufinden, welche Sprache sie spricht, damit wir einen Dolmetscher organisieren können«, sagte Helena. Die Ärztin stand auf und stellte schwungvoll den Stuhl zurück.

»Bitte fasst euch kurz und nehmt Rücksicht auf die anderen Patienten. Richtig vernehmen könnt ihr sie erst, wenn sie auf einer normalen Station liegt.« Daníel und Helena nickten synchron und folgten Sóla auf den Flur.

12

Im Kontrast zu dem weißen Kissen, auf dem der Kopf der Frau lag, wirkte ihre Haut fast schwarz. Ihr Gesicht war geschwollen, und die krausen Haare sahen fast wie gefilzt aus. Sie war verkabelt, wahrscheinlich wurden ihre Herztöne aufgezeichnet, und sie hing am Tropf. Sie blickte auf, als Helena und Daníel hinter den Vorhang traten, der ihr Bett abschirmte, und Helena meinte, in ihren Augen Angst aufblitzen zu sehen. Deshalb zeigte sie schnell ihren Ausweis und sagte: »Police. You are safe.«

Das schien keine Beruhigung für die Frau zu sein. Ängstlich starrte sie Daníel an, der hinter Helena seinen Ausweis in die Luft hielt und verlegen von einem Bein aufs andere trat. Helena drehte sich zu ihm um und gab ihm zu verstehen, dass er ein paar Schritte zurücktreten sollte, während sie sich auf den Stuhl neben dem Krankenbett setzte. An der hüpfenden Linie auf dem Kardiogramm war deutlich zu erkennen, dass sich der Herzschlag der Frau beschleunigt hatte. Schon kam eine Schwester herbeigeeilt, legte ihre Hand auf den Arm der Patientin und fragte besorgt: »Okay?« Die Anwesenheit der Schwester wirkte beruhigend auf die Frau; sie lächelte matt und nickte.

Als die Krankenschwester sich gerade umdrehen und gehen wollte, gab die Frau im Bett einen kurzen Klagelaut von sich, der wie ein *no* klang, und versuchte, sie am Arm festzuhalten. Ihre Hände waren so dick verbunden, dass es aussah, als steckten sie in Boxhandschuhen.

»Könntest du vielleicht noch einen Moment bleiben?«, fragte Helena die Schwester leise, und sie nickte, stellte sich auf die andere Seite des Betts und strich der Patientin tröstend über den Arm. Nachdem sie Daníel und sich noch einmal offiziell vorgestellt hatte und die Frau noch genauso verängstigt wirkte wie vorher, legte sich Helena eine Hand auf die Brust und sagte langsam und deutlich: »Helena.« Dann zeigte sie auf Daníel und sagte ebenso deutlich: »Daníel.« Die Augen der Frau huschten zwischen ihnen beiden hin und her, und es war schwer zu sagen, ob in ihrem Blick Furcht oder Misstrauen lag. Zuletzt zeigte Helena auf die Schwester und machte dabei ein übertrieben fragendes Gesicht, woraufhin diese ebenfalls ihren Namen nannte. »Eva«, sagte sie und zeigte wie zur Bestätigung auf ihr Namensschildchen. Jetzt zeigte Helena auf die Frau im Bett, und tatsächlich antwortete sie, wenn auch so leise, dass es kaum zu hören war.

»Bisi«, flüsterte sie. »Bisi Babalola.« Helena unterdrückte einen Seufzer der Erleichterung. Diese kurze Interaktion war ein erstes Anzeichen von Vertrauen; der Damm war gebrochen. Helena lächelte Bisi freundlich an. Sie hörte, wie Daníel hinter ihr etwas in sein Handy tippte.

»Das ist ein nigerianischer Name«, sagte er leise.

»Nigeria?«, fragte Helena die Frau, die sofort mit angsterfülltem Blick den Kopf schüttelte.

»France«, sagte sie.

Wieder tippte Daníel etwas in sein Handy, das er Helena wenig später hinhielt. Holprig las sie vom Bildschirm ab:

»Nous embauchons un interprète français pour vous«, las sie und hoffte, Google Translate hatte richtig übersetzt, dass sie einen französischen Übersetzer organisieren wollten. Bisi sah sie mit leicht verwundertem Blick an.

»Do you not speak English?«, fragte sie, und Helena musste sich auf die Unterlippe beißen, um nicht laut über ihre eigene Dummheit zu lachen. Sie hätte es wirklich erst einmal mit Englisch probieren können.

»Doch. Das macht die Sache natürlich viel einfacher«, sagte sie auf Englisch und lächelte.

Auch die Krankenschwester wirkte erstaunt. »Bis jetzt hat sie kein Wort gesagt«, flüsterte sie auf Isländisch. »Daher wussten wir nicht, ob sie überhaupt etwas versteht.«

»Du sollst wissen, dass du hier in Island sicher bist und wir alles dafür tun werden, dir zu helfen«, sagte Helena wieder auf Englisch zu der Frau, in deren dunklen Augen erneut die Furcht aufblitzte.

»Island?«, fragte Bisi. »Ich bin in Island?«

13

Bisi spürte, wie sich ihr Herzschlag beruhigte, und sie hatte das Gefühl, tiefer in das Krankenhausbett zu sinken, als das Medikament, das die Schwester ihr über den Venenkatheter verabreichte, durch ihren Körper strömte. In diesem Moment fühlte es sich wie eine Befreiung an. Sie sah die Leute von der Polizei verschwinden, während der Arzt und die Krankenschwester sie festhielten, was aber eigentlich nicht schlimm war, denn sie wusste, dass sie es gut meinten, dass sie einfach nur im Bett bleiben sollte, weil das in ihrem Zustand wichtig war, wie der Arzt ihr erklärt hatte. Sie müsse sich jetzt ausruhen und erholen, bald käme sie auf eine andere Station, wo sie herumlaufen und sich bewegen könne.

Doch trotz der Medizin und der freundlichen Hände, die sie sanft ins Bett drückten, das einen immer stärkeren Sog auf sie ausübte, musste sie sich wehren. Als fühlte sich ihr Körper dazu verpflichtet und träfe die Entscheidung zum Kampf unabhängig davon, was sie wollte oder dachte. Langsam beruhigte sich ihr Körper, und als ihr Herz das Blut nicht mehr mit Hochdruck durch die Adern pumpte, erschlafften ihre Arme und Beine, und sie ließ los, sank erst ins Bett und dann ins Traumdunkel.

Und es fing gut an, sie spürte Zufriedenheit und sogar einen

Hauch von Freude, als sie sich im Hotelzimmer in Paris wiederfand und ihre Koffer sah, prall gefüllt mit Parfüms, Seidenschals, Uhren und anderen Luxusartikeln, die auf der Wunschliste ihrer Familie gestanden hatten, und sie freute sich darauf, nach Hause zu kommen und die Sachen zu verteilen. Doch dann sank sie tiefer, und der Traum nahm einen bitteren Geschmack an, denn irgendwo außerhalb ihres Traumbewusstseins wusste sie, dass jeden Moment ihr Handy klingeln würde und es die zufriedene Bisi, die in dem Hotelzimmer saß und sich über ihre Einkäufe freute, bald nicht mehr geben würde, dass jeden Moment der Albtraum begann. Mit dem Anruf. Dem Anruf, der alles veränderte.

Sie hoffte bloß, die Polizisten hatten ihr abgekauft, dass sie Französin war. Französische Staatsbürger hatten mehr Rechte als Afrikaner. Hoffentlich dauerte es, bis sie herausfanden, dass sie gelogen hatte, weil sie Zeit brauchte, um zu überlegen, was sie tun sollte. Wohin sie gehen sollte. Wie sie … Es war, als ob sie trotz der Medikamente stutzig wurde. Wohin sollte sie gehen? Wohin *konnte* sie gehen? Wo war ein Ort, an dem sie willkommen war? Hatten die Leute wirklich gesagt, sie sei in Island? Was zur Hölle machte sie hier?

Sie hörte das Handyklingeln, erst leise und bedrohlich, dann immer lauter, das ganze Hotelzimmer war erfüllt davon, und es nistete sich in ihren Ohren und in ihrem Kopf ein, der angesichts des dröhnenden, aggressiven Lärms zu zerbersten drohte, bis sie ranging, sich das Handy ans Ohr hielt und der Albtraum begann.

14

Es fiel Daníel schwer, Bisi auf der Intensivstation zurückzulassen, doch die Krankenschwester bestimmte energisch, dass
es nun genug sei. Sie müsse der Patientin etwas zur Beruhigung verabreichen, damit sie sich von dem Schock erhole, dass
sie auf einer Insel am nördlichen Rand der Welt gelandet war.
Sobald sie auf einer normalen Station liege, könnten sie aus-
führlicher mit ihr reden. Doch auch Bisis Verlegung auf die
A4 bereitete Daníel Sorge, und so schlug er Helena vor, dass
sie mit dem Personal dort sprechen sollten.

Helena lief schweigend neben ihm. Vermutlich dachte sie
dasselbe wie er. Die Leute, die den Transport der Frauen organisiert hatten, mussten über ein gut funktionierendes Netz-
werk verfügen – auch in Island. Und Leute, die Menschen in
Containern verschifften, waren gefährlich, daher durfte auf
keinen Fall bekannt werden, dass eine der Frauen überlebt hatte. Diejenigen, die den Container in Rauðhólar abgeladen hatten, glaubten sicher, dass alle Frauen tot waren, und für Bisis
Sicherheit wäre es am besten, sie in diesem Glauben zu be-
lassen.

Sie warteten einen kurzen Moment auf dem Flur der Station für Hals-Nasen-Ohren-Heilkunde, Verbrennungen, Wie-
derherstellungs- und Gefäßchirurgie, wie sie tatsächlich hieß,

und Daníel überlegte, ob es Überschneidungen zwischen diesen so unterschiedlichen Fachgebieten gab oder ob es an der geringen Anzahl an Patienten in jedem einzelnen Bereich lag, dass sie in einer Station zusammengefasst wurden, bis eine Frau in weißem Kittel auf sie zugerauscht kam.

»Brynja, Stationsschwester«, sagte sie mit fragendem Blick. Daníel und Helena zeigten ihre Ausweise und stellten sich vor.

»Können wir einen Moment ungestört reden?«, fragte Daníel. Brynja blickte sich kurz um und führte sie dann aus der Station heraus.

»Alle Büros und sonstigen Räume wurden in Patientenzimmer umgewandelt, daher sprechen wir am besten draußen.« Vor der Station herrschte zwar nicht weniger Betrieb, doch der Flur war hier deutlich breiter. Sie stellten sich an ein Fenster mit Blick auf den Krankenhausparkplatz.

»Es kommt heute eine Patientin zu euch«, begann Daníel, »über die wir kurz sprechen müssen.« Brynja nickte.

»Uns wurde eine anonyme Ausländerin angekündigt«, sagte sie. »Ich gehe davon aus, dass sie das ist. Wir haben nicht oft Patienten ohne Namen.«

»Wir wissen inzwischen, wie sie heißt, aber es ist wichtig, dass sie auch weiterhin als anonyme Patientin geführt wird«, sagte Daníel. »Sie ist Opfer eines schweren Verbrechens geworden, zu dem gerade die Ermittlungen laufen. Es wäre gut, wenn in ihren Unterlagen stünde, dass sie keinen Besuch empfangen darf, der nicht von uns abgesegnet wurde.« Helena und Daníel streckten ihr gleichzeitig ihre Visitenkarten entgegen.

Brynja nahm sie, warf einen kurzen Blick darauf und steckte sie ein.

»Okay«, sagte sie.

»Außerdem wäre es gut, wenn ihr sie in einem Einzelzimmer unterbringen könntet.«

»Keine Chance«, entgegnete Brynja. »Leider.«

»Es muss sichergestellt sein, dass außerhalb dieser Station niemand von ihrer Anwesenheit hier erfährt«, sagte Daníel mit Nachdruck.

»Ich werde es meinem Team einschärfen«, sagte Brynja. »Ungeachtet der Tatsache, dass wir immer der Schweigepflicht unterliegen und das auch sehr ernst nehmen.« Daníel nickte eilig. Er hatte niemandem auf die Füße treten wollen.

»Damit wollte ich nicht andeuten, dass …«, begann er entschuldigend, doch Brynja fiel ihm ins Wort.

»Ich nehme an, sie spricht kein Isländisch?«

»Das ist richtig«, sagte Helena. »Sie spricht Englisch und Französisch und vielleicht noch andere Sprachen.«

»Gut«, sagte Brynja. »Dann kommt sie zu einer alten Frau vom Land, die nur Isländisch spricht und keinen Besuch kriegt.«

»Und könnten die beiden dann in ein Zimmer nahe am Schwesternzimmer?«, fragte Helena mit einem freundlichen Lächeln. »Sodass ihr es im Blick habt und es auch wirklich niemand betritt?«

Brynja seufzte leise, doch dann lächelte sie kurz, was man als Zustimmung deuten konnte. »Die Alte wird sich freuen«, sagte sie. »Dann sind wir schneller bei ihr, wenn sie klingelt. Das tut sie ständig.« Sie dankten ihr und verabschiedeten sich, und Brynja eilte in ihren Clogs wieder zur Station. Doch bevor sie die Tür öffnete, machte sie auf dem Absatz kehrt und kam ebenso eilig zu Daníel und Helena zurück, die auf den Aufzug warteten.

»Müssen wir mit Ärger rechnen? Dass irgendein Gewalttäter nach ihr sucht oder dergleichen?« Daníel sah ihr in die Augen und hatte das Gefühl, dass sie Trost gebrauchen konnte.

»Hoffentlich nicht«, sagte er und wollte ihr erklären, dass sie erst ganz am Anfang standen und im Grunde noch nichts wussten. Dass sie die Lage am Abend bereits besser einschätzen könnten und die Station im Zweifel bewachen lassen würden, doch Helena kam ihm zuvor und fasste sich deutlich kürzer, als er es vorgehabt hatte.

»Solange niemand weiß, dass sie hier ist, wird hier auch niemand nach ihr suchen«, sagte sie.

15

So viel zum Thema *taghell*, dachte Áróra, als sie das schumm-
rige Café betrat, in dem sie mit Elín verabredet war. Auf den
Tischen brannten Kerzen, denn draußen war es so verhangen
und alles in diesen unbehaglichen bläulichen Schein getaucht,
dass sich kaum ausmachen ließ, ob es nun hell oder dunkel
war. Da war Áróra eine ehrliche Dunkelheit deutlich lieber.
Dieses ewige Zwielicht des isländischen Winters irritierte sie
so sehr, dass sie manchmal gar nicht wusste, in welcher Tageszeit sie sich befand. Das würde jetzt gegen Ende März hoffentlich bald besser werden.

Es war nicht viel los in dem Café, da der Morgentrubel bereits vorüber war, die Mittagsgäste sich aber noch nicht ein-
gefunden hatten. Ein Mann arbeitete konzentriert mit Kopfhörer an seinem Computer, und ganz hinten im zweiten Raum
saß eine blonde Frau, die ihr erwartungsvoll entgegenblickte.
Das musste Elín sein.

»Was hast du dich verändert!«, sagte sie, stand auf und küsste Áróra auf beide Wangen. Áróra betrachtete die Frau, doch
es wurden keine Erinnerungen wach. »Die Größe hast du von
deinem Vater. Ich weiß nicht, wie viele Bilder es in den Foto-
alben zu Hause gibt, auf denen wir Kinder neben ihm stehen,
um uns mit ihm zu messen. Um die Zeit seiner Konfirmation

herum hat er einen solchen Schuss gemacht, dass deine Oma mit ihm zum Arzt gegangen ist.« Áróra lächelte. Es war schön, das zu hören. Nachdem ihr Vater gestorben war, hatte sie es oft bedauert, dass sie ihn nicht mehr nach seiner Kindheit fragen konnte, nach den Verwandten und seinen Erinnerungen. Dasselbe galt für Ísafold. Als ob Elín ihre Gedanken gehört hätte, guckte sie auf einmal ernst.

»Gibt es Neuigkeiten von deiner Schwester?«

Áróra schüttelte den Kopf. »Leider nein«, sagte sie. »Die Polizei ist ratlos. Obwohl sie und vor allem Daníel ihr Bestes gegeben haben, gibt es seit ihrem Verschwinden keine Spur von ihr.« Áróra zog die Jacke aus, hängte sie über ihre Stuhllehne und setzte sich. »Wo wir gerade von Daníel sprechen«, sagte sie, froh über den Themenwechsel. »Wann habt ihr euch getrennt?«

»Ach, Liebes, das ist eine Ewigkeit her. Er hat danach wieder geheiratet und zwei Kinder bekommen. Ich bin seitdem allein gewesen. Bis jetzt.«

»Und dieser Mann bereitet dir Sorgen?«

»Ja. Vermutlich steigere ich mich da unnötig rein«, sagte Elín. »Vielleicht bin ich paranoid. Sergei ist ein guter Mann, und ich bin froh, dass wir uns kennengelernt haben.«

Áróra lächelte freundlich. Sie wollte die ganze Geschichte hören, ehe sie Elín ihre Meinung sagte. Es mochte sein, dass Elín zu misstrauisch war, doch Áróra hatte sich immer an den Rat ihres Vaters gehalten und auf ihre Intuition vertraut. Bis auf ein einziges Mal. Sie würde es für den Rest ihres Lebens bereuen, dass sie nicht auf ihr Bauchgefühl gehört hatte und zu ihrer Schwester geeilt war, nachdem Björn sie geschlagen und Ísafold sie ein letztes Mal um Hilfe gebeten hatte. Dieses eine Mal hatte Áróra ihrer Erschöpfung und dem Frust nachgegeben und das dringende Bedürfnis ignoriert, ihre Schwester zu beschützen, dieses Bedürfnis, das immer stärker in ihrem Bauch rumort hatte. Und kurz darauf war Ísafold spurlos verschwunden.

Aber jeder Fall war anders, die Menschen waren verschieden, und sie kannte diese Frau nicht, daher konnte es gut sein, dass sie einfach nur an Wahnvorstellungen litt.

»Erzähl mir alles, von Anfang an«, sagte sie und legte ihren Schal ab, unter dem sie zu schwitzen begann. Sie hatte sich noch nicht daran gewöhnt, dass die Isländer ihre Häuser im Winter um die Wette heizten. »Erzähl mir, wie ihr euch kennengelernt habt.« In diesem Moment brachte der Kellner den Kaffee, und Elín wartete, bis er wieder gegangen war.

»Es ist mir etwas unangenehm, das zu erzählen, denn wir haben uns über eine Datingseite kennengelernt. Eine von diesen Apps«, begann Elín.

Áróra schüttelte den Kopf. »Das ist nichts, wofür man sich schämen müsste. So läuft das heute. Das ist kein schlechterer Weg, Leute kennenzulernen, als in eine Bar oder in einen Club zu gehen.«

Elín lachte sichtlich erleichtert. »Das stimmt«, sagte sie. »Darauf hatte ich keine Lust mehr. Ich habe gemerkt, dass Typen in meinem Alter, die an Bars herumhängen, irgendwie keine richtigen Männer sind.«

»Aber Sergei ist nicht in deinem Alter, oder?«, hakte Áróra

nach, denn sie hatte in ihrem Telefonat heute früh herausgehört, dass er jünger war als Elín.

Die lehnte sich weit zu Áróra über den Tisch, als ob sie ein Geheimnis preisgäbe. »Er ist zwanzig Jahre jünger«, flüsterte sie. »Ich bin 47, er 27.« Áróra war überrascht, wie verschämt sie das sagte, und musste an sich und Daníel denken. Zwischen ihnen lagen fünfzehn Jahre, aber das hatte sie nie als Hindernis betrachtet. Er vielleicht schon. Doch diesen Gedanken schüttelte sie schnell ab. Nicht der Altersunterschied hatte eine Beziehung zwischen Daníel und ihr verhindert, sondern alle möglichen anderen Komplikationen. Die größte war die, dass Daníel die Ermittlungen zum Verschwinden ihrer Schwester geleitet hatte.

Áróra betrachtete Elín. Sie war eine schöne Frau, kurvig und blond, die elfenbeinweiße Haut ganz glatt und ebenmäßig. Und sie guckte so sympathisch. Im Moment wirkte sie vielleicht etwas durcheinander, aber trotzdem war sie vor allem sympathisch. Áróra konnte gut verstehen, warum Daníel diese Frau geliebt hatte.

16

Helena und Daníel hatten sich gerade vor der Uniklinik ins Auto gesetzt, als Daníels Handy klingelte. Er ging ran, hörte kurz zu und sagte dann: »Ich stelle dich auf laut, Rannveig, damit Helena auch mithören kann.«

Das war diese nerdige Rannveig aus der IT, die am liebsten nur mit Daníel sprechen wollte, weil sie sich *von früher* kannten. Wenn Helena es richtig verstanden hatte, lag dieses *Früher* ungefähr dreißig Jahre zurück.

»Hey, hey«, sagte Rannveig. Durch den Handylautsprecher klang es, als hielte sie sich die Nase zu. »Wir haben den Container zurückverfolgt. Er kam vom Sundahöfn-Hafen und wurde von einer Firma namens InExport verzollt, wobei es sich, soweit ich sehen kann, um eine Briefkastenfirma handelt. Die Kollegen von der Wirtschaftskriminalität checken das gerade.«

»Und?«, fragte Daníel ungeduldig.

»Ein Lkw hat den Container abgeholt, der Fahrer hatte den Frachtbrief dabei.« Wieder schwieg Rannveig, und es wirkte fast, als machte es ihr Freude, Daníel auf die Folter zu spannen.

»Und?«

»Und eine Sicherheitskamera hat gefilmt, wie der Laster

mit dem Container den Hafen verlässt.« Abermals machte Rannveig eine Pause, und Daníel stöhnte leise, als müsste er sich mit aller Kraft zurückhalten, um nicht loszubrüllen.

»Und?«

»Wir haben das Kennzeichen und den Namen des Halters.«

»Okay. Schieß los«, sagte Daníel, bereit, die Adresse ins Autonavi einzugeben.

»Der Mann heißt Lárentínus Ásgeirsson, knapp dreißig, Lkw-Fahrer, wohnhaft in Gufunes.« Sobald Daníel die Adresse eingegeben hatte, trat Helena aufs Gaspedal.

»Ein Streifenwagen mit uniformierten Polizisten ist bereits auf dem Weg. Sie warten vor dem Haus auf euch.«

»Super. Danke, Rannveig.« Am anderen Ende der Leitung herrschte Stille. Nach einem kurzen Moment sagte Daníel: »Danke, dass du dein Wissen mit uns geteilt hast, Rannveig.«

»Wissen ist Macht«, entgegnete Rannveig verschwörerisch. Daníel lächelte.

»Zweifellos!«, sagte er schmunzelnd, und Helena hörte Rannveig noch lachen, als sie auflegte.

»Was war das denn bitte?«, fragte Helena. »Dieses Telefonat klang wirklich skurril.«

Daníel lächelte immer noch. »Ja«, sagte er. »Das sind die Nachwehen eines alten Saufstreits zwischen Rannveig und mir über die Frage, was Menschen in Beziehungen Macht verleiht. Sie hat damals eindeutig gewonnen, und das reibt sie mir gern mal unter die Nase.«

»Ist das lange her?«, fragte Helena.

»Joa, so paarundzwanzig Jahre«, sagte Daníel.

»Gott …«, murmelte Helena und bog auf die Miklubraut. »Wirklich ein komischer Vogel, diese Rannveig.«

»Sie vergisst nichts«, sagte Daníel und lachte. Helena musste mitlachen. Daníel hatte schon immer etwas für komische Vögel übriggehabt. Sie lenkte den Wagen auf die mittlere Spur, dann auf die linke und gab Gas. Spätestens in acht Minuten würden sie bei dem Lastwagenfahrer, Lárentínus Ásgeirsson, auf der Matte stehen.

17

»Am meisten stört mich, dass er mir wegen der Heirat so einen Druck macht, obwohl es natürlich verständlich ist, denn er braucht die Aufenthaltserlaubnis. Aber wenn ich den Ehevertrag anspreche, wird er entweder wütend, oder er redet die Sache klein.« Elín lächelte verlegen, während sie erzählte, als schämte sie sich dafür, in diese Situation geraten zu sein.

»Das ist nicht schön«, sagte Áróra tröstend. »Hast du denn viel Besitz?«

»Nein«, sagte Elín und zuckte mit den Schultern. »Nicht wirklich viel. Mein Vater hat mir mein Erbe vorzeitig ausgezahlt, als er sich verkleinert hat, seitdem ist mein Reihenhaus schuldenfrei, und ich konnte mir noch eine kleine Wohnung in der Stadt kaufen, die ich vermiete. Das ist meine Haupteinnahmequelle. Bilder verkaufe ich in letzter Zeit nur selten, aber ich brauche ja nicht viel, weil ich keine Schulden habe.«

Áróra nickte. »Das ist schon einiges, gerade für jemanden, der überhaupt nichts hat, wie Sergei.«

»Ich weiß«, sagte Elín. »So war das auch nicht gemeint. Aber ich bin nicht wirklich reich, sodass er mich wegen des Geldes heiraten will. Wir führen kein Luxusleben. Überhaupt nicht.«

Áróra betrachtete Elín, die innerhalb eines Sekundenbruchteils von kindlicher Aufrichtigkeit auf Verteidigung umstellte. Was in gewisser Weise auch verständlich war, hier ging es schließlich um Herzensangelegenheiten. Aber es deutete auch darauf hin, dass sie sehr sensibel war. Sie war schnell zu verletzen und vielleicht obendrein noch leichtgläubig.

»Am wahrscheinlichsten ist es natürlich, dass Sergei einfach noch nicht reif genug ist zu begreifen, wie wichtig dir finanzielle Sicherheit ist«, sagte Áróra. »Er ist noch jung, und junge Menschen sind oft wagemutig und machen sich weniger Sorgen um die Zukunft«, fuhr sie fort und sah, wie Elín sich entspannte und erleichtert seufzte.

»Ja«, sagte sie. »Genau das denke ich auch. Er kann einfach nicht nachvollziehen, warum es mir und meinem Vater so wichtig ist, für den Ernstfall meinen Lebensunterhalt zu sichern. Er will einfach nicht darüber nachdenken, dass unsere Beziehung in die Brüche gehen könnte. Das kann er sich nicht vorstellen. Und das hat natürlich etwas Kindisches.« Áróra erwiderte Elíns Lächeln und wartete darauf, dass sie zur Sache kam. Am Telefon hatte sie von einem Auftrag gesprochen. Dass Daníel ihr geraten habe, Áróra etwas recherchieren zu lassen.

»Gibt es noch mehr, was dich an Sergei stört?« Die Frage blieb im Raum stehen, bis Elín sich vorbeugte und beinahe im Flüsterton zu erzählen begann, obwohl das in dem leeren Café etwas übertrieben war, zumal der einzige weitere Gast Kopfhörer aufhatte.

»Ich will nicht so klingen, als hätte ich Vorurteile, aber Sergei kommt natürlich aus einer anderen Kultur«, sagte Elín. »Und ich weiß nicht, was dort in Beziehungen üblich ist. Je-

denfalls ist da eine Frau, die ihn zu jeder Tages- und Nachtzeit anruft, und er zieht sich immer zurück, wenn er mit ihr
spricht. Er sagt, es sei seine Mutter, aber ich habe das Gefühl, dass das nicht stimmt.«

»Und was genau soll ich für dich tun?«, fragte Áróra, und
Elín lachte verlegen.

»Ich weiß es auch nicht so genau. Vielleicht einfach über
deine Kanäle ein paar Nachforschungen anstellen?«

Áróra nickte. Allerdings war ihr unklar, welche Kanäle
Elín im Sinn hatte. »Ich könnte mir seine Finanzen ansehen
und ihn in den öffentlich zugänglichen Registern suchen«,
sagte Áróra. Unter normalen Umständen hätte sie einen solchen Auftrag abgelehnt. Doch da quasi Daníel sie darum bat,
nahm sie diesen Job gerne an.

18

Auf dem Heimweg spürte Elín, dass sie sich nach dem Gespräch erleichtert fühlte. In gewisser Weise schrumpften Probleme schon allein dadurch, dass man mit anderen darüber sprach. Solange dieser andere nicht ihr Vater war. Der hatte die Tendenz, Probleme noch größer zu machen. Zumindest wenn es um Sergei ging. Elín stellte das Gebläse an, und langsam verschwand die Feuchtigkeit von den Scheiben, und die Sicht wurde besser. Unglaublich, wie sehr Áróra ihrem Vater glich. Sie war groß und stolz, die Haare aschblond, die Augen dunkelbraun und ihr Auftreten so elegant, als wäre sie ein Model. Es kam ihr so vor, als hätte sie Áróra gerade eben noch bei Familienfeiern als Kind erlebt. Als sie vorhin das Café betreten hatte, war es so unangenehm greifbar geworden, wie schnell die Zeit verging.

Elín wollte Áróras Rat befolgen und es mit Sergei ruhig angehen lassen. Es noch ein paar Tage hinauszögern, einen Termin beim Amt ausmachen, damit Áróra Zeit hatte, etwas über ihn herauszufinden. Ein wenig bedrückend fand Elín diesen Gedanken schon, aber nicht weil sie Sorge hatte, sondern Schuldgefühle. Schuldgefühle, weil sie dem Mann, den sie liebte, so sehr misstraute, dass sie eine Art Privatdetektivin auf ihn ansetzte. Vielleicht war das der springende

Punkt: Da sie Sergei nicht hundertprozentig vertraute, sollte sie ihn auch nicht heiraten. Dagegen stand, dass eine Heirat die einzige Chance für sie war zusammenzubleiben, denn er brauchte die Aufenthaltserlaubnis. Deshalb steckte sie in dieser Zwickmühle. Die Vorstellung, dass Sergei für viele Monate das Land verlassen müsste, war unerträglich.

Nach dem, was Áróra gesagt hatte, war es nur vernünftig und verständlich, dass sie so viel wie möglich über den Mann wissen wollte, den sie heiraten würde. Vor allem, wenn es keinen Ehevertrag geben würde. Das hatte sie noch nicht entschieden. Ihr Vater drängte sie dazu, aber Sergei wollte davon nichts hören. Vielleicht konnte sie leichter darauf verzichten, wenn sie mehr über Sergeis Hintergrund wusste. Das würde sich zeigen, sobald Áróra ihre Nachforschungen angestellt hatte. Sie hatte ihr alle Informationen über Sergei gegeben, die sie hatte, seine Passnummer und die bisherigen Wohnorte, dass seine Mutter Galina hieß und er die Frau am Telefon Sofia nannte.

Als sie in ihre Straße bog, ließ Elín zum Lüften das Fenster herunter, damit die Scheiben das nächste Mal nicht ganz so stark beschlugen, und schloss es wieder, ehe sie auf der Einfahrt vor ihrem Haus den Motor ausstellte. Das Wohnzimmerfenster war hell erleuchtet, und ein warmes Gefühl durchströmte sie. Nachdem sie so lange allein gelebt hatte, genoss sie es sehr, nach Hause zu kommen, wenn Sergei da war, das Licht brannte, das Radio lief und ein heißer Tee auf sie wartete. Elín öffnete die Haustür, und auf dem Weg die Treppe hinauf bereute sie, was sie getan hatte. Wie kam sie auf die Idee, andere Leute auf Sergei anzusetzen? War sie nicht viel zu misstrauisch? Das Schuldgefühl in ihrem Bauch wuchs und verdichtete sich, und während sie die Stufen erklomm, kam sie zu dem Schluss, dass sie Sergei am besten alles sagte. Es ihm erklärte.

Doch als sie die Wohnung betrat, waren diese Gedanken schlagartig vergessen. Irgendetwas war passiert. Sergei stand im Wohnzimmer und brüllte auf Russisch ins Telefon. Dabei bebte sein ganzer Körper, doch anhand seiner Körpersprache und Stimme konnte Elín nicht ausmachen, ob es rasende Wut oder Angst war, die ihn so erzittern ließ. Er beendete das Telefonat abrupt und starrte sie an.

»Was ist los?«, fragte Elín sanft und ging auf ihn zu. Sie legte ihre Hand auf seine Brust, doch er zuckte zurück, als hätte die Berührung ihn verbrannt.

»Es ist alles im Arsch«, dann stürmte er zur Tür, schnappte sich seine Jacke und schrie noch einmal, noch verzweifelter: »Everything is fucked!« Dann verschwand er die Treppe hinunter, und im nächsten Moment hörte Elín die Haustür zuknallen.

19

Lárentínus, der Lkw-Fahrer, war nicht zu Hause. Die uniformierten Kollegen waren ihnen zuvorgekommen, und Daníel wollte gerade schon seinen Unmut darüber zum Ausdruck bringen, dass sie nicht auf Helena und ihn gewartet hatten, als sie erklärten, die Haustür habe sperrangelweit offen gestanden, also hätten sie ins Haus geguckt und gerufen, aber keine Antwort erhalten.

Es war ein kleines Einfamilienhaus im Bungalowstil in einer neuen Siedlung mit Blick auf das alte Fabrikquartier in Gufunes. Es gab Orte mit deutlich hübscherer Aussicht in Reykjavík, die halb verfallene Fabrik wurde seit einiger Zeit als Recyclinghof genutzt, und zwischen den barackenartigen Gebäuden lagen riesige Haufen aus Fischernetzen und altem Holz, aber die Häuser auf dem Hügel waren hübsch, und es gab zahlreiche Neubauprojekte, sodass hier in Kürze vermutlich ein schönes neues Wohnviertel entstehen würde.

»Seid ihr auch schon reingegangen?«, fragte Daníel, worauf die beiden Polizisten die Köpfe schüttelten. Er gab ihnen ein Zeichen, ihm zu folgen, und zu viert betraten sie das Haus, die beiden Uniformierten vorneweg, der eine mit der Hand am Pfefferspray in seinem Gürtel, als rechnete er jederzeit mit einem Angriff. Daníel hatte schon öfter beobachtet, dass Streifenpolizisten, die jedes Wochenende völlig angstfrei die brenzligsten Situationen regelten, in Anwesenheit der Kriminalpolizei total nervös wurden. Er war sich nicht sicher, ob es daran lag, dass die Kriminalpolizei mit schweren Verbrechen zu tun hatte und die Uniformierten daher mit dem Schlimmsten rechneten, oder ob sie sich in Anwesenheit der Kollegen von der Kripo einfach nur beobachtet fühlten und beweisen wollten.

»Hier ist niemand«, sagte einer der beiden, nachdem sie in jedes Zimmer einen Blick geworfen hatten. »Aber alles ist verwüstet.« Das stimmte. Das Wohnzimmer sah aus wie nach einem heftigen Erdbeben. Geschirr und Gläser aus einer Anrichte lagen in Scherben auf dem Boden, dazwischen Federn aus dem aufgeschlitzten Sofa, und der Couchtisch war in der Mitte gespalten. Daniel warf einen Blick in Schlaf- und Badezimmer, doch dort wirkte alles normal, und nichts war durchwühlt worden.

»Da sollte wohl nur jemand eingeschüchtert werden«, folgerte Daniel. »Hier hat niemand etwas gesucht, sonst wären Bad und Schlafzimmer auch verwüstet worden.«

»Es sei denn, sie sind schon im Wohnzimmer fündig geworden«, gab Helena zu bedenken. Daniel nickte, das konnte sein, doch sein Gefühl sagte ihm, dass mehr Schaden angerichtet worden war, als nötig gewesen wäre, um nach etwas zu suchen. Im Wohnzimmer lagen so viele Scherben, als hätte sich jemand einen Spaß daraus gemacht, einen Teller nach dem anderen gegen die Wand zu schleudern. Leute hingegen, die etwas suchten – Geld, Drogen oder anderes –, arbeiteten zielgerichtet und machten sich schnellstmöglich wieder vom Acker.

Helena kam aus dem Badezimmer, ein Parfümfläschchen in der Hand.

»Hier wohnt auch eine Frau«, sagte sie. »Zumindest den Kosmetikprodukten nach zu urteilen.« Daníel zückte sein Handy und öffnete das Einwohnerregister. Helena hatte recht. In diesem Haus war nicht nur Lárentínus gemeldet, sondern auch eine dreiundzwanzigjährige Frau. Daníel checkte ihren Namen im Íslendingabók, einer genealogischen Datenbank über alle Isländer der vergangenen 1200 Jahre, und lächelte zufrieden, als er das Ergebnis sah.

»Ich habe meine Daten mit denen von Lárentínus' Mitbewohnerin abgeglichen«, erklärte er Helena, die ihn fragend ansah. »Wir sind in achter Generation miteinander verwandt.«

»Und?«, sagte Helena. »Wir beide sind auch in achter Generation verwandt. Wir sind alle in achter Generation verwandt.«

»Jep«, sagte Daníel auf dem Weg zurück zum Auto und winkte freudig mit seinem Handy. »Aber ich weiß jetzt, wer ihre Eltern sind. Wir sind über ihre Mutter verwandt. Und laut Einwohnerregister wohnt die in Breiðholt. Let's go!«

20

Elín hatte gesagt, dass Sergei in England und Frankreich gewesen war, nachdem er Russland verlassen hatte. Sobald sie vor dem Café in ihrem Auto saß, loggte Áróra sich auf ihrem Handy in die Datenbank vom britischen General Register Office ein und beantragte auch Zugang und Passwort für das *état civil*-Register des *Départements 75*, also Paris. Am besten fing sie dort an zu suchen, wo sie am wahrscheinlichsten fündig wurde.

Dann fuhr sie auf direktem Wege zum Gym, wo sie eine schnelle Einheit mit dem Springseil einlegte und sich kurz dehnte, ehe sie sich den Gürtel umschnallte und die Hundert-Kilo-Langhantel viermal in die Luft stemmte. Beim letzten Mal rang sie nach Luft, und ihre Beine zitterten.

»Wahnsinn, wie stark du bist«, sagte ein großer, kräftiger Mann mit langem schwarzem Bart, der auf einer der Bänke saß und ihr zugesehen hatte.

»Danke«, sagte Áróra und lächelte. »Es gibt auch Frauen, die hundertfünfzig Kilo schaffen.« Sie setzte sich zu dem Mann. Er brummte zustimmend und musterte sie.

»Ja. Aber dafür ist dein Rücken zu lang«, sagte er, und Áróra nickte.

»Die Größe habe ich von meinem Vater.«

»Dein Vater war ein Riese. Ein toller Typ.«

Áróra wurde warm ums Herz. Es freute sie immer wieder, wie ehrfürchtig isländische und auch schottische Kraftprotze von ihrem Vater sprachen.

»Ja. Bei ihm passte das Gewicht zur Größe, aber Frauen, die so groß sind wie ich, können das vergessen.«

»Stimmt. Die kleinen Frauen stemmen die schwersten Gewichte. Wenn du willst, kann ich dir Testosteron besorgen.«

»Nee, nee, ich trete nicht bei Wettkämpfen an oder dergleichen, das lasse ich lieber. Außerdem kriegt man davon Pickel. Und denkt ständig an Sex …« Der Mann lachte, und Áróra stand auf.

»Wir sehen uns.« Der Mann nickte zum Abschied, und Áróra verließ das Gym durch die große Tür und ging zu ihrem Wagen. Sie mochte dieses Fitnessstudio, obwohl es ziemlich primitiv war: eine Garage, in der gerade mal eine Handvoll Leute gleichzeitig Gewichte stemmen konnte. Im Grunde ähnelte es den Orten, an denen sie schon als Kind mit ihrem Vater trainiert hatte, und auch die bärtigen, tätowierten Muskelprotze war sie von Klein an gewohnt, und sie fühlte sich wohl in ihrer Nähe. Morgen oder übermorgen würde sie wiederkommen und sich die Arme vornehmen. Sie hielt sich an die alte Routine, das halbe Jahr über Muskelaufbau zu betreiben und im nächsten Halbjahr runterzufahren, einfach weil sie es so gewohnt war. So hatten sie es gehalten, als ihr Vater noch lebte und an Wettkämpfen im Gewichtheben teilgenommen hatte.

Ihr Handy piepte, und an der nächsten roten Ampel warf

sie einen Blick aufs Display. Sie hatte eine E-Mail und mehrere Nachrichten erhalten. Die Mail öffnete sie, bevor die Ampel auf Grün sprang, und sah, dass die Zugangsdaten für das britische *GRO* und fürs *état civil* angekommen waren.

Zu Hause stellte sie die Kaffeemaschine an, füllte gefrorene Beeren, eine Banane und Proteinpulver in den Mixer und goss Milch darüber. Dann setzte sie sich mit ihrem Shake vor ihren Laptop. Sie tippte Sergeis Namen und seinen Geburtstag in die *GRO*-Datenbank ein, doch es gab keinen Treffer. Damit hatte sie auch kaum gerechnet, denn dort wurden lediglich Geburten, Heiraten und Todesfälle erfasst. Mit deutlich größerer Hoffnung loggte sie sich ins *état civil* ein. Die Franzosen erfassten deutlich mehr Informationen über die Menschen, die in Frankreich lebten – aber natürlich nicht in einer Gesamtdatenbank wie in Island, sondern nach Regionen unterteilt. Wenn Sergei jemals eine Aufenthaltserlaubnis in Frankreich beantragt hatte, musste er in den französischen Datenbanken auftauchen, und zwar wahrscheinlich in Paris, da die meisten dieser Anträge dort gestellt wurden. Obwohl Áróra gehofft hatte, dass das französische Register ihr irgendetwas über Sergei verraten würde, hatte sie nicht mit dem gerechnet, was die Datenbank ihr ausspuckte, nachdem sie seinen Namen und sein Geburtsdatum eingetippt hatte.

Sie studierte die Daten und nutzte schließlich eine Übersetzungs-App, um sicherzugehen, dass sie richtig verstand. Dann klickte sie auf »anfordern« und öffnete die hinterlegten Dokumente. Die Heiratsurkunde von Sergei Konstantinovich Popov und Marie C. Allard. Eine unbefristete Aufenthaltserlaubnis für Sergei im Schengen-Raum aufgrund einer Familienzusammenführung, in diesem Fall durch seine Ehe mit einer französischen Staatsbürgerin. Und zuletzt die Sterbeurkunde der Ehefrau, Marie C. Allard.

21

Helena sah die Angst in den Gesichtern der Eltern von Lárentínus' Freundin, als sie zögerlich die Tür ihres stattlichen Zweifamilienhauses in Hólar öffneten. Die Mutter stand hinter ihrem Mann und lugte ihm über die Schulter, als rechnete sie mit dem Schlimmsten. Die beiden wirkten richtiggehend erleichtert, als Daníel sich und Helena als Polizeibeamte vorstellte.

»Kommt rein«, sagte der Mann und spähte kurz die Straße rauf und runter, als befürchtete er, das Haus würde beschattet. »Ich bin wirklich froh, dass ihr da seid. Unsere Tochter wollte partout nicht, dass wir die Polizei rufen, weil sie Sorge vor einem Racheakt durch diese Schlägertypen hat, die bei ihnen eingefallen sind.«

»Ist sie verletzt?«, fragte Helena.

»Nein, ich glaube nicht«, sagte der Vater.

»Nur seelisch«, ergänzte die Mutter.

»Ja, sie haben ihr eine Heidenangst eingejagt, diese Unmenschen«, sagte der Vater. »Sind das Drogendealer? Was für Leute tun so etwas? Und was wollen sie von Lárentínus?«

»Genau das untersuchen wir gerade«, sagte Helena und folgte den Eltern ins Wohnzimmer zu ihrer verheulten, in eine Decke gewickelten Tochter. Helena ging auf sie zu, gab ihr die Hand und setzte sich neben sie aufs Sofa. Daníel nahm auf einem Sessel gegenüber Platz. »Wie geht es dir?«, fragte Helena. Die junge Frau sackte zusammen und brach in Tränen aus.

»Nicht gut«, schluchzte sie. »Ich habe so eine Angst, dass diese Typen Lalli umbringen.«

»Lalli? Meinst du damit Lárentínus, deinen Freund?«, fragte Daníel. Die junge Frau nickte, zog die Nase hoch und wischte sich die Tränen von den Wangen. »Wo ist Lárentínus?«, hakte Daníel nach, worauf sie den Kopf schüttelte und die Lippen zusammenpresste.

»Er hat gesagt, ich darf es niemandem verraten.« Helena hörte, wie Daníel ein leises, zufriedenes Brummen von sich gab. So leise, dass nur sie es wahrnahm, die schon unzählige Male ähnliche Situationen mit ihm erlebt hatte und wusste, dass er die Herausforderung liebte, Menschen Informationen zu entlocken, die sie nicht preisgeben wollten. Und er war geschickt darin, das musste sie ihm lassen. Er hatte da eine natürliche Gabe und so viel Übung, dass es niemandem gelang, ihm gegenüber dichtzuhalten. Er lehnte sich auf seinem Sessel zurück, als würde er vor dem Fernseher entspannen, und Lárentínus' Freundin sah ihn verzweifelt an. Helena tat es ihm nach, setzte sich bequemer hin und lockerte ihren Schal.

Die Mutter stand daneben, und in diesem Moment schien ihr klar zu werden, dass die beiden so schnell nicht wieder gehen würden.

»Darf ich euch einen Kaffee anbieten?«, fragte sie, und Daníel schenkte ihr ein strahlendes Lächeln.

»Gern, danke«, sagte er, und die Tochter brach erneut in Tränen aus.

»Ich weiß nichts«, stieß sie schluchzend hervor. »Nur dass Lalli die ganze Nacht unruhig war, und heute früh ist er gegangen und meinte, ich darf niemandem sagen, wo er ist. Niemandem. Er hat irgendetwas von einem Container gesagt, den er für jemanden abgeholt hat. Und als ich auf Facebook und Insta gegangen bin, habe ich es gesehen. Überall Fotos von einem Container mit Polizeiautos drumherum, und keiner weiß, was los ist.« Helena seufzte. Natürlich hatte die Nachricht von dem Container in den sozialen Netzwerken schon längst die Runde gemacht. Ein Foto von einem Polizisten im Einsatz an irgendeinem Tatort genügte, um die Gerüchteküche zum Brodeln zu bringen. Heute, wo jeder seine eigenen Nachrichtenplattformen hatte, reichte es nicht mehr, die klassischen Medien zu bitten, eine Neuigkeit bis zum richtigen Zeitpunkt zurückzuhalten.

»Ich habe überhaupt nicht kapiert, was los ist«, erzählte Lárentínus' Freundin weiter. »Und dann kamen diese Männer und haben nach Lalli gesucht, irgendwelche ausländischen Kriminellen, und jetzt fragt ihr nach ihm. Was ist denn mit diesem Container?«

»Aber du siehst schon einen Unterschied zwischen uns und den ausländischen Kriminellen, oder?«, fragte Daníel und lächelte freundlich.

»Wir sind die Polizei. Lárentínus hat von uns nichts zu befürchten«, ergänzte Helena mit sanfter Stimme. Die junge Frau schüttelte den Kopf.

»Ich weiß ja überhaupt nicht, worum es geht«, schluchzte sie. »Lalli hat gemeint, ich soll niemandem etwas sagen. Vielleicht hat er irgendetwas angestellt, und ihr wollt ihn verhaften?« In diesem Moment kam die Mutter mit der Kaffeekanne und Tassen herein, der Vater folgte mit Milch und einem Keksteller.

»Mmh!«, brummte Daníel zufrieden, bediente sich an dem Teller, sobald der Vater ihn auf den Tisch stellte, und schob sich einen Keks in den Mund. Von der Mutter nahm er eine randvolle Tasse Kaffee entgegen, gab einen Schuss Milch dazu und trank. »Das ist mal ein guter Kaffee!«, lobte er zufrieden. »Hervorragend.«

»Wir nehmen French Roast in einer ganz normalen Maschine«, sagte die Frau.

»Keine Espressokapriolen in diesem Haus«, schob der Mann hinterher und setzte sich auf den anderen Sessel. »Worum geht es hier eigentlich? Wieso sucht die Polizei nach Lárentínus? Ist er in irgendwelche Schwierigkeiten geraten?«

Helena sagte nichts, sondern sah Daníel an. Er hatte die Führung übernommen und offenbar einen Plan, wie er an die Informationen zum Aufenthaltsort des Lastwagenfahrers kommen wollte. Er kaute seinen zweiten Keks zu Ende und spülte ihn mit einem großen Schluck Kaffee runter.

»Leider kann ich euch nicht sagen, worum es konkret geht, weil ich natürlich der Schweigepflicht unterliege. Das sind die Regeln«, erklärte er dem Vater, der verständnisvoll nickte. Dann wandte er sich der aufgelösten Tochter zu und fixierte sie. »Möglicherweise ist Lárentínus in ein sehr schweres

Verbrechen verwickelt.« Er schwieg einen Moment, um seinen Worten das nötige Gewicht zu verleihen. »Mord.«

Die junge Frau verbarg ihr Gesicht in den Händen.

»Allmächtiger!«, stöhnte die Mutter.

Der Vater sprang auf. »Sollten wir ihm einen Anwalt organisieren?«, fragte er, offenbar der Typ Mensch, der mit Stresssituationen am besten zurechtkam, indem er aktiv wurde.

»Das wäre ratsam, ja«, sagte Helena. »Falls ihr keinen Anwalt zur Hand habt, können wir ihm einen vermitteln.« Daníel sah immer noch die Tochter an, die zwischen den Fingern hervorlugte wie ein verängstigter Vogel im Käfig.

»Lalli ist kein Mörder!«, stieß sie hervor. Ihr dünnes Stimmchen klang wie das eines kleinen Mädchens.

»Hoffentlich hast du recht«, sagte Daníel. »Aber wir müssen mit ihm sprechen und herausfinden, was er dazu sagt. Vielleicht ist das alles ein Missverständnis, das sich ausräumen lässt. Das Wichtigste ist, dass wir ihn finden, bevor diese ausländischen Kriminellen es tun.«

»Jetzt sag der Polizei, was sie wissen muss, Mädchen!«, fuhr der Vater seine Tochter an. Die räusperte sich.

»Er ist in einem Sommerhaus am Elliðavatn.«

»In unserem alten Ferienhaus?«, fragte die Mutter erstaunt. Die Tochter nickte, und Daníel lächelte zufrieden.

»Vielen Dank«, sagte er zu der jungen Frau. »Du hast das Richtige getan. Ganz gleich, ob Lárentínus etwas verbrochen hat oder nicht, ist er bei uns am besten aufgehoben.« Dann sah er Helena an. »Wie wäre es, wenn du mit den Kollegen draußen losfährst und Lárentínus suchst? Und ich kümmere mich um eine genaue Beschreibung von diesen ausländischen Kriminellen. Und trinke diesen hervorragenden Kaffee auf, bevor ich zum Flughafen düse.« Er zwinkerte Helena zu. Das hatte sie ganz vergessen. Daníel musste seine Kinder abholen, die zur Papa-Woche aus Dänemark kamen. Sie verabschiedete sich, und auf dem Weg zur Tür überlegte sie, wie Daníel während dieser Ermittlungen seiner Vaterrolle gerecht werden wollte.

22

Als Bisi aufwachte, hatte sie Schwierigkeiten, sich zu orientieren. Sie war noch im Krankenhaus, das war klar, denn sie lag noch immer in einem schneeweißen Klinikbett, aber die Umgebung war eine andere als vor ihrem medikamentengedämpften Albtraum. Das Licht, das durch die Fenster fiel, tauchte den Raum in ein blasses Graublau, gegen das die Fluoreszenzlampen an der Decke nichts ausrichten konnten. Neben ihr saß eine alte Frau, strich ihr über den Arm und murmelte etwas Unverständliches. Sie war keine Krankenschwester, denn sie trug einen rosafarbenen ziemlich zerschlissenen Bademantel über der weißen Krankenhauskleidung, und sie wirkte uralt. Bei weißen Frauen fiel es Bisi zwar immer schwer, das Alter zu schätzen, aber die Falten im Gesicht der Frau sprachen für sich. Bisi versuchte, sich aufzurichten, doch mit den riesigen Verbänden an den Händen war das gar nicht so leicht. Die alte Frau stieß eine Art Freudenschrei aus, als sie sah, dass Bisi aufgewacht war, drückte auf die Klingel, die an dem Metalldreieck über dem Bett baumelte, und streichelte weiter Bisis Arm.

Die Tür öffnete sich, und eine Frau in weißem Kittel kam herein. Das musste eine Schwester oder Ärztin sein, denn sie hatte ein Stethoskop um den Hals und alle möglichen Utensilien in der Brusttasche. Bisi versuchte, den Namen auf dem Schildchen zu entziffern, das an ihrem Kragen klemmte, doch die Buchstabenfolge darauf war für sie unaussprechbar.

»Hello and welcome to ward A4«, begrüßte die Frau sie freudig. Die alte Frau sagte etwas, das die Frau in Weiß für Bisi ins Englische übersetzte: »Sie sagt, du hast sehr unruhig geschlafen, deshalb hat sie sich zu dir gesetzt.« Bisi sah die alte Frau an und verzog ihren Mund zu einem kleinen Lächeln. Als die alte Frau zurücklächelte, vervielfachten sich die Fältchen um ihre Augen noch, und jetzt musste Bisi wirklich lächeln. Die Alte war irgendwie putzig, wie sie dort mit ihrem grauen Haarknäuel saß und sich hin und her wiegte. Auf einmal quollen Tränen aus Bisis Augenwinkeln und liefen ihr über die Wangen. Es war so lange her, dass sie sich so gefühlt hatte. So lange her, dass sie gelächelt hatte. Die alte Frau strich ihr wieder über den Arm, und Bisi versuchte, mit der anderen Hand ihre Tränen zu trocknen, was mit dem dicken Verband aber nicht recht gelingen wollte.

»You have a little bit of frostbite on your hands and feet«, sagte die Schwester. »Du hast leichte Erfrierungen an Händen und Füßen. Während wir das behandeln, bleibst du hier auf der Station.«

»Stimmt das wirklich?«, fragte Bisi. »Stimmt es, dass ich in Island bin?«

Die Schwester guckte kurz irritiert, dann nickte sie. »Ja«, antwortete sie. »Du bist in Island.« Sie räusperte sich und nahm eine Spritze und einige Glasröhrchen von einem kleinen Wagen. »Wir müssen dir Blut abnehmen und die Werte untersuchen.« Die Schwester spannte einen Gurt um Bisis Arm und suchte nach einer Ader. Bisi spürte den Nadelstich kaum, und als das rote Blut in die Röhrchen floss, die die Schwester mit flinken Händen wechselte, war sie fast ein wenig beruhigt. Der Blutfluss war ein untrügliches Zeichen dafür, dass sie noch lebte. Die alte Frau stand auf und sah interessiert zu. Dann sagte sie etwas, worauf die Schwester lachte, und auch die Alte lachte und klang dabei fast ein wenig entschuldigend.

»Sie hat sich gewundert, dass dein Blut dieselbe Farbe hat wie ihres, obwohl du so viel dunkler bist als sie.« Sie zog die Nadel heraus und drückte einen Wattebausch auf die Einstichstelle. »Ich glaube, so nah ist sie einem schwarzen Menschen noch nie gekommen«, sagte sie schelmisch und zwinkerte Bisi zu. Die sah die alte Frau an und dachte, dass sie ihr nicht weniger fremd vorkam. Einen Moment lang lachten sie alle drei, und für diesen kurzen Augenblick rückte der Albtraum in den Hintergrund, und die Zeit im Container war nur noch eine ferne Erinnerung.

23

Helena hatte keine Lust zu rennen und überließ es den uniformierten Polizisten, Lárentínus durch das Brachland ober-
halb des Sommerhauses zu verfolgen. Das kleine Haus stand
am Ufer des Elliðavatn und sah aus, als hätte sich schon lange keiner mehr darum gekümmert. Lárentínus hatte sie schon
von Weitem kommen sehen und war aus der Tür gestürmt,
noch ehe sie die beiden Fahrzeuge auf dem Trampelpfad abgestellt hatten. Einer der Polizisten zeigte auf Lárentínus und
fragte, ob das der Mann sei, den sie fassen sollten. Helena nickte. Der fliehende Lastwagenfahrer sprang wie ein Hahn von
Grashöcker zu Grashöcker, und die Polizisten nahmen die
Verfolgung auf, doch auch sie kamen auf dem buckligen Untergrund nur schwer voran.

Vor dem Sommerhaus stand ein kleiner Lieferwagen, mit
dem Lárentínus hergekommen sein musste. Jetzt versperrten
die Polizeiautos ihm den Weg. Helena warf einen Blick ins
Innere des Hauses. Es wirkte wie leer geräumt, und ihr fiel ein,
dass das Wasserwerk einige der Ferienhäuser am See übernommen hatte, die abgerissen werden sollten, weil sie sich in
einem Wasserschutzgebiet befanden. Lárentínus hatte sich ein
Matratzenlager auf dem Boden eingerichtet, den Raum mit
einem kleinen Gasofen geheizt und offenbar Trost gebraucht,

denn um das Lager herum waren zahlreiche Süßigkeitenverpackungen und Limodosen verteilt.

Ein lautes »Hey!« schallte durch die Landschaft, und Helena eilte ins Freie. Lárentínus hatte den Kurs geändert und schlug sich nun über eine dicht mit Büschen bewachsene Kiesfläche in Richtung See. »Mach keine Dummheiten, Junge!«, rief einer der Polizisten, doch Lárentínus stürzte sich unbeirrt ins Wasser und schwamm los. Helena joggte zu den Polizisten, die im schwarzen Sand am Ufer standen und ihm nachblickten.

»Sollen wir hinterher?«, fragte einer von ihnen, doch Helena schüttelte den Kopf.

»Da draußen im Wasser müsst ihr euch nicht mit ihm herumschlagen. In der Kälte wird er es nicht lange aushalten.« Der Polizist seufzte erleichtert. Er schien nicht sonderlich angetan von Lárentínus zu sein. »Ich fordere den Rettungsdienst mit einem Boot an. Dann könnt ihr mit rausfahren und ihn aus dem Wasser fischen. Wenn er dann nicht schon von selbst an Land geschwommen ist.«

»Machen wir. Ich kann es kaum abwarten, diesem Idioten Handschellen anzulegen.«

»Super. Dann muss ich nicht die Spezialeinheit rufen. Das zieht immer so viel Schreibkram nach sich.« Sie tippte die Nummer der Wache ein, und während sie darauf wartete, dass jemand ranging, dachte sie, dass es eigentlich ganz gut war, dass Lárentíus sich ein wenig verausgabte, ehe er aus dem Wasser gezogen und verhaftet würde.

24

Tumi und Tanja sagten kaum etwas auf der Fahrt vom Flughafen nach Hafnarfjörður. Daníel versuchte, ein Gespräch in Gang zu bringen, doch irgendwann gingen ihm die Fragen aus. Er hatte sich nach der Schule erkundigt, nach ihren Freunden, was sie in letzter Zeit im Fernsehen gesehen hatten, wie es für Tumi beim Karatetraining und für Tanja beim Fußball lief, aber auf Höhe der Aluminiumfabrik fiel ihm beim besten Willen nichts mehr ein, zumal ihre einsilbigen Antworten jegliches Gespräch im Keim erstickten. Ja. Nein. Schön. Gut. Vor dieser unangenehmen Stimmung am Anfang hatte er jedes Mal Angst, wenn sie kamen. Er wartete voller Vorfreude an der Ankunftstür und wollte ihnen am liebsten entgegenstürmen, sie an sich drücken und ihnen sagen, wie sehr er sie liebte, und dann kamen die beiden angetrottet, sagten schüchtern »Hi« und drückten ihn kurz, aber mehr aus Pflichtbewusstsein als aus einem echten Bedürfnis heraus.

Er beobachtete sie im Rückspiegel und versuchte, Blickkontakt herzustellen, doch die beiden guckten nur stumm aus den Seitenfenstern.

»Habt ihr viele Schulaufgaben mitgebracht?«, fragte Daníel.

»Nur ein bisschen«, sagte Tumi.

Tumi war gewachsen; Daníel hatte den Eindruck, dass er langsam in die Pubertät kam. Seine Schultern waren breiter geworden und auch der Kiefer. Tanja hingegen war immer noch recht klein für ihr Alter und noch genauso pummelig, wie er sie kannte. Sie brachte immer eine lange Liste von ihrer Mutter mit, auf der stand, was sie essen durfte und was nicht, aber Daníel fühlte sich von diesem Diätplan überfordert und ging stattdessen oft mit den Kindern raus, damit sie sich bewegten.

»Wir haben Winterferien«, sagte Tanja. »Da gibt es keine Hausaufgaben.« Daníel lächelte. Das war der längste Satz, den er während der gesamten Fahrt von ihr gehört hatte.

»Dann können wir's ja entspannt angehen«, sagte er, worauf Tanja nichts mehr erwiderte. Sie nickte bloß und sah wieder aus dem Fenster.

Als sie durch Hafnarfjörður kurvten, überlegte er, ob er auch etwas von sich erzählen sollte, ein kurzes Update über sein Leben geben, aber ihm fiel nichts Angemessenes für Zehn- und Zwölfjährige ein. Von seinen letzten Ermittlungen zu häuslicher Gewalt und Stalking konnte er ihnen wohl kaum berichten. Und auch nicht von dem Container. Allein beim Gedanken daran stieg ihm die Magensäure in den Hals. Er musste dringend seinen Kaffeekonsum runterfahren.

Vor dem Haus sprangen die Kinder erleichtert aus dem Wagen. Im Flur dann mal wieder die alte Leier: Schuhe ordentlich hinstellen, Jacken aufhängen, und als sie auch noch brav taten, worum er sie bat, spürte er, wie sehr er sie vermisst hatte. Merkwürdigerweise überkam ihn dieses Gefühl kurz nach ihrer Ankunft fast genauso heftig wie kurz nach ihrer Abreise.

Er trug die Koffer in ihr Zimmer und legte sie auf ihre Betten. Vor einiger Zeit hatte er die Kinder gefragt, ob er den Raum teilen lassen sollte, denn er war groß genug, um zwei kleine Räume daraus zu machen, doch sie waren sich einig, dass sie auch weiterhin ein Zimmer teilen wollten, wenn sie bei ihm waren. Das konnte er verstehen. Während sie zwischen den Eltern, Häusern und Ländern hin und her pendelten, waren sie als Bruder und Schwester die einzige Konstante in ihrem Leben. Sobald sie in die Pubertät kamen, änderte sich das vielleicht.

Als Daníel zurück ins Wohnzimmer kam, hatten sie die Päckchen entdeckt und standen schüchtern davor.

»Nur zu«, sagte er.

»Welches ist für mich und welches für Tanja?«, fragte Tumi, worauf Daníel mit den Schultern zuckte.

»Das spielt keine Rolle. Sie sind genau gleich. Ihr sucht euch einfach eine Hülle aus, damit ihr sie unterscheiden könnt.«

»Echt?« Tumis Gesicht hellte sich auf, er nahm sich eines der Päckchen und riss das Geschenkpapier auf. »Ein iPhone!«, rief er und flog in Daníels Arm. Jetzt bekam er endlich eine richtige Umarmung, und auch Daníel drückte seinen Sohn fest an sich, gab ihm einen Kuss auf den Kopf und atmete den Duft seiner Haare ein. Er roch immer wie frische Wäsche; Daníel liebte diesen Geruch.

»Danke, Papa«, sagte Tumi leise, und Daníel lächelte und ließ ihn dann los, obwohl er ihn noch ewig hätte halten können. Tanja sprang glücklich durchs Wohnzimmer, und Daníel breitete seine Arme aus.

»Gibt es keine Umarmung für Papa?« Wie ihr Bruder fiel auch sie ihm um den Hals, und Daníel hob sie hoch und drehte sich mit ihr im Kreis, wie er es am liebsten schon am Flughafen getan hätte.

Die Kinder saßen am Tisch und waren damit beschäftigt, die Handys mit den neuen SIM-Karten zu bestücken, als sich die Terrassentür öffnete und Lady Gúgúlú hereinkam, in Jeans und T-Shirt und mit einer Art Seeräubertuch um den Kopf.

»Tse, tse, du bestichst die Kinder mit kapitalistischem Irrsinn und beruhigst gleichzeitig dein schlechtes Gewissen?« Tumi und Tanja sprangen auf und warfen sich in Ladys offene Arme. Ein Hauch von Eifersucht regte sich in Daníel. So eine Begrüßung hätte er sich am Flughafen gewünscht. Rasende Freude, Wärme, Küsse und Umarmungen.

»Machen wir wieder einen Perückenwettbewerb?«, fragte Tanja aufgeregt.

»Au ja, please!«, drängelte jetzt auch Tumi, und Lady verbeugte sich kurz.

»Bei nächster Gelegenheit, ihr Süßen, bei nächster Gelegenheit.« Daníel lächelte. Die Freude war beiderseits.

»Seit genau acht Minuten sind sie hier. Konntest du es nicht abwarten, sie zu sehen?«, zog Daníel Lady auf.

»Ach was«, entgegnete Lady mit gerümpfter Nase. »Ich hasse Kinder.«

Die Kinder lachten. Es war offensichtlich, dass sie Lady unterhaltsamer fanden als ihren Vater, aber immerhin hatte er mit den Handys punkten können. Jetzt musste er nur noch ihrer Mutter beichten, dass er ihre Abmachung gebrochen hatte. Eigentlich sollten die Kinder erst mit dreizehn iPhones kriegen. Für dieses Geständnis musste er den richtigen Moment abpassen.

»Tja«, sagte er zu Lady. »Wo du schon hier bist: Darf ich dich bitten, ein paar Stunden auf sie aufzupassen? Ich muss nämlich wieder zur Arbeit.«

»Klar«, sagte Lady, ohne zu zögern. »Kriegen wir Pizzageld?«

25

Elín fühlte sich immer noch wie betäubt, als Sergei nach Hause kam. Normalerweise hätte er gemerkt, dass es ihr nicht gut ging, und sie gefragt, was denn los sei, aber jetzt drückte er ihr nur einen Kuss auf die Wange und ging ins Wohnzimmer, wo er sofort zu telefonieren begann. Er wirkte niedergeschlagen und gestresst, doch angesichts dessen, was Áróra über ihn herausgefunden hatte, konnte Elín sich nicht überwinden, ihn zu trösten. Sie begriff einfach nicht, warum er ihr nicht gesagt hatte, dass er schon einmal verheiratet gewesen war. So etwas war heute ja kein Hinderungsgrund mehr für eine Beziehung. Und dass er eine Frau verloren hatte. Marie hieß sie, hatte Áróra gesagt. So etwas verheimlichte man seiner Partnerin nicht. Warum hatte er ihr verdammt noch mal nichts davon erzählt?

Sie war unschlüssig, ob sie besorgt oder wütend sein sollte, und es kamen immer noch mehr Fragen dazu. Sie würde dringend mit ihm sprechen und Antworten verlangen müssen. Sie musste nur gut überlegen, wie sie ihre Fragen formulierte und wie sie ihm erklärte, warum sie Áróra gebeten hatte, Nachforschungen über ihn anzustellen. Sie wusste, dass er wütend reagieren würde. Dafür kannte sie ihn gut genug, und sie sah auch, dass jetzt nicht der richtige Moment war.

Das Handy klebte an seinem Ohr, und er redete aufgeregt auf Russisch. Elín steckte den Kopf ins Wohnzimmer, winkte ihm kurz zu und deutete mit dem Finger nach unten, um ihm zu signalisieren, dass sie ins Atelier ging. Er blickte auf und nickte abwesend, ehe er wieder ins Telefon brüllte. Wenn sie nur wüsste, worum es ging. Dann könnte sie seine Aufregung vielleicht verstehen. Was setzte ihm so zu? Vielleicht gab es Probleme in der Familie? Oder hatte es mit einem seiner Jobs zu tun? Wenn sie doch bloß Russisch verstünde, dann könnte sie heraushören, worum es ging. Wie eine Firewall schirmte die Sprache sie von diesen Informationen über den Mann ab, mit dem sie zusammen war. Über den Mann, der sie heiraten wollte.

Plötzlich kam ihr ein Einfall, und sie setzte ihn schnell in die Tat um, bevor sie noch Skrupel bekommen und es sich anders überlegen konnte. Sie startete eine Audioaufnahme auf ihrem Handy und legte es auf das kleine Schlüsselregal an der Wohnungstür. Dort lag es relativ zentral in der Wohnung, sodass Sergei sowohl aus der Küche als auch aus dem Wohnzimmer zu hören sein sollte. Zumindest solange er sich nicht einschloss. Und dann würde sie die Aufnahme irgendjemandem vorspielen, der Russisch verstand.

Die Gewissensbisse kamen, sobald sie das Atelier betreten hatte, und sie war kurz davor, wieder hochzulaufen und die Aufnahme zu beenden, doch irgendetwas hielt sie zurück. Der Zweifel. Der Zweifel, der mit jeder neuen Frage wuchs. Im Moment war die drängendste, warum Sergei ihr mit der Aufenthaltserlaubnis Druck machte, wo er doch schon eine

Genehmigung für den Schengen-Raum hatte. Nichts hinderte ihn daran, in Island zu bleiben – niemand konnte ihn des Landes verweisen. Und es hinderte ihn auch nichts daran, in Island zu arbeiten. Elín musste an all die Male denken, als sie ihm Geld geliehen und er versprochen hatte, dass er es ihr zurückzahle, sobald er eine richtige Arbeit aufnehmen dürfe. Sie fühlte sich so gedemütigt. Sie wusste nicht, wofür sie sich mehr schämte, dafür, dass sie so kleinlich war und ihr Geld nicht mit dem Mann teilen wollte, den sie liebte, oder dass sie sich von ihm derart über den Tisch ziehen ließ.

Sie zerrte das aufgerollte Leinen aus dem Regal und legte es auf den Boden. Sie hatte ein paar Rahmen vorbereitet, und jetzt wollte sie sich in die Arbeit stürzen und sie bespannen und grundieren, um bloß nicht in Tränen auszubrechen.

26

Das Telefon klingelte, als Bisi beide Koffer fast fertig gepackt hatte. Sie hatte alle Einkäufe und Besorgungen erledigt und wollte die letzten drei Tage in Paris für Sightseeing, Theater und lange Spaziergänge nutzen, bei denen sie die Atmosphäre aufsaugen und diese merkwürdige, süße Wehmut spüren würde, die sie in europäischen Städten immer überkam. Inmitten von all der Schönheit und der überall präsenten Vergangenheit in diesen Städten stimmte es sie immer traurig, wenn es wieder nach Hause ging.

Und dann kam der Anruf. Es war Habiba, und sie weinte. Sie sitze im Bus auf dem Weg in ihr Dorf im Norden und komme nicht zurück nach Lagos, weil sie Angst habe, dass man sie töte. Dass die Männer, die ihre Wohnung in Brand gesteckt hätten, sie umbringen würden.

»Die Wohnung in Brand gesteckt?«, wiederholte Bisi ungläubig. »Wie meinst du das?« Doch Habiba legte auf und ging auch nicht ran, als Bisi immer wieder versuchte, sie anzurufen. Als ob Habiba das Handy ausgeschaltet hätte. Schließlich rief Bisi ihre Mutter an.

»Du darfst nicht zurückkommen«, flüsterte sie ins Telefon. »Dein Vater sagt, er bringt dich um. Er und der Onkel haben deine Wohnung niedergebrannt und Habiba vertrieben.«

»Was ist los?« Bisi hörte selbst, dass ihre Stimme immer lauter und schriller wurde. »Wie meinst du das? Warum ist Papa so wütend?«

Ein böses Zischen ihrer Mutter ließ sie verstummen.

»Tu nicht so, als wüsstest du das nicht!«

»Ich weiß nicht, wovon du sprichst …«, setzte Bisi an, doch jetzt erhob ihre Mutter die Stimme.

»Dein Bruder hat uns alles erzählt, also versuch nicht, dich rauszureden. Wir wissen alles! Bleib von hier fern, wenn du leben willst.« Bisi hörte irgendeinen Lärm am anderen Ende der Leitung und dann die erzürnte Stimme ihres Vaters.

»Wir haben alles dafür gegeben, dich großzuziehen und dir eine gute Ausbildung zu ermöglichen, und das ist dein Dank!«, fuhr der Vater sie an. »Schäm dich, Mädchen!«

Bisi legte auf. Sie hörte es ihrem Vater an, dass er sich so schnell nicht beruhigen würde, und sie wollte gar nicht wissen, was er ihr noch vorwerfen würde. Sie hatte genug gehört.

Sie trat ans Fenster und legte die Stirn an die Scheibe, um ihr Gesicht zu kühlen, das nach den Vorwürfen ihrer Eltern und dem verzweifelten Anruf von Habiba vor Scham ganz heiß geworden war. Ihr Bauch verkrampfte sich, und sie rang nach Luft.

Der Eiffelturm blinkte fröhlich in der Dämmerung, doch in diesem Moment hatte sie keine Freude an der glitzernden Lichtershow, die sie bloß daran erinnerte, wie einsam sie war. Jetzt, wo sie ihr Zuhause verloren hatte, kam ihr diese Stadt, die sie vor wenigen Minuten noch nicht verlassen wollte, wie ein beängstigender Irrgarten vor. Was nutzten ihr schöne Bauwerke und berühmte Museen? Sie hatte hier niemanden. Keine Verwandten. Keine Freunde. Wenn sie ehrlich war, hatte sie überhaupt niemanden mehr.

27

Lárentínus trug eine trockene Jogginghose, schlürfte heißen Kaffee, knabberte einen Keks und schien sich einigermaßen gefangen zu haben. Daníel setzte sich ihm gegenüber an den Tisch im Vernehmungsraum und legte die Akte vor sich. Er hatte ein paar Broschüren hineinlegt, damit sie nicht ganz so leer wirkte. Es schadete nie, es so aussehen zu lassen, als wüsste man schon mehr.

»Als Erstes möchte ich dich fragen, warum du dich in den See gestürzt hast?«, fragte Daníel mit einem freundlichen Lächeln. »Wolltest du zur Insel hinausschwimmen und dort bleiben?«

Lárentínus lachte. »Ich habe nicht wirklich nachgedacht«, sagte er. »Das muss ich zugeben. Ich habe überhaupt nicht besonders viel nachgedacht in letzter Zeit.«

Daníel nickte. »Verstehe«, sagte er, und Lárentínus seufzte. »Ich hatte einfach Panik. Krasse Panik.«

Die Tür zum Vernehmungsraum öffnete sich, und Lárentínus' Strafverteidigerin kam herein.

»Habt ihr schon angefangen?«, fragte sie scharf, doch Daníel schüttelte den Kopf.

»Nein, nein. Wir haben auf dich gewartet.« Er hatte lediglich etwas vorgefühlt, aber diese wenigen Worte, die Lárentínus gesagt hatte, gaben ihm bereits einen Hinweis darauf, wie er die Vernehmung am besten anging. Lárentínus wirkte verängstigt und ratlos. Wenn Daníel ihm also eine gewisse Sicherheit vermittelte, würde er mitziehen.

Daníel schaltete das Diktiergerät ein, nannte ihrer beider Namen und den der Verteidigerin und erklärte kurz, wie die Vernehmung ablaufen würde.

»Meine Kollegin Helena verfolgt unser Gespräch und kann mir Kommentare und Fragen aufs Handy schicken. Wenn ich also auf das Handy gucke, heißt das nicht, dass es mich nicht interessiert, was du sagst, sondern nur, dass ich eine Information oder Frage von ihr erhalten habe.« Lárentínus blickte zu der dunklen Scheibe in der Wand, hinter der er offenbar Helena vermutete. Daníel ließ ihn in diesem Glauben. In Wirklichkeit saß sie in einem anderen Teil des Gebäudes vor ihrem Computer. Daníel sagte ihm auch nicht, dass zahlreiche weitere Personen die Vernehmung verfolgten, jeder von seinem Computer aus. Die Verteidigerin hingegen wusste Bescheid und war sich im Klaren darüber, dass es für ihren Mandanten unangenehm sein könnte zu wissen, dass viele Personen zusahen, und es ihm dann schwerer fallen würde, sich zu öffnen.

Daníel schlug die Akte auf und nahm ein Bild heraus, das die Überwachungskamera am Hafen von dem Container gemacht hatte und auf dem auch das Kennzeichen des Lastwagens eindeutig zu erkennen war.

»Hier holt dein Lkw einen Container ab, der mit einem Frachter aus dem belgischen Zeebrugge kam und der vorgestern verzollt wurde. Der Inhalt dieses Containers ist der Grund dafür, dass wir hier sitzen.«

Lárentínus nickte heftig, als könnte er es kaum abwarten zu erzählen. »Ja«, bestätigte er. »Da hole ich den Container ab.«

»Das heißt, du bestätigst, dass du den Container vom Zoll am Sundahöfn abgeholt hast?«

»Absolut. Nur ich fahre meine Laster. Ich bin selbstständig. Mein Unternehmen besteht nur aus mir und meinem Lkw. Für kleinere Botenfahrten habe ich noch einen Lieferwagen.«

»Und wusstest du, was sich in dem Container befand?«

»Nein!«, schrie Lárentínus verzweifelt. »Ich hatte keine Ahnung, was ich da abholen sollte. Das müsst ihr mir glauben, ich hatte wirklich keine Ahnung, dass das was Illegales sein könnte oder … ja … dass da Leute drin sind. Tote Frauen. Wenn ich das gewusst hätte, wäre ich niemals hingefahren. Hätte diesen Auftrag auf keinen Fall angenommen. Okay? Das müsst ihr mir glauben. Auch wenn ich weggerannt und in den See gesprungen bin und dadurch vielleicht verdächtig wirke, hatte ich keinen blassen Schimmer. Das ist die Wahrheit. Wirklich!«

»Okay«, sagte Daníel ruhig, blätterte in der Akte, schloss sie wieder und legte sie auf den Tisch. »Ich glaube dir, dass du nicht wusstest, was du da abgeholt hast. Aber fangen wir von vorne an: Für wen hast du den Container abgeholt? Wer hat dich darum gebeten?«

»Valur.«

»Valur – und weiter?«

»Ich weiß nicht, wie er mit vollem Namen heißt. Die Rechnung stelle ich auf eine Firma aus, die InExport heißt, daher gehe ich davon aus, dass er dort angestellt ist. Ich habe schon öfter was für diesen Typen gemacht, irgendwelche Kleinigkeiten. Kleinere Transporte übernommen, meist mit meinem Lieferwagen.« Die Verteidigerin lehnte sich zu Lárentínus und flüsterte ihm etwas ins Ohr. Lárentínus nickte. »Und genau: Ich hatte keinen Grund zu glauben, dass da irgendetwas nicht stimmt.«

»Wie hat dieser Valur Kontakt zu dir aufgenommen?«

»Er hat mich angerufen. Ihr findet seine Nummer auf meinem Handy. Da ist er als Valur von InExport gespeichert.«

»Unsere IT-Experten versuchen gerade, dein Handy trockenzulegen.«

»Oh. Stimmt. Gehe ich jetzt ins Gefängnis?« Lárentínus sah abwechselnd Daníel und seine Verteidigerin an. »Ich frage, weil ich gern für ein paar Tage in einer Zelle sitzen würde. Sonst bringen diese Leute mich um.« *Welche Leute?*, erschien im selben Moment als Nachricht von Helena auf Daníels Handy, als er die Frage schon selbst stellte.

»Welche Leute?«

»Na ja, Valur und seine Russen.«

28

Das war der zweite Tag in Folge, an dem die Drogenabhängige Bisi in der Schlange vor der Polizeistation von Porte de la Chapelle angriff, eine Frau mittleren Alters mit hellbrauner Haut, die mit schwerer Zunge auf Wolof oder französischem Kreolisch herumfluchte. Bisi war zu verängstigt, um sich auf die Sprache zu konzentrieren, denn gleichzeitig schlug die Frau mit ihrer Handtasche auf Bisi ein und schrie, dass sie ihr irgendetwas weggenommen habe. Zuerst versuchte Bisi noch, mit ihr zu reden, doch sie sah schnell ein, dass es keinen Zweck hatte. Stattdessen schob sie die Frau energisch von sich und brüllte zurück, dass sie damit aufhören solle. Sie versuchte es sowohl auf Englisch als auch auf Französisch, aber die Frau ließ nicht von ihr ab. Sie war völlig aufgeputscht und schien nichts zu hören.

Verzweifelt blickte Bisi sich um in der Hoffnung, dass die anderen Wartenden ihr helfen würden, doch die Männer um sie herum lachten bloß und schienen sich köstlich zu amüsieren. Irgendwann kam einer von ihnen und versuchte, die Frau zu besänftigen, woraufhin sie ihm die Tasche dermaßen ins Gesicht pfefferte, dass er zurücktaumelte. Im nächsten Moment schubste sie Bisi, die auf allen vieren landete, und nahm triumphierend ihren Platz in der Schlange ein. Bisi kniete auf dem Boden und pulte sich weinend den Sand aus den blutigen Handflächen. Normalerweise brach sie nicht gleich in Tränen aus, aber jetzt fühlte es sich an, als hielte ihr Herz dem Druck nicht stand. Vor zwei Wochen hatten Habiba und sie sich noch Cocktails gemixt, die Musik aufgedreht und in ihrer Wohnung zu Hause in Lagos herumgetanzt. In ihrer Wohnung, die jetzt niedergebrannt war. Mit Habiba, die in ihr Dorf zurückgekehrt war, in die Fänge von Boko Haram, weil sie Angst vor Bisis Vater hatte.

Eine arabische Frau mit Kopftuch und zwei kleinen Kindern im Schlepptau half Bisi auf die Beine und sagte ihr, sie solle ins Krankenzelt von Ärzte ohne Grenzen gehen, dort würden ihre Wunden versorgt und sie bekomme Medikamente. Bisi schüttelte den Kopf und stöhnte, dass alles in Ordnung sei. Sie komme schon zurecht. Doch die Frau packte sie am Revers und zog sie über die Straße an der Essensschlange vorbei zum Zelt der Ärzte.

»Merci«, sagte Bisi mit einer Hand an der Brust zu der Frau. Die lächelte sie an, machte auf dem Absatz kehrt und verschwand mit den beiden Kindern am Rockzipfel. Eines von ihnen drehte sich noch einmal um und sah Bisi mit großen Augen an. Bisi rang sich ein Lächeln ab. Normalerweise hätte sie versucht, dieser Frau irgendwie zu helfen, die offenbar geflohen und allein unterwegs war. In diesem Moment fiel ihr ihr eigenes Elend wieder ein, und neue Tränen quollen hervor. Hier stand sie, in einer ausländischen Großstadt, zwischen Obdachlosen und Geflüchteten, verletzt, ohne Geld und ab morgen ohne Bleibe, wenn ihr im Voraus gezahlter Hotelaufenthalt endete, und wartete darauf, von jemandem von Ärzte ohne Grenzen verarztet zu werden.

Als junges Mädchen hatte sie in Paris Sommerkurse besucht. Zwei Jahre hintereinander, jeweils einen Monat lang. Hatte ein bisschen Französisch gelernt und das Essen und die Kultur lieb gewonnen. Doch sie hatte keine einzige Französin kennengelernt. Nur andere afrikanische Mädchen, zu denen sie keinen Kontakt gehalten hatte. Jetzt wäre es gut gewesen, irgendwen zu kennen. Bei irgendjemandem anklopfen zu können, der sich auskannte und ihr helfen konnte.

»Was ist passiert?«, fragte eine Frau in Weiß, die sich vor den Plastikstuhl kniete, auf dem Bisi saß.

»Ich bin hingefallen«, antwortete Bisi. »Eine zugedröhnte Verrückte hat mich geschubst.« Die Frau seufzte und begann, Bisis zerschrammte Hände zu säubern.

»Ach … mit diesen Junkies haben wir nur Ärger. Die sind laut und frech und tun so, als ob das alles nur für sie da wäre. Die Suppenküchen geben ihnen jetzt schon immer als Erste Essen, damit sie keinen Stunk machen. Standest du in der Essensschlange, als du geschubst wurdest?«

»Nein«, sagte Bisi. »Ich habe bei der Polizei angestanden. Es hieß, da kann ich mich als Asylbewerberin melden.«

»Ja«, seufzte die Frau. »Die Schlange wird täglich länger. Komm bitte nächstes Mal möglichst früh. Hast du eine Bleibe?«

»Nur noch für eine Nacht«, antwortete Bisi und stöhnte auf, als die Frau mit einem jodgetränkten Schwamm ihre Hände abtupfte.

»Hier ist die Adresse einer Unterkunft für Frauen.« Die Frau gab ihr ein Kärtchen. »Vielleicht kannst du dort übernachten, aber auch hier gilt: Du musst früh da sein. Am besten schon nachmittags, wenn du die Chance auf ein Bett für die Nacht haben willst.« Bisi steckte das Kärtchen ein und bedankte sich. Mit Salbe und Verband schmerzten ihre Hände schon nicht mehr ganz so sehr. Für ein paar Franc kaufte sie sich eine Fahrkarte zurück zum Hotel. Je tiefer es in das unterirdische Labyrinth der Metro hineinging, umso beklommener wurde sie. Ihr Geld reichte nur noch für wenige Tage. Ihr Vater hatte die Kreditkarte gesperrt, und da sie damit auf sein Konto zugriff, konnte sie nichts dagegen tun. Ihr eigenes Konto war leer. Sie hatte ihr ganzes Geld in Geschenke für die Familie gesteckt. Und für Habiba.

29

»Drei Typen haben mich auf dem Hof dieser Werkstatt in Empfang genommen, und als sie den Container geöffnet haben, sind sie komplett ausgerastet und haben rumgeschrien und mir gedroht.«

»Moment mal«, unterbrach Daníel Lárentínus, der ohne Punkt und Komma redete und dem man kaum folgen konnte. Er entschuldigte sich und beteuerte seine Unschuld, und im selben Atemzug sprach er von gefährlichen Männern, die ihm auf den Fersen seien, und wollte sich zu seiner eigenen Sicherheit einsperren lassen. »Welche Männer außer Valur haben dich an der Werkstatt in Empfang genommen?«

»Ich habe keine Ahnung, wie sie heißen, aber es sind auf jeden Fall Litauer oder Russen oder so. Zumindest klingt ihre Aussprache danach. Für mich sind es einfach Russen. Die tragen alle dieselben Klamotten und reden alle gleich, sprechen so ein ganz deutliches Englisch.« Das passte zu der Beschreibung seiner Freundin von den Männern, die das Haus verwüstet hatten.

»Hat niemand Isländisch gesprochen?«

»Nein, oder doch, Valur natürlich. Mit mir hat er Isländisch gesprochen, mit den beiden anderen Englisch.«

»Also kannst du nicht sicher sagen, dass es Russen sind?«

»Ähm, nein. Aber, du weißt schon. Das sind so Ostblock-typen. Ganz eindeutig.«

»Glaubst du, du kannst sie so genau beschreiben, dass wir eine Zeichnung anfertigen lassen können?« Lárentínus sah seine Verteidigerin an, die nickte, woraufhin auch Lárentínus nickte. »Okay«, fuhr Daníel fort und schob ihm einen Zettel und einen Stift über den Tisch. »Schreib die Adresse von dieser Werkstatt in Kópavogur auf.« Lárentínus notierte etwas, und Daníel nahm den Zettel und las die Adresse vor. »Auð-brekka«, sagte er. »Und du solltest den Container rückwärts auf den Hof fahren?«

»Ja. Ich bin rückwärts auf den Hof, dann kam Valur zur Fah-rertür und meinte, ich soll warten, während sie den Contai-ner öffnen. Das habe ich gemacht. Sie haben die Tür aufge-macht und irgendwas rumhantiert, und auf einmal habe ich Schläge und Schreie und Lärm und krassen Zoff auf Russisch und Englisch gehört. Da bin ich ausgestiegen und wollte zu ihnen gehen, aber der eine Russe hat mich zurückgestoßen. Also bin ich neben dem Lkw stehen geblieben und habe zu-gesehen, wie sie gestritten haben.«

»Hast du irgendetwas verstanden? Hast du eine Ahnung, worüber sie gestritten haben?«

»Nein. Ich habe nichts kapiert. Weil die Russen ... oder die Männer, die ich Russen nenne ... sich nur angebrüllt haben. Dann haben sie die Containertür zugeknallt und verriegelt, und dann kam der andere Russe auf mich zu, hat mich in den Würgegriff genommen und mich auf Englisch angefahren, dass ich den verdammten Container wieder mitnehmen soll.

Ich hatte einfach nur Schiss, weil diese Typen fast durchgedreht sind vor Wut und ich nicht wusste, was los ist. Irgendwann kam Valur und hat mich befreit und gesagt, ich soll den Container mitnehmen und vergraben.«

»Vergraben?«

»Ja. Ich sollte mir einen Baggerfahrer suchen, den Container irgendwo draußen auf dem Land vergraben und mein Leben lang kein Sterbenswörtchen über die ganze Sache verlieren. Wir beide, ich und der Baggerfahrer, sollten jeder eine halbe Million kriegen, wenn wir das schnell erledigen.«

Jetzt meldete sich die Verteidigerin zu Wort. »Vorhin hast du mir erzählt, dass Valur noch etwas anderes zu dir gesagt hat, Lárentínus. Stimmts?«

»Ja. Er meinte, wenn ich das vermassele, dann zieht er mir die Haut vom Körper und schneidet mir die Eier ab. Als dann überall auf Social Media von dem Container berichtet wurde, den die Polizei untersucht, ist mir klar geworden, dass ich besser verschwinde. Gerade noch rechtzeitig, denn kurz darauf sind sie zu mir nach Hause gekommen und haben alles verwüstet. Wenn ich zu Hause gewesen wäre, hätten sie mich sicher umgebracht. Deshalb würde ich gern in den nächsten Tagen im Gefängnis sein, solange diese Männer auf freiem Fuß sind. Da sitze ich lieber allein in einer Zelle.«

»Nach zwei Tagen in Untersuchungshaft wirst du das anders sehen«, entgegnete Daníel. Lárentínus hatte er keine Vorstellung davon, was für eine Tortur die Einzelhaft sein konnte, auch wenn ihm die Gefängniszelle im Moment wie ein sicherer Hafen erschien. Kein Wunder. Seiner Schilderung nach zu urteilen waren das keine Leute, die man gern auf den Fersen hatte. »Aber weiter«, sagte er. »Wo bist du dann mit dem Container hin?«

»Ich bin damit nach Hause gefahren, nach Gufunes, und wollte ihn vor meinem Haus stehen lassen, bis ich einen Baggerfahrer gefunden hätte. Aber ich musste wissen, was in dem Container ist. Ich hatte das Gefühl, dass ich ihn nicht vergraben kann, wenn ich nicht weiß, was drin ist. Es hätte ja etwas Gefährliches sein können oder so. Ich habe den Container auf dem Laster gelassen und bin …«

Daníel fiel ihm ins Wort, obwohl er die Leute am liebsten einfach reden ließ, wenn sie einmal in Fahrt waren. Doch Lárentínus' Bericht war teilweise so verworren, dass er an manchen Stellen nachhaken musste.

»Was meinst du mit gefährlich? An was hast du gedacht?«

»An Bomben oder Sprengstoff oder so. Zu diesem Zeitpunkt dachte ich, dass es Terroristen sind. Zumindest der eine Russe sah so aus.«

»Okay, du dachtest also, es könnte Sprengstoff oder etwas anderes in dem Container sein, das dir oder dem Baggerfahrer womöglich gefährlich wird?«

»Genau.«

»Und dann hast du reingeguckt?«

»Ja. Ich …« Sein Gegenüber verstummte, und Daníel wusste, warum. Auch er dachte nicht gern an den Anblick im Container zurück. Lárentínus' Stimme brach, und er klang wie ein Teenager im Stimmbruch. »Ich habe Panik gekriegt. Ich … ich weiß überhaupt nicht mehr, was ich als Erstes gemacht habe. Ich glaube, ich bin aus dem Container gestürmt und die Straße rauf und runter gerannt, um den Geruch aus der Nase zu kriegen, und dann habe ich mein Handy gesucht, weil ich die Polizei anrufen wollte … also euch. Aber dann musste ich an Valurs Drohung denken und habe es mir doch anders überlegt. Und als ich wieder einen halbwegs klaren Gedanken fassen konnte, stand fest, dass ich nicht auch noch einen Baggerfahrer in die Sache reinziehen wollte. Ich war nicht sicher, ob ich überhaupt jemanden finden würde, der auch wirklich die Klappe hält, und außerdem wollte ich niemandem zumuten, fünf Leichen zu vergraben. Für eine halbe Million.«

Lárentínus ging offenbar davon aus, dass alle fünf Frauen tot waren, was darauf schließen ließ, dass auch Valur und seine Komplizen das dachten. Es war das Beste, sie weiter in diesem Glauben zu lassen. Solange niemand von einer Überlebenden wusste, war Bisi sicher.

»Und dann hast du dir überlegt, dass du den Container irgendwie loswerden musst?«

»Ja. Ich konnte ihn ja nicht vor meiner Haustür stehen lassen. Ich bin dann ein paar Stunden damit durch die Stadt gefahren auf der Suche nach einem Ort mit wenig Verkehr, und da ist mir Rauðhólar eingefallen. Dort habe ich ihn abgeladen, obwohl ich natürlich wusste, dass das keine dauerhafte Lösung war oder jedenfalls nicht das, was Valur und die Russen wollten, aber es gab mir einen Moment Zeit zum Nachdenken. Ich hatte einfach Panik und keine bessere Idee.« Die Verteidigerin fasste Lárentínus am Arm und drückte ihn tröstend, und Lárentínus seufzte schwer. »Was passiert jetzt? Gehe ich ins Gefängnis?«

»Ja, ich denke schon«, antwortete Daníel. »Heute Abend wirst du dem Richter und Oddsteinn von der Staatsanwaltschaft vorgeführt, und wir beantragen eine Untersuchungshaft für dich, solange die Ermittlungen laufen.«

»Gut«, sagte Lárentínus, »dann kann ich mich endlich entspannen und vielleicht ein bisschen schlafen. Ich habe seitdem kein Auge mehr zugemacht. Mit diesen Leuten ist echt nicht zu spaßen. Sie haben mein komplettes Haus verwüstet und meiner Freundin einen riesigen Schrecken eingejagt. Sie war überzeugt davon, dass sie mich umbringen werden, und gleichzeitig ist sie stocksauer auf mich, dass ich für diese Leute gearbeitet habe. Aber ich konnte ja nicht ahnen, dass es so laufen würde. Beim letzten Mal habe ich einfach den Container abgeladen, das Geld kassiert, und gut war. Ich hatte ja keine Ahnung, dass …«

Daníel schreckte auf und schlug die flache Hand auf den Tisch. Es knallte richtig im Raum. »Was meinst du mit ›beim letzten Mal‹?«, hakte er nach und fixierte Lárentínus, der ihn erschrocken anstarrte.

»Als ich das letzte Mal einen Container für Valur abgeholt und zu diesem Hof gebracht habe.« Lárentínus sah Daníel an, der die Verteidigerin anstarrte, die mit offenem Mund zurückblickte. Ganz langsam ging Lárentínus ein Licht auf. Daníel konnte nicht länger still sitzen, er musste raus aus diesem Raum, eine andere Luft atmen und hin und her laufen, um sich zu beruhigen. Er sprang auf und stürmte hinaus.

Auf dem Flur kam ihm Baldvin entgegen. Seinem Blick nach zu urteilen hatte er alles mitgehört.

»Das war also nicht der erste Container, den diese Männer ins Land geschleust haben!«, stöhnte er. Daníel atmete tief ein und rieb sich die Stirn, als hoffte er, so die letzten Minuten aus seinem Gedächtnis löschen zu können. »Wir müssen die Ermittlungen ausweiten«, entschied Baldvin. »Wir brauchen Verstärkung.« Er trat immer wieder von einem Bein aufs andere, als ob der Boden unter seinen Füßen heiß wäre, und stöhnte schwer. »Verdammte Scheiße!« Genau das hatte auch Daníel auf der Zunge gelegen.

30

Schon vor sieben Uhr morgens stand Áróra bei Daníel auf der Matte, denn er hatte gesagt, dass er bereits vor acht zur Arbeit müsse. Er machte einen müden Eindruck, doch als er Áróra sah, zeigte sich ein Lächeln in seinen Augen, und er breitete die Arme aus und drückte Áróra an sich. Sie waren gleich groß, und irgendwie passte sie perfekt in seinen Arm. Durch das dünne Hemd spürte sie die Wärme seines Körpers und seinen Herzschlag, und sie überlegte, ob auch er in diesem kurzen Moment bemerkt hatte, wie schnell ihr Herz schlug.

Sie folgte ihm in die Küche, wo es nach frisch aufgebrühtem Kaffee duftete, und er schloss leise die Tür hinter ihnen.

»Ich hoffe, die Kinder wachen nicht schon auf«, sagte er. »Es ist Papa-Woche, oder vielmehr sind es zehn Papa-Tage, und genau jetzt haben wir diesen großen Fall. Irgendwie typisch.«

»Entschuldige die Störung«, sagte Áróra sofort. Die Entschuldigung kam fast automatisch.

»Ach Quatsch«, widersprach er beherzt. »Ich war es doch, der dich da reingezogen hat. Eigentlich müsste ich mich bei dir entschuldigen. Ich wollte dich schon längst anrufen und reinen Tisch machen. Dir sagen, also, dass, wenn …« Er zögerte. »Ähm, damit will ich jetzt nicht sagen, dass es unbedingt so kommen wird, ich meine das rein theoretisch, wegen dem, was du neulich gesagt hast, aber wenn wir beide irgendeine Art von Beziehung führen würden, dann würde ich den Fall deiner Schwester einem Kollegen übertragen und die Sache natürlich trotzdem weiterverfolgen und dir helfen.« Daníel verstummte, als sich die Küchentür öffnete und ein großer Junge im Schlafanzug hereingetapst kam.

»Guten Morgen«, sagte Daníel. »Tumi, das ist Áróra. Und das ist mein Sohn Tumi.«

»Hi«, sagte Tumi, ohne Áróra anzusehen. Er befand sich irgendwo zwischen Kind und Jugendlichem, der Körper bereits in die Höhe geschossen, aber die Bewegungen noch zielgerichtet und energisch wie bei einem Kind. Ein hübsches Kerlchen, das seinem Vater glich. Er ging geradewegs zum Kühlschrank und nahm eine Packung Milch heraus, die er sich unter den Arm klemmte, um die Hand für die Cornflakes, die Schüssel und den Löffel freizuhaben, mit denen er aus der Küche verschwand. Kurz darauf ging im Wohnzimmer der Fernseher an.

Daníel bat Áróra an den runden Küchentisch, stellte ihr einen Kaffee hin und fragte, ob sie auch Toastbrot wolle, doch sie schüttelte den Kopf. Eigentlich hatte sie Hunger, aber es war ihr unangenehm, wenn nur sie etwas aß, während sie sich unterhielten, denn dem krümeligen Teller nach zu urteilen hatte er bereits gefrühstückt.

»Danke, dass du dich um Elín kümmerst«, sagte er. »Sie ist so verletzlich und braucht wirklich guten Rat. Aber dass ich in den Angelegenheiten ihres Lebensgefährten herumschnüffele, fand ich unpassend. Das käme mir irgendwie falsch vor.«

»Ja, kein Problem«, sagte Áróra. »Es hat mich nicht viel Zeit gekostet herauszufinden, dass dieser Sergei in Frankreich verheiratet war und deshalb bereits eine Aufenthaltserlaubnis für den Schengen-Raum hat.«

»Aber genau damit macht er ihr Druck: Er will sie heiraten, damit er die Aufenthaltserlaubnis bekommt«, sagte Daníel nachdenklich.

»Ja, das ist ja das Merkwürdige. Ich habe auch schon überlegt, was da los sein könnte. Und warum er ihr nicht gesagt hat, dass er Witwer ist.«

»Was?« Daníel erschrak. »Seine Ex-Frau ist gestorben?«

»Ja, das geht aus dem französischen Einwohnerregister hervor.«

»Hm ...«, dachte Daníel laut nach. »Elín hat natürlich Besitz. Nicht spektakulär viel, aber immerhin ein Reihenhaus und, ich glaube, eine kleine Wohnung, die sie von dem Geld ihres Vaters gekauft hat.«

»Ja, genau«, bestätigte Áróra. »Sie erhält Mieteinnahmen von der Wohnung und ist schuldenfrei, steht also finanziell gut da. Vielleicht hat er es auf ihren Besitz abgesehen. Genau aus dem Grund hat ihr Vater ihr zu einem Ehevertrag geraten.«

»Aber Sergei ist dagegen?«, fragte Daníel.

»Ja, sieht so aus. Elín sagt, er wechselt immer das Thema, sobald sie den Ehevertrag erwähnt.«

»Es ist wirklich merkwürdig, dass er so einen Druck wegen der Heirat macht, wenn er die Aufenthaltserlaubnis in Wirklichkeit gar nicht braucht. Dann hat das Ganze ja keine Eile, und Elín sollte in Ruhe schauen, ob diese Beziehung von Dauer ist.«

»Absolut«, stimmte Áróra ihm zu. »Wenn es wirklich Liebe ist, sollte es auch für Sergei in Ordnung sein, mit weiteren Verbindlichkeiten noch zu warten.«

»Ja«, sagte Daníel. »Ich will diesem jungen Ausländer gegenüber keine Vorurteile haben, und Elín ist eine tolle Frau, und es ist nicht verwunderlich, dass sich jemand in sie verliebt. Aber dieser Druck ist wirklich komisch. Sie sollte sich nicht zu schnell breitschlagen lassen.«

»Das sehe ich genauso«, sagte Áróra. »Und das ist auch mein Rat an sie. Ich hoffe bloß, sie hört darauf.« Sie unterhielten sich noch eine Weile über Elín und die merkwürdige Situation, aber Daníels Worte, dass Elín eine tolle Frau sei, hallten in Áróras Gedanken nach. Erinnerungsfetzen gingen ihr durch den Kopf. Bilder von Daníel und Didda, wie Elín früher immer genannt worden war, mit den Kindern herumtollend, vermutlich bei irgendeiner Grillparty. Freude und Übermut, und Daníel hob Elín hoch und rannte mit ihr über die Wiese, bis beide ins grüne Gras purzelten und alle lachten. Merkwürdigerweise waren ihr diese Bilder gestern bei ihrem Treffen mit Elín nicht gekommen, aber jetzt sah sie sie vor sich, jung und blond in einem luftigen Sommerkleid.

War dieses merkwürdige Gefühl, das sie befiel, wenn Daníel so innig von seiner Ex erzählte, Eifersucht? Konnte man

eifersüchtig auf etwas sein, das in der Vergangenheit statt-
gefunden hatte? Und hatte sie überhaupt einen Grund, wegen Daniel eifersüchtig zu sein? Wo doch eigentlich nichts
zwischen ihnen war …

31

»Wer bezahlt die Rechnung?«, fragte der Arzt und sah Helena an, über seine Brille hinweg, die er möglicherweise nur trug, um älter zu wirken. Auf den ersten Blick hatte Helena gedacht, er könnte ein Konfirmationskind sein. Allerdings hatte er sich als Stationsarzt vorgestellt, was vermutlich bedeutete, dass er den Chefarzt vertrat, der irgendwo in der Sonne Golf spielte. Seine Frage aber war berechtigt, und es fiel Helena schwer, sie spontan zu beantworten. Bisi hatte vermutlich weder Geld noch eine Krankenversicherung, aber wenn sie tatsächlich französische Staatsbürgerin war – was Helena stark bezweifelte, da Ari Benz keine Frau mit diesem Namen in den öffentlichen französischen Verzeichnissen gefunden hatte –, dann musste Frankreich zahlen. Doch dafür müsste sie ein gültiges französisches Ausweisdokument vorweisen, und laut Spurensicherung hatte keine der Frauen im Container einen Ausweis im Gepäck. Also gab Helena die einzige Antwort, die ihr auf die Schnelle einfiel, damit das Krankenhaus die Rechnung stellen konnte.

»Die Ausländerbehörde«, sagte sie und dachte sich im Stillen, dass die Rechnung dort sicher eine Weile liegen würde, und in der Zeit konnten sie herausfinden, wer sie tatsächlich begleichen musste. Auch der junge Arzt wirkte zufrieden, und

Helena ließ ihn auf dem Flur stehen und ging in Bisis Zimmer.

Die saß auf dem Bett und starrte aus dem Fenster.

»Ich wünschte, das Mädchen bräuchte nicht diese Verbände an den Händen und könnte ein bisschen stricken«, seufzte die alte Frau im anderen Bett. »Sie ist so nervös, die Arme.« Helena lächelte und nickte der alten Frau zu, die strickend in ihrem Bett saß.

»Sie hat viel durchgemacht. Es wird dauern, bis sie sich davon erholt«, erklärte sie der Alten, die noch einmal schwer seufzte.

»Jaja, so ist das …«, sagte die Frau nicht zum ersten Mal. Helena setzte sich auf den Stuhl an Bisis Bett.

»How do you feel?«, fragte sie. »Wie geht es dir?«

Bisi nickte. »Besser«, antwortete sie. »Nur dass ich nichts tun kann. Ich kann kaum alleine essen, und ich weiß nicht, wie ich mich waschen soll.« Sie hob ihre dick in Verbände gepackten Hände.

»Was haben die Ärzte denn zu deinen Händen und Füßen gesagt?«, fragte Helena.

»Sie wollen sich heute noch mal alles ansehen, und sie hoffen, dass ich keine so dicken Verbände mehr brauche, sondern nur noch Salbe und so.«

»Das hört sich doch gut an«, machte Helena ihr Mut. Sie beugte sich vor und sprach leise, obwohl sie wusste, dass die Alte kein Englisch verstand. »Die Polizei braucht deine Hilfe. Wir brauchen deine Hilfe, damit wir die Verbrecher finden und verhaften und verurteilen können, die euch in den Container gesperrt haben.« Bisi nickte zustimmend, doch es sah aus, als müsste sie Tränen zurückhalten.

»Das will ich«, sagte sie. »Ich will euch helfen, aber ich glaube, ich kann es nicht. Ich weiß nicht, wie diese Leute heißen.«

»Das ist nicht so wichtig«, sagte Helena. »Wir sind dankbar für jede Information, die du uns geben kannst. Wie diese Männer aussehen, welche Sprache sie deiner Meinung nach gesprochen haben, wie genau ihr in den Container gekommen seid.«

»Und was wird aus mir?«, fragte Bisi. »Meine Tage sind gezählt, wenn ich den Mund aufmache.«

»Ich bespreche mit meiner Vorgesetzten, was wir dir konkret anbieten können, wenn du als Zeugin aussagst. In jedem Fall eine Aufenthaltserlaubnis für einige Zeit und Polizeischutz.« Bisi nickte und starrte dann wieder nachdenklich aus dem Fenster. »Und noch eines, Bisi, ganz ungeachtet der Frage, ob du als Zeugin aussagst oder nicht. Wir müssen dich bitten, die anderen Frauen zu identifizieren.« Bisi sah sie kurz an, dann nickte sie. »Ich komme später noch einmal und bringe Fotos mit …« Bisi fiel ihr ins Wort.

»Nein«, widersprach sie. »Keine Fotos. Ich will sie sehen. Ich muss sie sehen.«

32

Es war nicht leicht, sich mit zwei schweren Koffern in der Pariser Metro zu bewegen. Bisis Rücken schmerzte, und sie spürte kaum noch ihre Arme von der Kofferschlepperei treppauf und treppab durch die schier endlosen Gänge. Sie hatte herausgefunden, an welcher Station sie aussteigen musste, um zu der Unterkunft zu gelangen, die die Ärztin ihr empfohlen hatte, aber dann war die Station wegen Reparaturarbeiten gesperrt, und in der ganzen Hektik verpasste sie es, an der nächsten Station auszusteigen, und so zerrte sie ihre Koffer erst an der übernächsten Haltestelle aus dem Zug. Auf der Karte kam ihr die Strecke zum Laufen mit all dem Gepäck zu weit vor, daher tauchte sie erneut in das Tunnelsystem ab und stieg Treppen rauf und runter, um eine Station zurückzufahren und von dort aus zu laufen.

Ob es nun an dem Umweg lag oder sie es falsch eingeschätzt hatte, wie früh sie für eine realistische Chance auf ein Dach über dem Kopf hätte da sein müssen – sie war zu spät. Dennoch stellte sie sich in die Schlange, hinter eine Frau, die syrisch aussah. Die Frau drehte sich zu ihr um, schüttelte den Kopf und lächelte mitleidig.

»Wir sitzen heute Nacht sicher auf der Straße«, sagte sie. Trotzdem warteten sie, bis ein Mitarbeiter der Unterkunft erschien und die Frauen in der Schlange zählte, diejenigen mit kleinen Kindern fragte, ob sie sich ein Bett teilen könnten, dann nach der Hälfte der Schlange ein Schild aufstellte und den Frauen dahinter zurief, dass sie für heute voll seien. Leider. »Je suis désolé.«

Die Schlange hinter dem Schild löste sich auf, und die Frauen verschwanden nach und nach in den Nachmittag, manche eilig, als wüssten sie von einer anderen Übernachtungsmöglichkeit, während andere sich in aller Ruhe trollten. Bisi setzte sich auf eine Bank. Sie hatte keine Ahnung, wohin sie gehen sollte. Im Hotel hatte man ihr gesagt, dass sie mit gesperrter Kreditkarte keine weitere Nacht buchen könne, diese Unterkunft war voll, und sie konnte sich nicht vorstellen, die Nacht im Zeltlager unter all den Männern und Junkies von Porte de la Chapelle zu verbringen.

Ein Mann setzte sich neben sie auf die Bank. Er hatte eine Zeitung dabei, in der er blätterte und eine Weile las, doch dann sah er sie über den Rand der Seiten hinweg an.

»Bist du aus Ghana?«, fragte er.

Bisi schüttelte den Kopf. »Aus Nigeria«, antwortete sie.

Der Mann lächelte freudig. »Aha! Dann sind wir also Nachbarn. Ich bin aus Côte d'Ivoire.« Das hätte Bisi an seinem Akzent hören können, an dem Nouchi-Französisch, das er sprach.

»Bisi«, sagte sie.

»Moussa«, erwiderte der Mann freundlich. Nicht alle Männer hätten so reagiert und sich ebenfalls nur mit Vornamen vorgestellt. In Nigeria hingen viele Männer geradezu an ihren

Titeln und wollten Mister Soundso genannt werden. Aber dieser Typ wirkte entspannt. Auch wenn es etwas weit hergeholt war, sich als Nachbarn zu bezeichnen, kam es ihr angesichts der Tatsache, wie weit sie von zu Hause weg waren und wie fremd hier alles wirkte, fast so vor, als wären sie Verwandte.

»Ich hätte gedacht, du wärst Kongolese«, scherzte sie. »Wegen des Anzugs, weißt du.« Der Mann tat beleidigt, aber gleichzeitig lachte er.

»Habe ich mir die Hose etwa bis zur Brust hochgezerrt?« Bisi lachte. In Westafrika machte man sich gern über den Kleidungsstil der Menschen aus dem Kongo lustig. Dabei musste Bisi zugeben, dass sie sich durchaus vorstellen konnte, sich wie eine kongolesische *Sapeuse* zu kleiden. Deren elegante Kleidung bot der männlichen Vorherrschaft entschieden die Stirn und unterstrich, dass dies Frauen waren, die ihren eigenen Weg gingen. Wovon auch sie immer geträumt hatte. Was sie beinahe geschafft hätte.

»Hast du auf eine Übernachtung gehofft?«, fragte der Mann und machte eine Kopfbewegung in Richtung der Frauenunterkunft. Bisi nickte mit gesenktem Blick. Sie schämte sich vor diesem gut gekleideten Mann. Hier saß sie, ebenfalls gut gekleidet und mit zwei Koffern voller teurer Geschenke, aber ohne Geld für eine Nacht im Hotel.

»Es gab Zwist mit meiner Familie«, erklärte sie. »Mein Vater hat meine Kreditkarte sperren lassen. Daher kann ich kein Hotel bezahlen.« Sie erwähnte nicht, dass ihr Rückflug heute gewesen wäre. Dass sie sich nicht nach Hause traute.

»Ach Mensch«, sagte der Mann. »Das klingt ja schlimm. Was hast du jetzt vor?«

»Ich weiß es nicht«, antwortete Bisi mit gedämpfter Stimme. »Ich weiß es wirklich nicht.«

Der Mann sah sie eine Weile nachdenklich an, ehe er wieder das Wort ergriff. »Ich habe eine Freundin, die in einem riesigen Haus wohnt und ständig Gäste hat«, sagte er. »Soll ich sie anrufen und nachhören, ob du bei ihr unterschlüpfen kannst?« Bisis Vernunft schrie Nein, befahl ihr abzuhauen. Das war deutlich mehr als normale Hilfsbereitschaft. Sie hatten sich noch keine fünf Minuten unterhalten, als er ihr dieses Angebot machte. Doch entgegen ihrer Vernunft wollte Bisi glauben, dass es ein aufrichtiges Angebot von einem aufrichtigen Mann war, den es schmerzte, eine afrikanische Schwester in Not zu sehen.

»Ich habe kein Geld«, sagte Bisi. »Mit dem letzten Kleingeld habe ich die Metro hierher bezahlt.«

Der Mann nickte. »Hast du vielleicht irgendetwas anderes, das du ihr als Dankeschön geben könntest?«, fragte er und zeigte auf ihre Koffer. Bisi war erleichtert. Wenn diese Freundin eine Afrikanerin war, würde sie einfach ihre Koffer öffnen und sie irgendetwas aussuchen lassen, das sie als Gegenleistung für eine Übernachtung für angemessen hielt. Vielleicht auch ein bisschen mehr. Dann wären sie beide zufrieden, und die Übernachtung wäre quasi bezahlt, sodass sie niemandem etwas schuldete. Das klang nach einem fairen Angebot.

»Doch«, sagte sie. »Ich habe viele schöne Dinge, die ich der Frau geben könnte, wenn ich für zwei oder drei Nächte bei ihr unterschlüpfen dürfte.« Der Mann nickte, holte sein Handy heraus und rief an. Sie hörte ihn am Telefon sagen, er habe eine junge Frau kennengelernt, die kein Dach über dem Kopf habe, sie sei quasi eine Nachbarin, ein ganz nettes Mädchen, und dann fragte er, ob sie bei ihr übernachten dürfe. Er sagte ein paarmal Ja und verabschiedete sich.

»Sie kann dich beherbergen«, sagte er. »Aber sie möchte dich kennenlernen, bevor sie sich auf mehr als eine Nacht einlässt«, sagte er. »Verständlicherweise.«

»Ja, sicher.« Das war eine plausible Vorsichtsmaßnahme, und die Vernunft wich immer mehr der Hoffnung. Und so folgte Bisi dem Mann, der ritterlich ihren zweiten Koffer zog und sie als Erste in den Bus steigen ließ, und beschloss, daran zu glauben, dass sie eine vernünftige Entscheidung getroffen hatte. Ihr blieb nichts anderes übrig. Was sollte sie sonst tun? In einer Großstadt unter freiem Himmel schlafen? In der Kälte? Sie fror schon jetzt, obwohl die Sonne gerade erst unterging. Sie setzte sich auf einen Fensterplatz und stellte ihre Füße auf die warme Heizung. Der Mann setzte sich neben sie, und sie überlegte, ob sie sich schon jetzt bedanken sollte oder erst, wenn sie bei seiner Freundin angekommen waren.

33

Daníel hatte noch Áróras Duft in der Nase, von ihrer Umarmung zum Abschied. Er hatte tief den Geruch ihrer Haare
eingeatmet, nach Gras und Frühling, und einen kurzen Moment lang wurde er wehmütig und sehnte sich nach Sonne
und Wärme. Doch dieser emotionale Anflug wich schnell seiner Sorge um die Kinder. Bis zum Mittag mussten sie allein
zurechtkommen, bis ihre Oma, seine Ex-Schwiegermutter,
sie abholen würde. Er wusste, dass alles gut war, sie waren alt
genug, um eine Weile für sich selbst zu sorgen, zumal sie in
der ersten Tageshälfte nichts weiter als den Fernseher und die
Cornflakes brauchten. Außerdem war Lady zu Hause und würde helfen, wenn es Probleme gab, aber trotzdem fühlte Daníel
sich nicht wohl damit. Er hatte sich fest vorgenommen, sich
diesmal gut um die Kinder zu kümmern, aber wie schon so
oft war die Arbeit dazwischengekommen und hatte sich auf
der Prioritätenliste nach oben gedrängt. Und jetzt betrat er
eine Halle der Spurensicherung und blickte auf den Container. Den verfluchten Container.

Jean-Christophe stand bereits vor dem stählernen Unge-
tüm, und als Daníel klar wurde, dass alle anderen bereits ein-
getroffen waren und sich wie brave Schulkinder im Halbkreis
aufgestellt hatten, entschuldigte er sich. Die Polizeipräsiden-

tin war da, Kriminalhauptkommissar Gylfi, außerdem Baldvin, Gutti, Kristján, Oddsteinn als Vertreter der Staatsanwaltschaft und Ari Benz von der Internationalen Abteilung des Landespolizeipräsidenten. Jean-Christophe räusperte sich und begann mit seiner Präsentation.

»Wir nehmen alles auf«, sagte er und deutete auf die Kamera. »Dann könnt ihr euch das Ganze später noch mal in Ruhe ansehen, wenn ihr euch Details in Erinnerung rufen wollt.« Die Anwesenden nickten, und Jean-Christophe zeigte auf eine Buchstaben- und Zahlenfolge an einer Tür des Containers. »Alle Container haben eine internationale Nummer und können ihrem Eigentümer zugeordnet werden, auch wenn sich – wie in unserem Fall – kein Firmenname oder Logo darauf befindet. Zuerst kommen ein paar Buchstaben für den Eigentümer, dann einige Zahlen als Registriernummer für den Container und zuletzt diese umrahmte Prüfziffer, mit der sich kontrollieren lässt, ob es sich um eine echte Registriernummer handelt. Das funktioniert genauso wie mit der Prüfziffer bei der isländischen ID. Kein Container kommt auf ein Schiff oder durch den Zoll, wenn die Registriernummer den Test durch die Prüfziffer nicht besteht. Laut Containernummer gehört dieser hier einem Containerverleih in Frankreich, und damit übergebe ich das Wort an Ari Benz, der uns Informationen zu der Firma liefern wird, die den Container vermietet hat.«

»Es scheint eine Briefkastenfirma zu sein«, begann Ari Benz.

»Das hilft uns also nicht weiter«, kommentierte Gylfi.

»Nein, es sei denn, die französische Polizei findet heraus, wer hinter dieser Firma steckt. Da mache ich mir allerdings keine großen Hoffnungen.« Ari Benz schmatzte unzufrieden.

»Wie dem auch sei«, setzte Jean-Christophe seinen Bericht fort. »Ein Vertreter jener Firma hat den Inhalt des Containers registriert. Laut Zollinhaltserklärung, die im Auftrag des Importeurs InExport von der Reederei angefertigt wurde, enthielt der Container Kleidung, und die Rechnung hat ebenfalls die Briefkastenfirma ausgestellt, die den Container vermietet hat. Es wird gerade gecheckt, ob InExport auch früher schon Container importiert hat.« Daraufhin öffnete er den Container, und mit quietschenden Angeln knallte die Tür an die Außenseite. »Die meisten Rückschlüsse können wir wahrscheinlich aus dem Inneren des Containers ziehen.« Alle traten näher heran, um hineinzusehen, nur Daniel zögerte. Er meinte, wieder den Gestank zu riechen, und in seiner Vorstellung lagen die Frauen noch immer darin, obwohl man sie natürlich längst aus dem Container entfernt hatte. Als ob der Tod noch nahe wäre, wie ein hungriger Raubvogel über dem Container kreiste, und Daniel hatte wieder dieses merkwürdige Sausen in den Ohren und die Lichtblitze ganz hinten in seinem Kopf, die ihn die Verzweiflung spüren ließen, die noch vor Kurzem jeden einzelnen Kubikzentimeter dieser Stahlhülle ausgefüllt hatte.

»Als Erstes sehen wir diese Pappkartons, die am Boden festgeklebt sind. Auf den Kartons und an den Seiten sind ebenfalls Klebereste, daher gehen wir davon aus, dass die Kartons als Attrappe aneinandergeklebt waren, sodass nur eine Kartonwand zu sehen ist, wenn der Container geöffnet wird. Ich denke, die Frauen haben die Kartonmauer irgendwann niedergerissen, da jede Menge flach gelegter Kartons unter den Matratzen lagen, und einige standen entlang der Wände. Vermutlich haben sie die Kartons als Isolation gegen die Kälte genutzt. Kommen wir zur Einrichtung des Containers für den Transport der Frauen. Vier Matratzen, vier Wolldecken und eine gewöhnliche Bettdecke, was zu der Frage führt, ob ursprünglich nur vier Frauen eingeplant waren und die Bettdecke ergänzt wurde, als klar war, dass es mehr sein würden. Eine Reisetoilette, ähnlich wie in Wohnmobilen, ist mit Spanngummis an Ösen in der Wand befestigt. Eigentlich recht solide gemacht, aber dennoch nicht ausreichend, denn das Klo hat geleckt – ob es nun an den Erschütterungen lag oder an etwas anderem. Es könnte sein, dass die Frauen wegen des leckenden Klos die Kartons zerrissen haben, weil sie die Matratzen schützen wollten. Dann gibt es einen Haufen leerer Wasserflaschen und Coladosen und die dazugehörigen Plastikverpackungen, außerdem die Verpackungen von Keksen und Schokolade. Alle Lebensmittel stammen aus Frankreich und sind bereits unterwegs zur Neige gegangen, das heißt, die benötigten Mengen wurden falsch kalkuliert. Was auch daran liegen könnte, dass in der letzten Woche furchtbares Wetter war und sich alle Überfahrten verzögert haben, sodass die Reise länger gedauert hat als geplant. Außerdem braucht man in der Kälte mehr Kalorien, weil der Körper mehr Energie dafür aufwenden muss, sich warm zu halten.«

Während des Berichts des Kriminaltechnikers hatten die Anwesenden einer nach dem anderen den Container betreten und sich umgeschaut. Jetzt war Daníel an der Reihe, und er holte tief Luft und hoffte, dass diese eine Lunge voll ausreichte und er nicht die Containerluft atmen musste. Als er dann doch dazu gezwungen war, meinte er, die unvorstellbare Verzweiflung derjenigen einzuatmen, die in diesem düsteren Raum hatten ausharren müssen. Es spielte keine Rolle, ob die Frauen ursprünglich freiwillig in den Container gegangen waren oder nicht; fest stand, dass diese Reise ein deutlich schlimmeres Ende genommen hatte, als sie es sich vorgestellt hatten. Schnell verließ Daníel den Container wieder. Er würde sich später die Detailaufnahmen der Spurensicherung ansehen. Hier drinnen hielt er es nicht aus.

Einige Gegenstände lagen auf einem langen Tisch am anderen Ende der Halle, und Jean-Christophe stellte sich dahinter und führte die einzelnen Teile vor, als würde er in einem Restaurant das Büfett präsentieren. Er wies auf einige Mobiltelefone.

»Es befanden sich fünf einfache Handys in dem Container. Alle dasselbe Modell, mit nicht registrierten SIM-Karten. Die Frauen hatten zwar Ladegeräte im Gepäck, aber da es keinen Strom gab, waren alle Akkus leer. Nachdem wir sie wieder aufgeladen hatten, haben wir gesehen, dass auf allen Geräten nur eine einzige Nummer gespeichert ist, eine französische, ebenfalls nicht registriert, und dass diese Nummer von allen Handys kurz angewählt wurde. Die Anruflisten findet ihr auf LÖKE. Interessant ist, dass die letzten Anrufe gan-

ze vier Tage vor Entdeckung des Containers getätigt wurden.«
Jean-Christophe ging zu den nächsten Gegenständen auf dem
Tisch. »Die Koffer. Dieser hier ist der erste von insgesamt
sechs. In allen Koffern bis auf einen befinden sich Kosmeti-
ka, daher dürfen wir annehmen, dass jede Frau einen Koffer
dabeihatte und wusste, dass sie auf Reisen gehen wird. In vier
Koffern finden sich Kleidung, Schuhe und persönliche Dinge, aber die beiden größten Koffer sind mit Luxusprodukten
vollgestopft, teure Uhren, gute Kleidung, einige Paar Sport-
schuhe – alles Markenware, Schmuck, Parfüm und jede Menge Cremes. Die Frau, der diese Koffer gehörten, hatte offenbar Geld. Und vermutlich hatte sie ursprünglich andere Pläne
als diese Reise.«

34

Elín war dermaßen vom Schaffensdrang gepackt worden, dass sie bereits eine Skizze auf einer der frisch gespannten Leinwände begonnen hatte, obwohl die Grundierung noch nicht ganz trocken war. Am späten Abend hatte Sergei zu ihr reingeschaut und etwas davon genuschelt, dass er noch mal wegmüsse und spät wiederkomme, weil er einem Freund helfen wolle. Elín musste gar nicht vorgeben, dass sie vertieft war, denn das war sie wirklich. Sie war so sehr in ihre Arbeit versunken, dass sie kaum aufschaute, als er ging, und weiterzeichnete an ihrem Bild von einer Frau, die vor einer verschlossenen Tür kniete.

Irgendwann gegen Mitternacht hatte sie den Arbeitsflow unterbrochen und war ins Bett gegangen und hatte so tief geschlafen, dass sie es nicht bemerkte, als Sergei nach Hause kam. Am Morgen lag er neben ihr, und sie kuschelte sich an seinen Rücken, drückte ihr Gesicht in seine warme Haut und schloss noch einmal die Augen. Doch da sie nicht wieder einschlafen konnte, stand sie leise auf und ging ins Atelier. Im Vorbeigehen nahm sie ihr Handy aus dem Regal mit.

Sie verstand nichts von dem, was Sergei in der Tonaufnahme sagte. Für sie klang es wie immer, *tsja-tsja-snje-snje.* Er hatte mehrere Leute angerufen, und einmal hatte auch sein

Handy geklingelt, und Sergei war rangegangen. Beim ersten Telefonat klang er noch gefasst und einigermaßen ruhig, aber beim zweiten brüllte er. Dann kam ein Gespräch, bei dem er zunächst sanft und bittend klang, aber plötzlich schrie er und brach schließlich in Tränen aus. Es schmerzte Elín, ihn so weinen zu hören, und sie wollte schon zu ihm hochlaufen und ihn trösten, doch dieses Bedürfnis erlosch schlagartig, als sie ihn *Come on, babe, Sofia, babe, please* säuseln hörte. Darauf folgte ein Wortschwall auf Russisch, und es klang so, als ginge es um etwas Vertrauliches. Nicht dass sie wüsste, wie vertrauliches Russisch klang, aber so intensiv und überzeugend, wie er auf seine Gesprächspartnerin einredete, hatte sie sofort diesen Eindruck.

Wer zur Hölle war diese Sofia? Falls es doch nur irgendein russisches Wort war, das sie fälschlicherweise als Namen interpretierte, warum hatte er dann vorgestern so heftig reagiert, als sie ihn gefragt hatte, ob seine Mutter Sofia hieß? Hätte er dann nicht lachen und sie aufziehen müssen, wie auch sonst immer, wenn sie versuchte, Russisch zu sprechen oder zu verstehen? Stattdessen war er wütend geworden, so als hätte sie einen wunden Punkt getroffen. Diese Gedanken kreisten in Elíns Kopf wie ein Karussell, Runde um Runde, und zogen immer noch mehr Fragen an, ohne dass Elín sie anhalten und in Ruhe darüber nachdenken konnte.

Warum behauptete Sergei, dass er mit seiner Mutter sprach, wenn er doch offensichtlich mit einer Frau namens Sofia telefonierte? Und wenn es sich um harmlose Gespräche mit dieser Sofia handelte, warum gab er es dann nicht einfach zu?

Konnte es sein, dass Sergei parallel noch mit einer anderen Frau zusammen war? Bedeutete das, dass er Elín gar nicht liebte? Aber warum wollte er sie dann heiraten? Und warum schob er als Grund die Aufenthaltserlaubnis vor, die er in Wirklichkeit doch gar nicht brauchte? Liebte er Elín womöglich so sehr, dass er sie sich so schnell wie möglich durch die Heirat sichern wollte, und setzte deshalb die Aufenthaltserlaubnis als Druckmittel ein? War er sich ihrer so ungewiss? Aber wenn er Elín liebte und sie nur deshalb heiraten wollte, wer war dann diese Sofia, mit der er so zärtlich am Telefon sprach?

Elín legte das Handy weg, aber die Gedanken kreisten weiter in ihrem Kopf. Runde um Runde, immer dieselben Fragen. Runde um Runde.

35

Die Besprechung zum aktuellen Stand war ungewöhnlich schnell abgehakt, da Baldvin dem stehenden Team stichpunktartig die wichtigsten Informationen referierte. Die meisten hielten einen Kaffeebecher oder einen Energydrink in der Hand und wirkten energiegeladen und motiviert – bereit für einen langen Tag.

»Wir warten noch auf das Ergebnis der Rechtsmedizinerin zur Todesursache der Frauen«, sagte Baldvin. »Aber wir gehen stark davon aus, dass schlicht die Umstände in dem Container für ihren Tod verantwortlich sind.« Er warf einen Blick auf seinen Zettel. »Lárentínus Ásgeirsson, der Lkw-Fahrer, der den Container vom Hafen abgeholt hat, verbringt die nächsten vier Tage in Untersuchungshaft. Er ist kooperativ und will uns alles sagen, was er weiß. Er scheint vorher schon zweimal einen Container dieser Art für denselben Mann zur selben Adresse transportiert zu haben, daher müssen wir davon ausgehen, dass dies nicht das erste Mal war, dass Menschen in Containern nach Island geschleust wurden. Der Mann, der den Container angemietet hat, heißt Valur und arbeitet laut Lárentínus für eine Firma namens InExport. Das prüfen wir gerade, gleichzeitig versuchen wir herauszufinden, wer dieser Valur ist. Die Frau, die die Strapazen überlebt hat, wurde von der Intensivstation auf eine normale Station verlegt, und es geht ihr den Umständen entsprechend gut, sagen die Ärzte. Helena, du hast mit ihr gesprochen?«

Helena räusperte sich und drehte sich zu den anderen um. »Ja«, bestätigte sie. »Die Frau sagt, sie heißt Bisi Babalola und ist französische Staatsbürgerin, aber Ari Benz und seine Leute haben keine Person dieses Namens in den französischen Registern gefunden. Es kann also sein, dass sie in Bezug auf ihre Staatsangehörigkeit lügt. Dafür kann es viele Gründe geben. Wir vermuten, dass sie aus Nigeria stammt, denn eine einfache Google-Suche hat ergeben, dass sowohl ihr Vor- als auch der Nachname in Nigeria recht üblich sind.«

»Hat sie schon irgendetwas erzählt?«, fragte Baldvin.

»Nicht viel«, antwortete Helena. »Sie sagt, sie ist bereit, uns zu helfen, die Drahtzieher zu finden, aber sie scheint Angst zu haben und glaubt, dass sie in Gefahr ist. Also müssen wir ihr zuallererst ein Gefühl von Sicherheit geben, damit sie mit uns spricht.«

»Gut«, sagte Baldvin. »Daníel und du, ihr kümmert euch darum.« Helena nickte. Der gebieterische Ton, in dem Baldvin immer sprach, sobald er einen leitenden Posten innehatte, nervte sie. Er musste sie nicht daran erinnern, dass sie für Bisi verantwortlich waren, das hatten alle Anwesenden bereits gestern gehört. Jetzt blies sich Baldvin noch mehr auf und hielt mit bedeutungsschwerer Miene ein Dokument hoch. »Die richterliche Verfügung ist da«, sagte er. »Die Hausdurchsuchung auf dem Gelände in Kópavogur, wo der Container abgeladen werden sollte, ist genehmigt. Wir brechen in zehn

Minuten auf, die Spezialeinheit geht zuerst rein. Die haben das Gelände die ganze Nacht beobachtet, aber keine Bewegungen wahrgenommen.«

36

Daníel wartete in seinem Wagen unweit des Werkstattgeländes in Kópavogur, wo Lárentínus die Container abgeladen hatte, und beobachtete den Einsatz der Spezialeinheit. Sie waren schnell, kamen mit quietschenden Reifen angerast, sprangen aus den Fahrzeugen und stürmten schwarz gekleidet, mit Sturmhauben und voll bewaffnet den Hof. Wenig später meldeten sie über Funk, dass das Gebäude menschenleer sei und das Ermittlungsteam hereinkommen könne.

Daníel trat auf den Hof und sah sich um. Das war der perfekte Ort für zwielichtige Aktivitäten, da der Hof komplett von den fensterlosen Betonwänden der anliegenden Gebäude umgeben war. Hier konnte man tun und lassen, was man wollte, ohne dass es jemand mitbekam. Zum Beispiel verschleppte Leute aus einem Container laden. Zwei Zugänge führten ins Gebäude, ein großes Garagentor und eine normale Tür. In der Tür stand Jean-Christophe und verteilte Schuhüberzieher und Handschuhe an die Kolleginnen und Kollegen aus dem Ermittlungsteam.

»Nur gucken«, sagte er, »nichts anfassen.« Daníel nickte, nahm die Überzieher und Handschuhe entgegen und zog beides gleich hinter der Tür über. Dann lief er einen Flur entlang, der durch das l-förmige Gebäude zu einer großen Halle führte, die am ehesten nach Autowerkstatt aussah. In der Mitte des Raums stand Baldvin mit einer Mappe in der Hand und machte sich Notizen.

»Hier ist nichts, was auf einen laufenden Betrieb hindeutet«, sagte er und sah sich um. Zwischendurch schrieb er etwas in seine Mappe. »Keine Hebebühne, kein Werkzeug, keine Werkzeugschränke. Noch nicht einmal Ölflecken auf dem Boden.« Das einzige Tageslicht kam von einer Reihe schmaler Fenster, die ganz oben in den Wänden saßen und somit kaum Platz für Regale und Schränke raubten, aber etwas frische Luft und Licht in den Raum ließen. Diese Halle war wirklich der ideale Ort für eine Autowerkstatt, aber das Gebäude war offenbar schon lange nicht mehr als solche genutzt worden.

»Ihr solltet herkommen und euch das ansehen«, rief Helena ihnen aus einer Tür zu, die zum Werkstattbüro zu führen schien. Sie folgten ihr, und Daníel überlegte, wie sie so schnell dorthin gelangt war. Vermutlich hatte sie sich gleich mit der Spezialeinheit hineingeschlichen. Zufrieden nahm Daníel ihren Eifer wahr, diese Leidenschaft, die sie bei schwierigen Fällen zu Überstunden antrieb, bis wirklich jedes Steinchen umgedreht und der Fall entweder gelöst war oder sie sich eine Niederlage eingestehen mussten. Das passierte leider öfter, als man meinen sollte, und so etwas zog das gesamte Team natürlich komplett runter. Vor allem, wenn klar war, wie die Dinge standen, aber die nötigen Beweise fehlten. Das Blödeste daran war, dass es den meisten danach schwerfiel, den nötigen Elan für den nächsten Fall aufzubringen und daran zu glauben, dass sie diesmal erfolgreich sein würden.

Helena blieb vor der Tür zu einer Art Kaffeeküche stehen. An die Tür und an die Wand waren eiserne Ösen geschraubt, und in einer davon hing ein offenes Vorhängeschloss. Das Türblatt und der Rahmen waren aus schwerem Holz und sehr solide gefertigt, im Grunde viel zu massiv für die Kaffeeküche einer Autowerkstatt, für die auch eine ganz normale Tür gereicht hätte. Und diese Kaffeeküche war – anders als die Werkstatt – sehr wohl in der letzten Zeit genutzt worden.

»Hier hat sich jemand verpflegt«, sagte Helena. »Und zwar kürzlich. Es gibt Teller und Geschirr, Lebensmittel in Kühl- und Gefrierschrank, die Milchprodukte sind erst letzte Woche abgelaufen. Auch das Gemüse wirkt noch frisch.« Daniel ließ den Blick durch die Küche schweifen und erlaubte es sich, nicht alle Details systematisch zu erfassen, weil er wusste, dass Baldvin bereits alles ganz genau für den Bericht notierte. Es gab eine Mikrowelle, eine Kochplatte mit zwei Feldern, Töpfe, Kochlöffel, Schüsseln, ein Sieb an der Wand, Kellen, Schneidebretter und … Er stutzte. Wo waren die Messer? Hier gab es alles, was zur Essenszubereitung nötig war, bis auf Messer. Nach Töpfen und Pfannen waren Messer das wichtigste Kochutensil. Vorsichtig öffnete er die beiden Küchenschubladen und warf einen Blick hinein, ohne etwas zu berühren. Darin waren nur Besteck und einige Plastikdosen.

»Schreib auf, dass keine Messer in der Küche sind. Keine scharfen Messer, meine ich«, sagte er zu Baldvin, der nickte und etwas auf seinem Zettel notierte. »Das Vorhängeschloss an der Tür und die Tatsache, dass es keine Messer gibt, könnten darauf hindeuten, dass hier Menschen gefangen gehalten wurden. Dass sie vielleicht nur kurz zum Kochen Messer bekommen haben, die ihnen dann wieder abgenommen wurden.«

»Das ist nicht der einzige Hinweis in die Richtung«, sagte Helena vom anderen Ende des Raums, wo eine Tür zu einem dunklen Flur führte. Ganz am Ende des Flurs blickte man in ein kleines Badezimmer, und auf dem Weg dorthin gab es drei Türen. Helena stieß die erste Tür auf. Daníel erschauderte. Der Raum war winzig, noch kleiner als die kleinste Gefängniszelle, fensterlos und dunkel. Darin stand ein Ikea-Etagenbett mit Matratzen, Kissen und Decke, mehr nicht. Das obere Bett war gemacht, das Kissen aufgeschüttelt, die Decke gefaltet. Das untere war unordentlich, als wäre gerade erst jemand daraus aufgestanden. Die Decke zerwühlt und auf dem Kissen eine ovale Kuhle. Daníel verließ rückwärts den Raum. Helena schloss die Tür und zeigte auf einen Riegel aus grobem Holz an der Außenseite.

Die beiden anderen Zimmer sahen genauso aus, und die Türen waren ebenfalls mit Riegeln gesichert, die nur einen Zweck haben konnten: Menschen einzusperren. In einem der Zimmer lag Kleidung auf dem Boden, ein grauer Kapuzenpullover und Socken.

»Das also hätte die Frauen aus dem Container erwartet«, sagte Daníel, als sie zurück auf den Hof traten und er nicht wusste, ob das Gefühl, das in seinem Bauch schwelte, Traurigkeit oder Wut war. Einen Moment lang standen Helena, Baldvin und er nur da und sahen sich an. Dann seufzte Baldvin und sagte: »Tjaja.« So ein Tjaja von ihm hieß, dass sie die Zähne zusammenbeißen und weitermachen sollten.

»Was steht als Nächstes an?«, fragte Helena, und Baldvin blätterte in seiner Mappe.

»Ihr kümmert euch weiter um die junge Frau und verschafft ihr die nötige Sicherheit, damit sie redet. Ich treffe den Eigentümer dieser Immobilie, einen Repräsentanten von der Kuzee GmbH«, sagte Baldvin.

Daníel spürte, wie sich seine Nackenhaare aufstellten. »Sagtest du Kuzee? Mit z? Und ist der Repräsentant ein Russe namens Leonid sowieso?«

37

Áróras Herz schlug schneller, als sie auf ihr klingelndes Handy guckte und Daníels Namen auf dem Display sah.

»Hi«, sagte sie fröhlich. »Es war schön, dich heute früh zu sehen. Und deinen Jungen.«

Daníel schien mit den Gedanken woanders zu sein. »Bitte?«, fragte er, und erst dann fiel es ihm wieder ein. »Ach ja, genau. Fand ich auch.«

Áróra war enttäuscht. Also rief er nicht an, um sich für ihren Besuch zu bedanken oder um durch einen kleinen Plausch ihre Verbindung zu stärken. Er hatte so aufrichtig und verlegen gewirkt, als er ihr vor ein paar Stunden erklärt hatte, dass sie – *rein theoretisch* – trotz seiner Beteiligung an den Ermittlungen zum Verschwinden ihrer Schwester eine Beziehung führen könnten. Daran schien er jetzt gar nicht mehr zu denken.

»Ich muss dich etwas fragen«, sagte er.

Áróra rechnete damit, dass es um Elín und das ging, was sie heute früh besprochen hatten. Umso überraschter war sie, als sie erfuhr, worauf Daníel hinauswollte.

»Es geht um den Fall Flosi«, begann er.

»Okay ...«, sagte Áróra. An diesen Fall konnte sie sich noch gut erinnern. Die verschwundene Ehefrau, die undurchsichtigen Geschäftspraktiken des Gartenzubehörunternehmens und Flosis kompliziertes Privatleben.

»Ich meine, mich zu erinnern, dass bei diesem Fall auch eine Firma namens Kuzee eine Rolle gespielt hat. Mit z.« Er hielt einen Moment inne. »Liege ich da richtig?«

»Ja«, bestätigte Áróra. »Die Kuzee GmbH vermietet Immobilien und gehört einem Mann namens Leonid Kuznetsov. Das Unternehmen hat diverse Immobilien im Stadtgebiet und verlangt Wuchermieten. Wir sprechen hier von Mieten, die weit über dem Mietspiegel liegen. Wenn sich mal jemand dazu bequemen würde, einen Blick in Leonids Bücher zu werfen, würde sich vermutlich herausstellen, dass über Kuzee Geld aus organisierter Kriminalität gewaschen wird.«

»Okay, alles klar, danke.« Mehr sagte Daníel nicht, und es dauerte einen Moment, bis Áróra bemerkte, dass er aufgelegt hatte. Sie hatte das Gefühl, dass ihr das Herz in den Magen rutschte. Hatte er ihren leichten Zynismus als Vorwurf interpretiert? Das war nicht ihre Absicht gewesen. Auf die Firma Kuzee war sie bei den Ermittlungen zu diesem Flosi-Fall gestoßen, an dem sie gemeinsam mit Daníel gearbeitet hatte. Sie hatte versucht, die Abteilung für Wirtschaftskriminalität auf Leonid Kuznetsov aufmerksam zu machen, und war auf taube Ohren gestoßen. Aber das war nicht Daníels Schuld; hoffentlich dachte er nicht, dass sie das dachte.

Darüber grübelte sie nach, während sie ein paar Eier in den Mixer schlug, Haferflocken darüber schüttete, eine Banane, Kakao und zuletzt Milch dazugab. Ihr Vater hatte auf Eier geschworen, insbesondere auf rohe. Inzwischen gab es in der

Sporternährung neue Trends, und seit einiger Zeit hatte Proteinpulver Eiern den Rang abgelaufen, doch für ihren Vater hielt sie an den rohen Eiern fest. Es war, als ob er hinter ihr stünde und zustimmend nickte, wenn sie etwas tat, was er ihr beigebracht hatte, und seit sie nach Island gezogen war, hatte sie noch viel öfter dieses Gefühl. Ihrem Vater hätte es gefallen, dass sie hier lebte und Wurzeln schlug.

Sie ging ins Wohnzimmer, setzte sich und trank direkt aus der Mixerkanne, während sie überlegte, weshalb Daníel sich für Kuzee interessierte. Es musste mit dem Fall zu tun haben, an dem er gerade arbeitete. Und er hatte sie nur angerufen, um sich von ihr bestätigen zu lassen, dass er sich richtig erinnerte – dass diese Firma in den Fall Flosi verwickelt gewesen war –, und nicht, um sich anzuhören, dass die Polizei versagt hatte, indem sie ihrem Hinweis nicht nachgegangen war. Was hatte sie sich dabei gedacht? Es war wirklich verrückt, wie dämlich sie sich Daníel gegenüber immer anstellte.

Als auf ihrem Handy eine Nachricht einging, atmete sie erleichtert auf.

Sorry, bin superbusy. Hast du irgendwelche Daten über Kuzee? Über dich geht das sicher schneller als übers Finanzamt, haha. Darauf folgte ein Smiley, und Áróra lächelte glücklich. Er schien nicht sauer zu sein. Er war einfach nur beschäftigt.

Sie schrieb ihm zurück: *Machen wir einen Deal? Ich gebe dir Infos über Kuzee, und du lässt die Internationale Abt. Sergei Popov checken.* Daníels Antwort ließ eine ganze Weile auf sich warten, bis Áróra ihren Shake fast ausgetrunken hatte.

Deal!, schrieb er zurück.

38

Bisi weinte vor Erleichterung, als sie im gemachten Bett lag, in dem kleinen Zimmer im Haus dieser guten Frau in einem Vorort von Paris. Die Frau hatte ihr Brot und Käse und Rotwein angeboten und gesagt, Bisi könne gern ein paar Nächte bleiben, bis sich ihre Situation geklärt habe. Das Haus war alt und heruntergekommen, an vielen Stellen blätterte die Farbe ab, und der Hinterhof war von Unkraut überwuchert, aber es hingen schöne Bilder an den Wänden, und die Frau selbst war geschmackvoll gekleidet und ausgesprochen liebenswürdig. Sie sagte, Bisi solle sie Fifi nennen, wie ihre Freunde es täten. Bisi war gerührt, dass sie als Fremde so freundlich und vorbehaltlos aufgenommen wurde. Während die Gastgeberin arbeiten musste, war sie im Haus herumgelaufen. Dabei hatte sie auch einen Blick in Fifis Büro geworfen, eine Art Bibliothek, in der sie über ihren Computer gebeugt saß, ganz in die Arbeit vertieft.

Es war lange her, dass sie es sich erlaubt hatte zu weinen. Das war nicht ihr Stil. Sie war ein starker Mensch. Eine starke Persönlichkeit, sagte Habiba immer, und das bedeutete, dass sie sich von Problemen nicht unterkriegen ließ, sondern ihnen die Stirn bot und keine Sentimentalitäten zuließ. Doch jetzt, nachdem das Schlimmste vorbei war, zumindest vorübergehend, ließ sie der Angst und Verzweiflung freien Lauf und heulte in das weiche Kissen.

Die Bettwäsche war sauber und roch so, als hätte sie zum Trocknen in der Sonne gehangen, und wenn Bisi die Augen schloss, fühlte sie sich fast wie zu Hause in ihrer Wohnung in Lagos, für die sie seit dem Teenageralter gearbeitet hatte und auf die sie so stolz war. Das Sinnbild für ihre Selbstständigkeit und dafür, dass sie ihr Leben selbst in die Hand nahm. Einen Moment lang genoss sie diese Träumerei. Die meisten träumten von einer besseren Zukunft, doch im Moment führten ihre Träume in die Vergangenheit. Wie glücklich sie gewesen war. Wie frei. Und jetzt waren von dieser Vergangenheit nichts als Schutt und Asche übrig. Sie hatte eine Nachbarin angerufen, die ihr bestätigt hatte, dass die komplette Einrichtung durch die Flammen zerstört war. Um ein Haar wäre das Feuer auch noch auf die darunter liegenden Wohnungen übergegangen. Die Frau hatte sie gewarnt, es sei nicht ungefährlich zurückzukommen. Viele im Viertel seien wütend, hatte sie gesagt. Die Leute spuckten im Vorbeigehen an die Haustür.

Nach dem Stress der vergangenen Tage kam sie zum ersten Mal zur Ruhe. Der Rotwein und dieses Haus, in dem sie in den nächsten Tagen bleiben durfte, während sie eine Lösung für ihre Probleme fand, erlaubten es ihr, zu entspannen, und die Müdigkeit überkam sie mit einer Wucht, gegen die sie keine Chance hatte. Aber sie musste sich ja auch nicht dagegen wehren. Hier konnte sie sich ohne Gefahr ausruhen.

39

Helena war unschlüssig durch die Kosmetikabteilung im Kró
nan geirrt und hatte ein paar Dinge in den Einkaufskorb
gelegt, die ein Mensch, der nichts hatte, im Krankenhaus vielleicht gebrauchen konnte: Zahnbürste und Zahnpasta, Ge-
sichtscreme, eine Packung Einwegrasierer. Doch dann war sie
unsicher gewesen, ob sie eine Bürste oder einen Kamm kaufen sollte. Sie hatte keine Ahnung, was für so krauses Haar
geeignet war. Schließlich hatte sie sich für den Kamm entschieden, und Bisi wirkte zufrieden, als Helena ihn aus der
Tüte zog.

»Die grobe Seite wird schon gehen«, sagte sie und lachte
über Helenas Verlegenheit. Sie nahm den Kamm und umschloss ihn fest mit den Fingern. Die dicken Verbände war
sie los, jetzt waren nur noch einzelne Finger verbunden. Für
Helena sahen Bisis Hände erstaunlich gut aus, aber das musste nichts heißen, denn sie hatte keinerlei Erfahrungen mit
Erfrierungen. Genauso wenig wie mit krausem Haar.

»Ich habe einfach keine Erfahrung mit solchen Haaren«,
erklärte Helena entschuldigend, worauf Bisi sie nachdenklich
ansah und Helena bewusst wurde, dass ihr raspelkurzes Haar
wahrscheinlich nicht weniger befremdlich auf Bisi wirkte.

»Es gibt bestimmt nicht viele Schwarze in Island, oder?«

»Nicht sehr viele«, sagte Helena. »Und ich bin noch keinem davon so nahe gekommen, dass ich weiß, wie man solche Haare pflegt.«

»Die alte Frau studiert mich, als ob ich von einem anderen Planeten käme.« Helena schielte in Richtung der Frau, die in ihrem Bett am Fenster vor sich hin zu dämmern schien.

»Sie wurde als Bettnachbarin für dich ausgewählt, weil sie weder Englisch versteht noch Besuch bekommt, sodass kein Risiko besteht, dass sich deine Anwesenheit hier herumspricht. Wir wissen noch nicht, wie groß das Netz dieser Verbrecherbande in Island ist«, sagte Helena.

»Und die Büroleute? Besteht keine Gefahr, dass von ihnen Informationen zu den Kriminellen durchdringen?«

»Nein«, sagte Helena. »Alle Mitarbeiterinnen und Mitarbeiter im Gesundheitswesen unterliegen der Schweigepflicht.«

Bisi schüttelte ungeduldig den Kopf. »Nein, ich meine nicht die Krankenhausleute, sondern die anderen, die vorhin hier waren, von der Ausländerbehörde.« Helena brach der Schweiß aus. Schnell stand sie auf, entschuldigte sich bei Bisi und verließ das Zimmer.

Hinter der Glasscheibe auf der gegenüberliegenden Seite des Flurs saß eine weiß gekleidete junge Frau. Helena zeigte ihren Ausweis.

»Kann es sein, dass vorhin irgendwelche Leute von der Ausländerbehörde Bisi besucht haben?«, fragte sie.

»Wen besucht …?«, fragte die junge Frau. »Ich habe gerade erst meine Schicht begonnen …«

»Die anonyme Ausländerin im Zimmer hier gegenüber.«

Helena hörte selbst, dass sie scharf klang, daher verzog sie ihr Gesicht zu einem Lächeln und verkniff es sich, die Frau zur Eile anzutreiben, als sie etwas in den Computer tippte und Bisis Patientendaten aufrief.

»Ja. Da ist jemand gekommen, um mit ihr zu sprechen. Hier steht, dass sie noch heute entlassen wird und in einer Einrichtung der Behörde unterkommt«, las die Frau vor und sah Helena fragend an.

»Die Patientin befindet sich in der Obhut der Reykjavíker Kriminalpolizei«, fauchte Helena. »Und ihr hattet die klare Anweisung, keine Informationen über sie rauszugeben!«

Die Frau hämmerte in die Tasten und beugte sich zum Bildschirm vor, als müsste sie winzige Buchstaben entziffern. »Hier steht, die Polizei hat heute früh angegeben, dass die Ausländerbehörde für sie zuständig ist«, sagte sie verwirrt. Helena wollte ihren Kopf vor die Wand schlagen. Es war ihre Schuld. Wie hatte sie nur so dumm sein können?

»Ich habe gesagt, dass die Ausländerbehörde die Rechnung kriegen soll, aber nicht, dass sie sich in der Obhut der Ausländerbehörde befindet!«, fuhr sie die Frau an, die die Arme vor der Brust verschränkte, sich auf ihrem Stuhl zurücklehnte und Helena trotzig ansah.

»Unterm Strich kommt das aufs selbe raus«, entgegnete sie.

Helena war davon ausgegangen, dass es dauern würde, bis die Rechnung bei der Ausländerbehörde eintrudelte, dass die Behörde dann mehrere Tage brauchte, um zu kapieren, wer diese Bisi überhaupt war, und bis dahin hätten sie den Fall längst aufgeklärt, und alles wäre easy. Aber es nutzte ja nichts, eine Krankenhausmitarbeiterin anzuschnauzen wegen dem Mist, den sie sich selbst eingebrockt hatte. Jetzt musste sie schnell sein.

»Sie wird sofort entlassen«, entschied sie. »Sie kommt mit mir.«

»Vorher muss der Arzt sie noch sehen«, widersprach die Frau. »Falls sie Medikamente oder etwas anderes braucht.«

Wieder zwang sich Helena zu einem Lächeln.

»Wärst du so freundlich, diesen Arzt jetzt anzurufen, denn wir müssen los.« Sie wartete keine Antwort ab, sondern machte auf dem Absatz kehrt und verschwand in Bisis Zimmer. »Wir gehen, Bisi«, sagte sie. »Die Ausländerbehörde will dich in einer Flüchtlingsunterkunft unterbringen, aber das ist der erste Ort, an dem diese Kriminellen suchen werden, wenn bekannt wird, dass du überlebt hast. Daher bringe ich dich woandershin. An einen sicheren Ort.«

40

»Du musst dich langsam mal entscheiden, welchen Part du bei diesen Ermittlungen übernehmen willst«, sagte Baldvin bestimmt, als sie auf das Haus von Leonid Kuznetsov zurollten, in dem auch die Kuzee GmbH gemeldet war. »Du kannst nicht ständig hin und her springen und dir die Aufgaben rauspicken, auf die du gerade Lust hast.« Baldvin nahm seine Rolle als Ermittlungsleiter mal wieder sehr ernst, und Daníel wusste, dass viele Kolleginnen und Kollegen aus der zentralen Ermittlungsabteilung davon genervt waren, dass Baldvin wie ein Vater an ihnen herummeckerte, sobald er einen Führungsposten innehatte. Daníel hingegen störte sich nicht groß daran. Er hatte oft genug Ermittlungen geleitet, um zu wissen, dass das kein Job war, um den man Baldvin beneiden musste.

»Ich weiß«, sagte Daníel. »Sorry. Irgendwie weckt dieser Fall meine Instinkte.«

»Du wolltest nicht die Ermittlungen leiten, sondern dich um das Opfer kümmern. Dann wälzt du diese Aufgabe auf Helena ab, und jetzt willst du auf einmal die Sache mit den Immobilien verfolgen.« Das stimmte so nicht ganz. Daníel hatte nie darum gebeten, sich um das Opfer zu kümmern, sondern das war einfach so bestimmt worden, nachdem er Bisi in dem Container gefunden hatte. Daníels Herz machte einen Aussetzer.

»Moment mal!«, sagte er zu Baldvin. »Ich muss kurz etwas wegen meiner Kinder organisieren.« Er suchte die Nummer seiner ehemaligen Schwiegermutter raus, dann zögerte er. Schon allein ihr Name auf dem Display bereitete ihm Unbehagen. Doch er biss die Zähne zusammen und rief sie an.

»Wäre es möglich, dass die Kinder noch bei dir zu Abend essen?«, fragte Daníel nach einer knappen Begrüßung. Heute früh war er erfolgreich einer Begegnung entgangen, da sie die Kinder erst abgeholt hatte, nachdem er bereits zur Arbeit aufgebrochen war. Das war der Vorteil an älteren Kindern, die konnte man mal einen Moment allein lassen und sparte sich dadurch unangenehme Interaktionen mit der ehemaligen Schwiegerfamilie, die sich sofort nach der Trennung geschlossen gegen ihn verschworen hatte.

»Selbstverständlich«, sagte die Schwiegermutter. »Die wenige Zeit, die ich mit den beiden habe, möchte ich voll auskosten.« Das war ein Hieb in seine Richtung. Doch anstatt sich zu verteidigen oder sich mit der Frau zu zanken, bedankte Daníel sich höflich. Baldvin schüttelte den Kopf.

»Wenn es etwas gibt, das noch schlimmer ist als Schwiegermütter«, sagte er, »dann sind es ehemalige Schwiegermütter.«

Sie hatten ihr Ziel im Leirvogstunga-Viertel in Mosfellsbær erreicht und stiegen aus dem Wagen. Das Haus war ganz neu und wirkte fertig bis auf die Fassade. Der Bau war erst zur Hälfte verkleidet, und aus den noch betongrauen Wänden ragten in regelmäßigen Abständen die rostigen Enden der Armierungseisen.

»Vom Wohnzimmer aus muss er eine tolle Aussicht haben«, sagte Daníel mit Blick auf die bodentiefen Fenster Richtung Meer.

»Aber auf die Fensterputzerei hätte ich keine Lust«, sagte Baldvin. »Nach jedem Sturm kannst du da die Salzkruste abkratzen.«

Daníel schmunzelte. Baldvin sah mal wieder überall nur Probleme. Er folgte ihm die Treppe hinauf, und Baldvin pochte kräftig an die nagelneue Haustür.

Kurze Zeit später öffnete Leonid Kuznetsov und musterte die beiden Polizisten, die bereits ihre Dienstausweise gezückt hatten, von Kopf bis Fuß. Er war mittelgroß, hatte schwarze Haare, und sein Bart war bis auf die dichten Wurzeln abrasiert. Er trug sein enges beiges Rollkragenshirt ordentlich in die schwarze akkurat gebügelte Anzughose gesteckt, die von einem teuren Ledergürtel mit Lochmuster gehalten wurde. Da er barfuß war, hatten sie ihn wohl beim An- oder Ausziehen erwischt.

Daníel hatte mit Widerstand oder zumindest mit einer Abwehrhaltung gerechnet, doch der Mann bat sie freundlich ins Haus. Als sie im Eingang die Schuhe ausziehen wollten, hielt Leonid sie davon ab.

»No, no, please! Lasst die Schuhe an. Es reicht, wenn ihr sie abtretet. Für diese isländische Marotte, überall die Schuhe auszuziehen, hatte ich noch nie etwas übrig. Man ist irgendwo eingeladen und zieht sich schicke Schuhe an, und dann läuft man doch nur wie irgendein Schluffi auf Socken rum. Das ist nicht meins.«

Daníel und Baldvin trockneten sorgfältig ihre Schuhe auf der Fußmatte und folgten Leonid ins Wohnzimmer. Daníel hatte richtiggelegen. Die Aussicht auf die Bucht war wunderschön, in der Ferne zeichnete sich die Silhouette von Reykjavík ab, funkelnd wie eine Perlenkette, da im schwindenden Nachmittagslicht bereits die Laternen angingen. »Darf ich euch einen Kaffee anbieten?«, fragte Leonid und zeigte auf eine große Kaffeemaschine in der Küchenzeile am anderen Ende des offenen Wohnraums.

»Nein danke«, sagte Baldvin.

»Tee?«, schlug Leonid als Nächstes vor, doch Baldvin lehnte wieder ab.

»Champagner?«, fragte Leonid und zwinkerte ihnen verschmitzt zu, doch sein Lächeln verschwand, als Baldvin abermals ablehnte.

»Nein danke. Wir sind im Dienst.« Es war, als machte diese dritte Abfuhr Leonids Hoffnung endgültig zunichte, dass es sich um einen Höflichkeitsbesuch handelte. Er guckte ernst – oder vielmehr absolut ausdruckslos, als er in seinem überdeutlich gesprochenen Englisch nachfragte, worum es denn ging.

»Um deine Immobilie in Kópavogur, Auðbrekka«, sagte Baldvin. Leonid machte ein nachdenkliches Gesicht, aber es wirkte so aufgesetzt, dass völlig klar war, dass er ihnen etwas vorspielte.

»Auðbrekka, hm … Auðbrekka, sagtest du?«, murmelte er. »Ja, ich glaube, da habe ich eine Immobilie, doch, genau, Auðbrekka. Ich weiß, welche Immobilie ihr meint. Die Werkstatt.«

»Korrekt«, sagte Baldvin. »Was für ein Betrieb befindet sich dort?«

»Eine Autowerkstatt, soweit ich weiß.«

»Du weißt also nicht, was genau dort abläuft?«, hakte Daníel mit scharfer Stimme nach. Dieser Ton gefiel Leonid nicht.

»Nein, ich habe überall in der Stadt Immobilien, die ich vermiete, und ich kontrolliere nicht, wie die Mieter sie konkret nutzen«, sagte er mit einem steifen Lächeln. »Das geht mich auch nichts an.«

»Und wer mietet die Werkstatt in Kópavogur?«, fragte Baldvin knapp, aber weiterhin freundlich.

»Hach. Das weiß ich gerade nicht genau«, sagte Leonid. »Ich meine, es ist irgendein Selbstständiger.«

Daníel seufzte entnervt, worauf Leonid ihn böse anfunkelte. Daníel sah ihn weiter mit einem Blick an, von dem er hoffte, dass er genervte Verachtung ausdrückte – mit Erfolg: Leonid wirkte beleidigt, obwohl er sich bemühte, seine ausdruckslose Miene zu behalten.

»Wir brauchen Informationen über den Mieter der Werkstatt«, sagte Baldvin ruhig.

»Ich lasse sie euch per Mail zukommen«, sagte Leonid.

»Wir brauchen diese Information sofort«, sagte Baldvin, und Daníel schüttelte ganz leicht den Kopf, um anzudeuten, dass er Leonid für nichts weiter als einen Kleinkriminellen hielt, der hoffte, dass die Polizei ein Auge zudrückte.

»Sofort im Sinne von jetzt gleich?«, fragte Leonid nach,

und Daníel meinte zu sehen, wie die Adern an seiner Stirn anschwollen. Er lächelte matt, was Leonid noch mehr zu ärgern schien, denn aus seinem starren Gesicht sprühten die Augen Funken.

Als sie die gewünschten Informationen aus Leonid herausgepresst hatten und zurück zu ihrem Wagen gingen, hatte Daníel das Gefühl, dass Leonid ihnen aus dem Fenster hinterherblickte. Er widerstand der Versuchung, sich umzudrehen und nachzusehen, ob er richtiglag, bis sie im Auto saßen. Dann beugte er sich vor und sah zu dem großen Wohnzimmerfenster. Und tatsächlich: Dort stand Leonid mit verschränkten Armen und starrte sie an.

»Dieser Typ hat definitiv Dreck am Stecken«, sagte Daníel, worauf Baldvin nur mit einem kurzen Brummen reagierte, weil er zwei Dinge gleichzeitig tat, den Wagen starten und auf der Wache anrufen.

»Wir haben den Namen von dem Mieter der Werkstatt in Kópavogur«, sagte er am Telefon. »Das Unternehmen ist die InExport GmbH, vertreten durch Valur Jón Pálsson. Beides deckt sich mit der Aussage von Lárentínus, dem Lkw-Fahrer.«

41

Die Mitarbeiterin des Frauenhauses hatte Bisi freundlich empfangen und, ohne zu zögern, versprochen, ihr beim täglichen Verbandswechsel zu helfen, sodass Helena sich beruhigt verabschieden konnte. Vorher hatte Bisi nach ihrem Gepäck gefragt, nach zwei großen Koffern. Nachdem Helena sich am Mittag bereits das Video der Kriminaltechnik angesehen hatte, wusste sie sofort, um welche Koffer es sich handelte.

»Darf ich fragen, warum du so viele teure Dinge im Gepäck hattest?«, hatte Helena sie gefragt. »Uhren, Parfüms und dergleichen?«

»Ihr habt meine Koffer geöffnet?«, entgegnete Bisi schnippisch und wich gleichzeitig zurück. Das war wie eine körperliche Reaktion auf Helenas Frage. »Wenn ihr denkt, dass ich eine Diebin bin, irrt ihr euch!«

Helena hob beschwichtigend die Hände. »Nein, nein«, sagte sie schnell. »Überhaupt nicht! Wir versuchen nur, das alles zu verstehen. Wie es dazu kam, dass ihr in diesem Container in Island gelandet seid.«

Bisi starrte sie einen Moment wie versteinert an. »Ich will meine Koffer zurück«, sagte sie. »Die Sachen darin sind das Einzige, was ich habe.«

Helena nickte aufmunternd. »Du kriegst deine Koffer, sobald die Spurensicherung sie untersucht hat. Vielleicht schon morgen. Ich klemme mich dahinter.«

»Okay«, sagte Bisi und holte mehrere Male tief Luft, als wollte sie sich ganz bewusst beruhigen. »Ich reise in den Sommerferien immer nach Europa«, sagte sie auf einmal. »Nach London, Paris oder Barcelona. Meist Paris. Das ist meine Belohnung dafür, dass ich das ganze Jahr über so hart arbeite.«

Helena nickte. »So halten es die meisten«, sagte sie. »Man freut sich das ganze Jahr auf den Sommerurlaub.«

Bisi lächelte matt. »Ich liebe es, ins Theater, in Konzerte oder Museen zu gehen. Ich buche immer schon vor der Reise Tickets für Kulturveranstaltungen. Für Veranstaltungen, die sich vom Angebot in Nigeria unterscheiden.«

»Also stammst du aus Nigeria?«, fragte Helena und bereute es sofort, weil Bisi wieder zurückwich und sie böse ansah.

»Ja! Wie man meiner Hautfarbe und meinem Namen ansieht, stamme ich aus Afrika, aber das heißt nicht, dass ich keinen französischen Pass habe!«

»Du hast einen französischen Pass?«, fragte Helena ruhig und zurückhaltend in der Hoffnung, die Wellen zu glätten, die in Bisi beim kleinsten Anlass zu riesigen Sturmwogen anschwollen.

»Ja«, sagte Bisi leise und senkte den Blick, was Helena normalerweise als Anzeichen dafür deutete, dass ihr Gegenüber log. »Aber er ist leider verschwunden. Den haben die Leute genommen, die mich in den Container gesperrt haben.« Helena nickte. Das konnte durchaus der Wahrheit entsprechen, obwohl Bisis Körpersprache etwas anderes sagte. Hätte sie einen französischen Pass, hätten die Kriminellen ihr vermutlich ein Beruhigungsmittel verabreicht und sie in einen Flieger gesetzt, wie sie es schon unzählige Male erlebt hatten. Aber das war im Moment nicht das Entscheidende.

»Erzähl mir mehr von deinen Ferien in Europa«, sagte Helena mit einem freundlichen Lächeln. Es war wichtig, Bisis Vertrauen zu gewinnen. So weit, dass Bisi sich öffnete und erzählte. Von den Ereignissen, die dazu geführt hatten, dass sie in einem Container nach Island verschifft worden war.

»Ich habe immer eine Einkaufsliste von der ganzen Familie dabei. Auch von Freunden und Bekannten und allen, die wissen, dass ich nach Europa reise. In Nigeria gibt es vieles nicht, daher nutzen alle die Gelegenheit, um an teure Parfüms und solche Dinge heranzukommen.«

Helena nickte. »Und geben dir die Leute dann Geld für die Dinge, die du ihnen besorgen sollst?«

Bisi sah sie irritiert an. »Du kennst offenbar nicht viele Menschen aus Afrika.«

Helena lachte. »Nein, das stimmt.«

»Wer sich eine Reise nach Europa leisten kann, der hat auch genug Geld, um Geschenke mitzubringen. Ich spare das ganze Jahr für diese Geschenke, die oft teurer sind als die Reise selbst. Das ist einfach ein Statussymbol. Du weißt schon, verschafft einem Ansehen. Sowohl mir als auch meinen Eltern. Meine Mama liebt es, eine Party zu schmeißen und die Geschenke zu verteilen, wenn ich wieder nach Hause komme.«

»Und helfen sie dir auch, das alles zu bezahlen? Deine Eltern? Geben sie dir Geld mit?« Helena käme es nicht in den

Sinn, ihrer Mutter Geschenke von einer Reise mitzubringen. Wenn sie überhaupt Kontakt hätten, würde sie höchstens eine Schachtel Pralinen oder eine Flasche irgendwas springen lassen.

»Ein bisschen, manchmal, aber meistens nichts«, sagte Bisi. »Ich weiß nicht, wie das hier ist, aber in Nigeria stehen die Kinder in der Schuld ihrer Eltern. Man ehrt seine Eltern, indem man sie beschenkt. Meine Eltern haben viel in mich investiert, damit ich die Technikschule besuchen und lernen konnte, Computer zu reparieren, daher überweise ich den Großteil meines Einkommens an meinen Vater, der das Geld für uns spart und mir eine Summe zuteilt, von der ich leben kann.«

»Du musst ein gutes Einkommen haben«, sagte Helena. »Wenn du deine Eltern unterstützt, reisen und teure Geschenke kaufen kannst.«

Bisi lachte bitter auf. »Das war einmal«, sagte sie. »Ich habe keine Wohnung und keine Arbeit mehr in Nigeria. Mein Vater hat meine Kreditkarte, die mit seinem Konto verknüpft ist, sperren lassen, und ich habe alles ausgegeben, was auf meinem eigenen Konto war. Das Geld habe ich wie immer in Geschenke gesteckt. Und jetzt will meine Familie mich nicht mehr sehen.«

»Was ist passiert?«, fragte Helena vorsichtig, doch es war klar, dass dieses Gespräch beendet war. Bisi stand vom Sofa im Gesprächsraum des Frauenhauses auf und ging zur Tür.

»Könnt ihr mir einen neuen französischen Pass besorgen, als Ersatz für den alten, der verschwunden ist?«

42

Dieser Ort schien wirklich eine Zuflucht für Frauen zu sein, die Gewalt erlitten hatten. Es gab ein Regal mit Broschüren in verschiedenen Sprachen, und eine Mitarbeiterin hatte ihr die Hausregeln erklärt, die – soweit Bisi das verstanden hatte – unterm Strich darauf hinausliefen, dass alle Bewohnerinnen Ordnung halten und freundlich miteinander umgehen sollten. Broschüren und Hausregeln – vielleicht war das der Garant dafür, dass es sich wirklich um eine offizielle Einrichtung handelte? Denn Freundlichkeit und Gastfreundschaft waren ganz sicher kein Hinweis darauf, dass man Menschen vertrauen konnte. An diesem Irrtum hatte sie sich schon einmal die Finger verbrannt.

Zwei Bewohnerinnen hatte Bisi schon gesehen. Die eine hatte schlimme Schwellungen im Gesicht, der anderen war nichts anzusehen.

Bisi fiel es schwer, das Alter von weißen Frauen zu schätzen, aber den grauen Haaren und Falten nach zu urteilen waren diese beiden bereits älter, und die eine war außerdem ziemlich beleibt und unförmig. Bei Fifi waren alle Mädchen jung und bildhübsch gewesen. Dass das die Voraussetzung für ihre Gastfreundschaft gewesen war, war Bisi erst hinterher klar geworden.

Marsela war einen Tag nach Bisi in Fifis Haus gekommen. Bisi hatte versucht, mit ihr zu reden, doch sie verstand weder Französisch noch Englisch und lachte bloß entschuldigend, anstatt auf Bisis Fragen zu antworten. Sie sah eigentümlich aus, aber wunderschön. Die Haut schneeweiß, fast elfenbeinfarben, und ihr glänzendes Haar so schwarz, dass es in der Sonne beinahe bläulich zu flimmern schien, als sie draußen auf dem Hof saßen bei dem köstlichen Mittagessen, das Moussa vorbeigebracht hatte. Fifi schnappte sich nur einen Teller voll und verschwand gleich wieder vor ihren Computer. Im Vorbeigehen sagte sie Bisi, dass sie gerade unter Hochdruck nachforsche, wie sie ihr am schnellsten eine Aufenthaltserlaubnis für Frankreich beschaffen könne. Bisi bedankte sich herzlich bei ihr. Küsste sie auf beide Wangen, und Fifi drückte sie an sich, nahm ihre Hände, sah ihr in die Augen und versprach ihr, sie müsse sich keine Sorgen machen. Alles werde gut. Alles werde sich in Wohlgefallen auflösen.

Bisi erinnerte sich noch genau an den Geschmack des Bohnengerichts und des Brots in dem heißen Hinterhof von Fifis Haus in Paris, wo sie in der prallen Sonne gesessen hatten, zwei obdachlose, hoffnungslose Frauen, und Marsela hatte immer wieder laut aufgelacht, einfach so, als wäre sie verrückt. Und Bisi hatte es geglaubt. Hatte geglaubt, dass Fifi recht hatte und alles gut ausgehen würde. Oder vielleicht hatte sie in ihrer Verzweiflung auch nur glauben wollen, dass alles gut ausging.

Ihre Verzweiflung war diesmal weniger groß, nachdem sie das Schlimmste, was passieren konnte, bereits erlebt hatte, aber gleichzeitig war auch die Hoffnung schwächer. Und der Glaube daran, dass sich alles zum Guten wenden würde, war ganz verschwunden.

43

Der Gedanke daran, allein nach Hause in ihre kleine Wohnung zu fahren, stimmte Helena traurig, und es war, als würde ihr Auto von ganz allein die Richtung nach Laugardalur einschlagen, wo Sirra wohnte. Sie wusste, dass sie bei Sirra willkommen war. Sie hatte sogar einen eigenen Schlüssel und durfte auch in die Wohnung gehen, wenn Sirra nicht da war. Das war eine Art stillschweigende Übereinkunft. Sie hatten nie wirklich darüber gesprochen, es hatte sich einfach allmählich so entwickelt, von *Hook ups*, wie sie ihre spontanen, unverbindlichen One-Night-Stands nannten, zu irgendetwas Größerem, von dem Helena nicht genau wusste, was es war. Vielleicht wollte sie es auch gar nicht wissen. Sie wusste nur, dass sie keine feste Beziehung wollte, weil das zu zeitaufwendig war und sie sich nicht vorstellen konnte, dass sich das mit ihrer Arbeit vereinbaren ließ, in die sie sich reinhängte, weil sie bei der Polizei Karriere machen wollte. Dennoch zog es sie ständig zu Sirra, und ihr Interesse an anderen Frauen war komplett erloschen.

Auch wenn sie ihr nichts nachweisen konnte, hatte sie den Verdacht, dass Sirra sie langsam, aber sicher in eine feste Beziehung locken wollte. Sie freute sich jederzeit, sie zu sehen, und machte ihr keinerlei Vorschriften mehr, zum Beispiel dass

Helena vorher anrufen sollte oder sie sich nur zu bestimmten Zeiten trafen. Das hatte zur Folge, dass sie Helena in letzter Zeit auch nicht mehr mit gedecktem Tisch oder in schicker Kleidung empfing, sondern mit einem Buch in der Hand, in der Küche oder vor dem Fernseher. Helena sei jederzeit willkommen, sagte sie. Ganz ohne Druck, einfach nur willkommen. Und dann hatte sie ihr den Schlüssel gegeben. Helena wäre am liebsten davongerannt, denn genau so begannen Beziehungen. Wenn sie sich vorstellte, dass jemand davon erfuhr, dass sie mit Sirra zusammen war, wurde ihr ganz anders. Das stand in Konflikt mit ihrer Arbeit, schließlich wartete Sirra auf ein Urteil in einem Fall, in dem Helena ermittelt und über den die Öffentlichkeit sich sehr amüsiert hatte, nachdem sich die Presse lang und breit über den Fall Flosi und Sirras Rolle darin ausgelassen hatte. Dennoch hatte sie den Schlüssel angenommen, und die Versuchung wurde immer größer, ihn zu benutzen.

Sirra saß mit dem Laptop auf dem Sofa, als Helena ins Wohnzimmer kam.

»Arbeitest du?«, fragte sie und beugte sich über Sirra, die den Kopf schüttelte, sich ihr entgegenreckte und sie küsste.

»Nein, ich surfe nur ein bisschen im Internet herum und lese Nachrichten«, antwortete Sirra. Sie klappte den Laptop zu und legte ihn auf den Couchtisch. Helena setzte sich neben sie. »Was gibts Neues bei dir? Wie geht es dir eigentlich?« Helena erschrak. Nicht wegen Sirras Frage, sondern wegen ihres Tonfalls.

»Was meinst du?«

»Ich nehme an, du ermittelst in diesem Container-Fall?«

»Was?« Helena zog ihr Handy aus der Tasche und öffnete das Nachrichtenportal von RÚV, dem staatlichen Rundfunk. »Ist es schon in den Nachrichten?« Es war nur eine Frage der Zeit gewesen, wann die offizielle Berichterstattung begann, nachdem schon von Tag eins an auf allen Social-Media-Kanälen über den Container diskutiert worden war.

»Ja«, sagte Sirra. »So furchtbar. Nach so einem Fall braucht ihr sicher alle psychologische Hilfe.« Sirra legte ihren Arm um Helenas Schulter und drückte sie an sich. Helena schloss die Augen und atmete tief den Duft von Sirras Haaren ein. Sie hatte sie sich kürzlich auf Schulterlänge schneiden lassen und verwendete seitdem Haarpflegeprodukte mit einem intensiven Kräuterduft, den Helena sehr mochte. Vermutlich beschäftigte sie dieser Fall tatsächlich mehr als andere. Sie war erschöpft und stellte erstaunt fest, dass sie in Sirras Nähe nicht mehr sofort von Lust überwältigt wurde. Jetzt wollte sie sich einfach nur in ihre warmen Arme kuscheln und schlafen. »Die arme Frau, die überlebt hat …«, seufzte Sirra. Helena schreckte auf.

»Fuck! Kam das auch in den Nachrichten?« Ihr Herz pochte wild. Das wäre eine Katastrophe. Genau dieses Detail hatten sie so lange wie möglich geheim halten wollen.

»Ja«, sagte Sirra. »Hoffentlich geht es ihr einigermaßen gut.« Helena war aufgesprungen. Damit hätten sie rechnen müssen. Früher oder später sickerte alles durch, vor allem bei einem so großen Ermittlungsteam und weiteren Beteiligten wie dem Krankenhaus, dem Frauenhaus und der Ausländerbehörde. Sie hatte gehofft, dass es länger dauern würde. Verdammte Scheiße.

»Entschuldige mich kurz. Ich muss auf dem Revier anrufen und dafür sorgen, dass das Frauenhaus bewacht wird.«

44

Als Áróra von ihrem Computer aufblickte, war es draußen stockfinster. Das einzige Licht im Wohnzimmer war der bläuliche Schein ihres Computerbildschirms, denn sie war zu vertieft in die Arbeit gewesen, um aufzustehen und eine Lampe einzuschalten. Es wurde immer noch früh dunkel, und sie wusste oft nicht, welche Tageszeit gerade war. Der isländische Winter raubte ihr jegliches Zeitgefühl. Eigentlich war bald Zeit fürs Abendessen, aber sie war immer noch satt von ihrem Eiershake, daher würde sie einfach später eine Kleinigkeit snacken, wenn der Hunger kam.

Sie hatte die Daten zusammengetragen, um die Daníel sie gebeten hatte, und noch einige weitere, interessante Entdeckungen gemacht. Die Verwicklungen, die sie damals im Zusammenhang mit Flosis Unternehmen aufgedeckt hatte, gab es nicht mehr. Was aber nicht überraschte, denn einerseits hatten Leonid und seine Komplizen natürlich Wind von ihren Nachforschungen bekommen und ihre Machenschaften daraufhin umstrukturiert, und andererseits war Flosis Unternehmen infolge des Familiendramas pleitegegangen.

Die Kuzee GmbH schien inzwischen nur noch als eine Art Immobiliengesellschaft zu agieren, auch wenn sie offiziell nicht als solche gemeldet war, und strich die Miete von dreiundzwanzig Objekten im Hauptstadtgebiet ein, die fast alle an Gewerbetreibende vermietet waren. Nach einiger Recherche hatte Áróra eine ungefähre Vorstellung davon, wie die Kuzee GmbH arbeitete: Die Firma kaufte heruntergekommene Gewerbeeinheiten in der Stadt auf und gab sie sofort zur Vermietung frei. Von zwei kürzlich verkauften Objekten hatte sie die Immobilienanzeigen gefunden, da die Makler sie noch nicht von ihren Internetseiten entfernt hatten, und beide Objekte waren solche Bruchbuden, dass niemand, der bei Verstand war, sie gekauft hätte. Aber die Kuzee GmbH schon. Und sie hatte beide Immobilien sofort an Gewerbetreibende vermitteln können, die horrende Mieten dafür zahlten.

Áróra hatte ihre Haare zu einem Dutt gebunden und Schuhe und Jacke angezogen, noch ehe sie einen bewussten Entschluss gefasst hatte. Sie musste sich das einfach ansehen. Die erste Immobilie befand sich im Smiðjuhverfi in Kópavogur, und da es zur Abendessenszeit wenig Verkehr gab und die Straßen nicht glatt waren, konnte sie die Schnelligkeit ihres Teslas voll auskosten und erreichte in nur zehn Minuten ihr Ziel. Es handelte sich um eine kleine Werkstatt, zwischen zwei etwas größere Autowerkstätten gequetscht. In einer davon sah Áróra durch die offene Tür noch zwei Männer bei der Arbeit. Sie sprang aus dem Wagen und sprach einen der Männer an. Der nahm die Schutzbrille ab und sah sie verwundert an.

»Wir haben schon zu«, sagte er.

»Ich wollte nur kurz etwas zu dem Laden hier nebenan fragen«, erklärte sie und zeigte auf die schmale Nachbareinheit.

»Ähm, meinst du den da?« Der Mann kam kopfschüttelnd aus seiner Werkstatt und blickte auf die Fassade des Nachbarhauses. »Du wärst verrückt, wenn du diesen Schuppen kaufen würdest. Die reinste Bruchbude. Steht seit Jahren leer, es regnet rein, die elektrischen Leitungen sind kaputt, und die Fenster … na ja, du siehst ja selbst, in welchem Zustand die sind.« Áróra nickte und sah sich die Fenster an. Das Holz der Rahmen wirkte morsch, eine Scheibe war kaputt. »Ich will niemanden davon abhalten, den Laden auf Vordermann zu bringen. Das ist kein schöner Anblick in direkter Nachbarschaft, aber man sollte schon wissen, worauf man sich da einlässt.«

»Tatsächlich ist diese Gebäudeeinheit bereits verkauft«, klärte Áróra den Mann auf. »Hast du den neuen Eigentümer noch nicht gesehen?« Das schien der Mann zum ersten Mal zu hören. Er starrte sie verdutzt an.

»Das ist ja mal 'ne Neuigkeit«, sagte er. »Davon habe ich gar nichts mitgekriegt. Und ich habe auch keine Menschenseele dort gesehen.«

»Verstehe«, sagte Áróra. »Also kennst du das Unternehmen noch gar nicht? Die Firma heißt Kuzee GmbH. Mit z.«

Der Mann schüttelte den Kopf. »Kuz… wie? Was ist das denn für ein Name?«

Áróra zuckte mit den Achseln und hob dann schnell zum Abschied die Hand, denn sie merkte, dass er kurz davor war, sie zu fragen, wer sie war und weshalb sie sich so sehr für diesen Ort interessierte. Sie rief dem Mann im Gehen einen Dank zu und eilte zu ihrem Wagen, setzte sich hinein und winkte noch einmal kurz durchs Fenster, ehe sie davonbrauste.

Sie verließ das Smiðjuhverfi und fuhr nach Norden in Richtung Sæbraut. Die zweite Immobilie, die die Kuzee GmbH kürzlich erworben hatte, lag in der Barkarvogur, und sie war sich ziemlich sicher, dass auch dieses Objekt leer stand. Sie schaltete das Radio ein, um sich die Abendnachrichten anzuhören, und erschrak so sehr, dass sie in eine Bushaltebucht schwenken und anhalten musste.

In den Nachrichten wurde von einem Container berichtet, der bei Rauðhólar gefunden worden sei. Darin die Leichen von vier Frauen und eine Überlebende. Laut Polizeihauptkommissar bestand der Verdacht, dass eine kriminelle Vereinigung dahintersteckte. Áróra griff nach ihrem Handy und tippte mit zitternden Fingern eine Nachricht an Daníel: *Habe die Nachrichten gehört. Nehme an, das hat mit dem zu tun, wonach du mich gefragt hast? Sorry wegen dem Deal. Das mit Sergei eilt nicht. Schicke dir gleich Infos zu Kuzee.*

Als sie gerade losfahren wollte, kam Daníels Antwort.

DANKE, schrieb er. *Schwieriger Fall. Checke gerade Sergei!* Auch wenn das mit dem Deal nicht ganz ernst gemeint gewesen war, bekam Áróra ein schlechtes Gewissen, dass sie eine Gegenleistung für ihre Recherche verlangt hatte. Jetzt unterbrach Daníel seine Arbeit an diesem wichtigen Fall, um Nachforschungen zu Sergei anzustellen, bei denen wahrscheinlich ohnehin nichts herauskommen würde. Sie versuchte, dieses unangenehme Gefühl loszuwerden, und rief sich in Erinnerung, dass es Daníel gewesen war, der sie in die Sache mit Elín und Sergei reingezogen hatte. Sie gab Gas und stieß zwischen zusammengebissenen Zähnen ein Knurren aus, aber auch das half nicht wirklich, und wie immer, wenn sie sich schlecht fühlte, kam ihr Ísafold in den Sinn und mit ihr die nagenden Schuldgefühle, die sich sofort in ihr regten, sobald sie an ihre Schwester dachte. Die sie kurz vor ihrem Verschwinden aufgegeben hatte. Sie knurrte noch einmal, diesmal lauter. *Raubtierknurren* hatte ihr Vater es genannt und ihr empfohlen, es immer dann einzusetzen, wenn Selbstzweifel sie plagten. Es mache den Geist frei und bringe die Gedanken wieder auf Kurs, sagte er.

Áróra bremste vor einer roten Ampel, warf einen Blick auf ihr Handy und atmete auf. Die Sorge, sich blöd verhalten zu haben, verpuffte – ob es nun an dem Raubtierknurren lag oder an dem roten funkelnden GIF-Herz, das Daníel ihr geschickt hatte.

45

Daníel joggte gerade mit einer Papiertüte im Arm zum Landespolizeipräsidenten in der Skúlagata rüber, als er Áróras SMS erhielt. Sie hatte also die Nachrichten gehört und machte sich Vorwürfe wegen des Informationsdeals. Doch davon ließ Daníel sich nicht abhalten. Natürlich beschaffte er ihr die Informationen, die sie brauchte. Die sie brauchten. Denn er selbst hatte sie ja gebeten, Elín zu helfen und zu Sergeis Hintergründen zu recherchieren.

Er nahm die Treppe in drei Sätzen und klopfte an die Scheibe des Büros von Ari Benz. Der stand auf, um ihn reinzulassen, aber im selben Zug griff er seine Jacke von der Stuhllehne und schlüpfte hinein.

»Machst du Feierabend?«, fragte Daníel.

Ari sah ihn empört an. »Das Spiel, Mann!« Daníel begriff nicht, was er meinte, und Ari zog die Brauen hoch. »Das Länderspiel!«

»Welches Länderspiel?«, fragte Daníel verwirrt. Außer der Sache mit dem Container hatte er keinerlei Nachrichten gehört oder gelesen.

»Island gegen Kroatien!«, rief Ari.

»Oh. In den letzten Tagen habe ich nicht viel von Fußball mitbekommen ...«

Weiter kam Daníel nicht, denn Ari Benz schnitt ihm mit noch schrillerer, fast verächtlicher Stimme das Wort ab. »Handball! Was ist denn mit dir los? In einer halben Stunde beginnt das Länderspiel, das entscheidet, ob wir zur WM dürfen. Das nenne ich echt mal Tunnelblick ...«

Daníel lachte. »Definitiv«, sagte er und hob entschuldigend die Hände. Dann streckte er Ari Benz die Tüte entgegen. »Ein Burger aus dem feinen Laden am Hlemmur.« Ari nahm die Tüte, warf einen Blick hinein und seufzte schwer.

»Okay. Ich gewinne Zeit, wenn ich auf dem Weg nichts mehr zu essen kaufen muss. Du kriegst zehn Minuten. Was brauchst du?« Er setzte sich auf seinen Schreibtischstuhl und schaltete den Computer ein.

»Sergei Konstantinovich Popov«, sagte Daníel. »Er ist Russe. Ich wäre dankbar, wenn du dich bei den französischen Behörden über ihn informieren könntest. Er war mit einer französischen Staatsbürgerin namens Marie C. Allard verheiratet und hat durch die Ehe eine Aufenthaltserlaubnis für den Schengen-Raum. Es wäre nützlich zu wissen, ob sein Name irgendwo bei der französischen Polizei oder bei Europol auftaucht.«

»Russen, überall Russen«, murmelte Ari Benz und tippte schnell die Informationen ein. Daníel räusperte sich, worauf Ari ihn fragend ansah.

»Vielleicht sollte ich dir noch sagen, dass ... dass diese Recherche nichts mit dem Container zu tun hat. Es ist etwas Persönliches.«

»Okay ...«, sagte Ari und tippte weiter. »Geht mich nichts

an.« Dann stand er auf, schaltete den Bildschirm aus und sah auf seine Uhr. »Achtzehn Minuten bis Spielbeginn. Ich will zum Anpfiff mit Burger und Bier auf dem Sofa sitzen.« Daníel folgte ihm aus dem Büro die Treppe runter.

»Zum Container gibt es nichts Neues aus dem Ausland«, sagte Ari Benz, als sie auf den Parkplatz an der Skúlagata traten. Er blieb stehen und sah Daníel mit bedeutungsschwerem Blick an. Überraschenderweise ging es diesmal nicht um das Handballspiel. »Ich hasse Menschen, die andere Menschen in Container stecken«, sagte er, und Daníel spürte, wie sich ein Kloß in seinem Hals bildete, durch den seine Antwort fast wie ein Flüstern klang.

»Ich auch«, presste er hervor, und sie sahen sich einen Moment lang in die Augen. Dann schlug Ari ihm fest auf die Schulter.

»Noch eine Viertelstunde. Ich verkloppe dich, wenn du dir das Spiel nicht anguckst.« Daníel lachte und wandte sich in Richtung Hverfisgata, während Ari die Tür eines dunkelblauen glänzenden Benz-Sportwagens öffnete. Daníel blieb stehen.

»Ist das ein Zufall, oder hast du dir den passenden Wagen zu deinem Namen gekauft?«, rief er ihm zu.

Ari lachte. »Andersrum«, antwortete er. »Ich bin so verdammt zufrieden mit dieser Karre, dass ich genauso heißen wollte.« Er stieg ein, schloss die Tür und ließ die Scheibe runter, damit er lässig den Arm ins Fenster legen konnte, während er mit qualmenden Reifen und zufriedenem Grinsen davonbrauste.

Daníel sah ihm kurz nach und lief dann zurück zur Wache. Er wollte sich einen Wagen ausborgen, um die Kinder abzuholen. Sie fuhren so gern im Streifenwagen, und gleichzeitig konnte er seiner Schwiegermutter eins auswischen, wenn er mit Blaulicht vor ihrem schicken Haus in Garðabær hielt.

46

Elíns Kopf lag auf Sergeis muskulöser Brust, und sie genoss es, seinen Atem zu spüren, während seine Fingerspitzen ihre Schulter liebkosten und das Glück sie durchströmte. Sie hatten einen schönen Abend gehabt, und Sergei war wieder viel ruhiger und so lieb und nett zu ihr, dass sie nicht begreifen konnte, woher ihr Misstrauen rührte. Wieso sie ihm so misstraute, dass sie einen Polizisten und eine Privatdetektivin auf ihn angesetzt hatte. Morgen würde sie sowohl Áróra als auch Daníel sagen, dass sie sich unnötig in die Sache reingesteigert hatte, und sie bitten, ihre Nachforschungen bezüglich Sergeis Vergangenheit einzustellen. Jeder Mensch hatte das Recht auf ein Privatleben, auch in einer Beziehung.

Sergei drückte ihr einen Kuss auf die Stirn, und sie seufzte zufrieden. Schnurrte wie ein Kätzchen unter seinen Liebkosungen und spürte, wie ihr Herz vor Liebe anschwoll. Sie überraschte sich selbst immer wieder. Sie hatte nicht geglaubt, dass es möglich wäre, Sergei noch mehr zu lieben, doch nach jedem Konflikt war es, als ob ihr Herz größer würde, sodass noch mehr Liebe hineinpasste. An diesem Abend war es um einiges gewachsen. Nach all dem Misstrauen und den schlimmen Gefühlen und der Lethargie und der ganzen Aufregung bei Sergei war es so unglaublich schön, dass er am Nachmittag entspannt nach Hause gekommen war, mit Einkäufen, aus denen sie gemeinsam etwas gekocht hatten, und einer Flasche Wein, die sie im Bett ausgetrunken hatten. Er hatte sich ganz auf sie konzentriert, und sie hatten gelacht und sich geliebt und einander viele Küsse und schöne Worte geschenkt. *I love you, babe*, flüsterte er immer wieder, und sie antwortete ihm dasselbe, *I love you, Sergei. Ich liebe dich.*

Nur eine Frage musste sie klären, aber sie war sich noch nicht sicher, wie sie es angehen sollte, bis ihr auf einmal diese weiße Lüge ganz leicht über die Lippen ging.

»Ich habe heute auf dem Amt angerufen«, sagte sie und wunderte sich selbst darüber, wie glaubwürdig sie klang. Sie konnte ihm nicht sagen, dass sie Nachforschungen angestellt hatte, das würde die ganze Stimmung kaputt machen, und im Grunde war es auch nebensächlich, wie genau sie an die Informationen herangekommen war. »Dort hieß es, du hast bereits eine Aufenthaltserlaubnis für den Schengen-Raum, weil du mit einer Französin verheiratet warst.«

Sergei zog seinen Arm unter ihrem Kopf weg und setzte sich auf die Bettkante. Er ließ den Kopf hängen und starrte auf den Boden.

»Was haben sie sonst noch gesagt?«, fragte er mit leiser, merkwürdig gepresster Stimme.

»Sie meinten, du seist Witwer. Dass deine französische Frau gestorben sei.« Sie streckte die Hand aus und strich ihm über den Rücken. »Warum hast du mir denn nichts davon gesagt?«

»Marie«, sagte er. »Sie hieß Marie.« Elín streichelte weiter seinen Rücken und merkte, dass sein Atem stoßweise ging, als ob er weinte. »Es ist zu schmerzhaft, darüber zu reden. Ich überlege schon lange, wie ich es dir sagen soll.« Elín setzte sich auf und schmiegte sich an Sergeis Rücken. Drückte sich an ihn.

»Du kannst mir alles sagen«, flüsterte sie und küsste mehrmals seinen Nacken.

»Sie war depressiv«, sagte er. »So depressiv, dass sie nicht mehr leben wollte. Ich dachte, ich hätte sie geheilt. Die Liebe hätte sie geheilt. Aber kurz nach unserer Heirat stellte sich heraus, dass ich falschlag. Diese Krankheit lässt sich nicht heilen.«

»Was ist passiert?«, flüsterte Elín.

»Sie hat sich von eincr Klippe auf den felsigen Strand gestürzt, um sich das Leben zu nehmen.«

47

Für Daníel war es immer schlimm, einen Tag im Leichenschauhaus zu beginnen, aber diesmal war es besonders schwer. Vier Leichen lagen auf Stahltischen. Vier Körperhüllen, die vor Kurzem noch lebendige Seelen mit Hoffnungen und Träumen beherbergt hatten. Träume, die in Albträume umgeschlagen waren, so furchtbar, dass man es sich kaum vorstellen konnte.

Rechtsmedizinerin Jóna stand ernst und mit strammer Körperhaltung vor ihm, ihr Dutt wippte auf ihrem Scheitel wie ein graues Vogelnest. Ihr Blick schwankte wie immer irgendwo zwischen Wut und Traurigkeit, was Daníel heute besonders passend vorkam.

»Alle Frauen sind jung, um die zwanzig«, sagte sie in ihrem speziellen Berichterstattungston, der Daníel oft an eine Computerstimme erinnerte. »Zwei sind weiß, eine von ihnen weist typisch osteuropäische Zahnkorrekturen auf, eine ist asiatischer Herkunft, wahrscheinlich Chinesin, und eine ist schwarz. Ich tippe darauf, dass sie aus Westafrika stammt.« Jóna trat an den letzten Tisch, auf dem die Leiche der schwarzen Frau lag, unter einem weißen Tuch, das ihr bis zu den Schultern reichte, sodass nur das oberste Stück des y-förmigen Schnittes zu sehen war.

»Sie ist die einzige, die mich überrascht hat«, sagte sie. »Die anderen Frauen sind an Unterkühlung gestorben. Das ist zumindest die wahrscheinlichste Todesursache, auch wenn es keinen eindeutigen Beweis dafür gibt. Aber sie haben Erfrierungen an den Gliedmaßen, braune Flecken an den Innenseiten der Verdauungsorgane und Hämatome, die ein starkes Indiz dafür sind, und angesichts der Umstände, unter denen sie gefunden wurden, ist die Kälte die plausibelste Erklärung.«

»Und was ist mit ihr?«, fragte Daníel und betrachtete das Gesicht des Mädchens, das einst dunkelbraun gewesen sein musste, jetzt aber hellgrau wirkte.

»Der Ausprägung ihrer Totenstarre nach zu urteilen ist sie als Letzte gestorben. Wobei es bei Minusgraden natürlich heikel ist, sich auf den Starregrad zu verlassen. Mein Bericht liegt bereits auf LÖKE«, sagte Jóna. »Da kannst du alles nachlesen. Aber ich bin mir sicher, dass du ein Detail mit eigenen Augen sehen willst.« Sie zog die Stütze unter dem Nacken der Leiche weg und drehte sie auf die Seite. Der obere Arm blieb steif über ihrer Flanke liegen, als entzöge sich der tote Körper den Gesetzmäßigkeiten der Schwerkraft. Daníel konzentrierte sich sofort auf den Nacken der Frau, auf eine kahle Stelle, die Jóna offenbar rasiert hatte. In der Mitte der kahlen Stelle waren zwei tiefe Mulden.

»Sie hat einen Schädelbruch erlitten und eine Hirnblutung davongetragen. Ziemlich heftig, wie ich dem CT entnehmen konnte. Sie hat mindestens zwei schwere Schläge an den Kopf gekriegt, aber erstaunlicherweise ist die Haut intakt geblieben, und unter ihrem dicken Haar ist die Verletzung gar nicht aufgefallen.«

Unwillkürlich streckte Daníel die Hand aus und berührte eine der schwarzen Locken. Was war bloß in dem dunklen, kalten Container passiert? Wie waren diese Frauen ums Leben gekommen?

»Kann es sein, dass sie im Container gegen irgendetwas geprallt ist?«, fragte er. »Bei starkem Wellengang?«

Jóna zuckte mit den Achseln. »Könnte sein«, sagte sie. »Ich bin in Kontakt mit Jean-Christophe, seine Leute suchen bereits nach einem Hinweis auf den Ursprung dieser Verletzung. Da sie äußerlich nicht geblutet hat, können wir höchstens hoffen, dass sich an irgendeinem Gegenstand ein Haar von ihr findet. Ansonsten heißt es wohl *inconclusive.*«

»Hm.« *Inconclusive* oder *uneindeutig* war kein Ergebnis, über das sich ein Polizist freute, wenn es um die Todesursache eines Opfers ging. Insbesondere nicht bei einem Fall wie diesem. »Gibt es Bilder von den Verletzungen?«, fragte er.

»Ist alles schon auf LÖKE, Fotos, Röntgenbilder und Zeichnungen. Nur auf die Giftstoff- und DNA-Analysen warten wir noch.«

Daníel nickte. Die DNA brachte ihnen in diesem Fall vermutlich keine großen Erkenntnisse, außer dass sie vielleicht eine ungefähre Ahnung davon bekamen, woher die Frauen stammten.

»Eines ist natürlich ganz offensichtlich«, sagte Jóna, die jetzt nicht mehr ganz so sehr nach Computerstimme klang wie zu Beginn.

»Was?«, fragte Daníel.

»Alle diese Frauen – oder vielleicht sollten wir sie eher Mädchen nennen: Zwei von ihnen haben noch nicht einmal die Weisheitszähne – sind auffallend schön. Tolle Figur, hübsches Gesicht.« Daníels Blick wanderte von einem Stahltisch zum nächsten. Jóna hatte recht. Trotz des merkwürdig farblosen, fleckigen Teints waren diese Mädchen schön. Jede hatte etwas Besonderes, und Daníel konnte sich gut vorstellen, dass sie mit ein bisschen Make-up, schicker Kleidung und Frisur wie Models aussähen. Wenn sie noch am Leben wären.

»Wahrscheinlich ist ihnen genau das zum Verhängnis geworden«, sagte Jóna. »Ihre Schönheit.«

48

Áróra war voller Tatendrang aufgewacht und hatte den Tag mit fünf Minuten Planks und hundert tiefen Kniebeugen begonnen, ehe sie sich mit Kaffee und Ei gestärkt und kalt geduscht hatte. Doch jetzt, als sie Elín in ihrem Atelier in der unteren Etage ihres Reihenhauses gegenüberstand, fühlte sie sich jeglicher Kraft beraubt und in ähnliche Situationen mit ihrer Schwester Ísafold zurückversetzt. Elín hatte ihre Meinung komplett geändert und war nun überzeugt davon, dass ihr russischer Freund ein Engel und es ein Fehler gewesen war, Áróra und Daníel um Hilfe zu bitten.

»Aber was ist mit den Telefonaten?«, fragte Áróra. »Die Gespräche, von denen du erzählt hast, mit dieser Sofia, mit der er immer heimlich telefoniert?«

»Das hat er mir erklärt«, sagte Elín. »Sofia ist eine Freundin seiner verstorbenen Ehefrau. Sie reden oft über sie. Über Marie. Und da es für Sergei so schwierig ist, sich mit der Vergangenheit zu befassen, zieht er sich zurück. Er sagt, er will unser Glück nicht mit den schlimmen Erinnerungen und dem Schmerz belasten.«

Áróra seufzte. »Und was ist mit seiner Lüge wegen der Aufenthaltserlaubnis? Warum hat er die als Druckmittel für eine schnelle Heirat genutzt?« Es war, als ob Áróra Elín mit kochend heißem Kaffee übergossen hätte. Sie zuckte zusammen, wich zurück und sprach in einem ganz anderen Ton.

»Er ist in mich verliebt!«, sagte sie mit Nachdruck. »Manch einem fällt es schwer, eine Beziehung mit großem Altersunterschied nachzuvollziehen, aber wenn du uns zusammen erleben würdest, könntest du sehen, dass wir uns lieben.«

Áróra hob die Hände. »Ich will damit nicht sagen, dass eine solche Beziehung generell problematisch ist«, sagte sie schnell, denn sie wollte Elín nicht kränken.

»Was willst du dann damit sagen?«, hakte Elín nach, mit diesem trotzigen Verteidigungsblick, den Áróra so oft bei ihrer Schwester gesehen hatte, wenn sie Ísafold vor ihrem gewalttätigen Ehemann beschützen wollte.

»Ich möchte dich lediglich darauf hinweisen, dass es sinnvoll sein könnte, einen objektiven Berater hinzuzuziehen, da du dich möglicherweise in einer ungesunden Beziehung befindest. Dass Sergei dich steuert und dir nicht die Wahrheit sagt, was seine Situation angeht ...« Weiter kam sie nicht, denn in diesem Moment öffnete sich hinter ihr die Tür zum Atelier.

»Are you talking about me?«, fragte eine Männerstimme in ihrem Rücken. »Ich habe meinen Namen gehört. Was redest du über mich?«

Áróra drehte sich um, und es war kaum auszumachen, wer von beiden erschrockener war. Er trug eine glänzende Trainingshose und große weiße Sneaker. Um seinen Hals hing eine schwere Goldkette, und er funkelte Áróra böse an. Sie kannte diesen Mann. Und sie verband nichts Gutes mit ihm.

49

Baldvin leitete das Morgenmeeting mit der typischen Reso-
lutheit, die er an den Tag legte, wenn er die Verantwortung für
Ermittlungen trug. Der Hauptkommissar verfolgte das Geschehen von einer Ecke des Raums aus und wirkte hochzu-
frieden mit Baldvin, der bereits alle Dokumente auf LÖKE
studiert zu haben schien, selbst die, die erst am Morgen hoch-
geladen worden waren.

»Bei drei Frauen wurde als Todesursache Erfrieren festgestellt. Die vierte ist aufgrund einer Hirnblutung infolge
eines schweren Schlags auf den Kopf gestorben. Jetzt ist es
wichtig, dass die Überlebende mit uns spricht und uns schil-
dert, was genau passiert ist.« Baldvin nahm Helena ins Visier,
die ihn am liebsten daran erinnert hätte, dass die Kommunikation mit dem Opfer vor allem Daníels Aufgabe war. Er hatte sie da mit reingezogen, und es war nicht allein ihre Schuld,
dass sie noch keine Ergebnisse präsentieren konnten. Aber es
war natürlich ein Problem. Ein Problem, das sie heute in Angriff nehmen würde. Es war an der Zeit, etwas mehr Druck
auf Bisi auszuüben und sie zum Reden zu bringen. Daher sagte Helena nichts, sondern nickte Baldvin bloß zu, worauf er
zum nächsten Punkt überging.

»Ich weiß, dass eure Handys schon jetzt ununterbrochen

vibrieren, und ich möchte noch einmal daran erinnern, dass allein der Hauptkommissar Fragen der Medien und anderer Personen zu unserem Fall beantwortet. Wir verschwenden zum jetzigen Zeitpunkt keine Energie in Nachforschungen zu der Frage, wo sich das Informationsleck befindet, aber nachdem bekannt geworden ist, dass eine der Frauen überlebt hat, müssen wir damit rechnen, dass nach ihr gesucht wird. Daher ist es umso wichtiger, dass wir den Überblick über die Informationen behalten, die wir rausgeben. Wenn ihr also jemanden mit Fragen an den Hauptkommissar verweist und er nicht erreichbar ist, leitet ihr das Ganze bitte gleich an mich weiter. Alright?« Alle Anwesenden nickten synchron.

»Heute steht an, dass der Lkw-Fahrer Lárentínus mit einem Zeichner Phantombilder von den Männern erarbeitet, die den Container in Empfang genommen haben. Darum kümmern sich Gutti und Palli. Daníel geht mit Ari Benz die Listen verschwundener Frauen von Europol und Interpol durch und gleicht sie mit dem ab, was die Rechtsmedizinerin über die Opfer herausgefunden hat. Damit haben alle Kollegen eine Aufgabe, sodass …« Er verstummte und korrigierte sich dann selbst. »Alle Kolleginnen und Kollegen sind mit Aufgaben versorgt. Auf gehts!« Helena zwinkerte Baldvin mit einem verschmitzten Lächeln zu, und er nickte kurz zurück. Das musste man ihm lassen: Auch wenn er altmodisch und steif war, dachte er daran, dass das Ermittlungsteam nicht nur aus Männern bestand.

Nach weniger als zehn Minuten war die Besprechung beendet, und Daníel und Helena verabschiedeten sich auf dem

Parkplatz hinter der Wache mit einer Verabredung zum gemeinsamen Mittagessen, obwohl beide wussten, dass es sehr wahrscheinlich wieder nicht klappen würde. Daniel verließ den Hof durch das Tor zur Snorrabraut und joggte zum Landespolizeipräsidenten rüber. Helena stieg in einen Streifenwagen zu einer uniformierten Polizistin, die sie zum Frauenhaus fahren würde.

50

Bisi erinnerte sich daran, dass sie unruhig geworden war, als Clara dazustieß. Es kam ihr so merkwürdig vor, dass Fifi auf einmal drei obdachlose Frauen zu Gast hatte, die eine Aufenthaltserlaubnis für Europa brauchten. Als sie Fifi auf diesen sonderbaren Zufall ansprach, erklärte die, sie habe Moussa gebeten, auf dem Weg zur und von der Arbeit die Augen offen zu halten nach weiteren Frauen, die Hilfe bräuchten. Da sie ohnehin herausfinden müsse, wie man am besten an eine Aufenthaltsgenehmigung herankam, könne sie auch gleich noch weiteren Menschen dabei helfen.

Moussa stimmte ihr zu. Er sagte, er arbeite in unmittelbarer Nähe von Porte de la Chapelle, und es tue ihm so leid, die vielen Menschen in der Schlange zu sehen. Vor allem um unbegleitete Frauen sorge er sich. Unter all den Arabern sei die Warterei nicht ungefährlich. Moussa wirkte aufrichtig, und seine Landsmännin Clara beteuerte, dass er ein guter Mensch sei. Das konnte Bisi nicht bestreiten. Die Gastfreundschaft und Hilfsbereitschaft von Fifi und Moussa war unglaublich. An dem Abend, als Clara kam, kochte Fifi für alle, und sie betranken sich und lachten mit und über Marsela, die beim geringsten Anlass losprustete.

Bisi freute sich riesig über Clara, und Clara ging es genauso, als spürten sie ihre Verbundenheit über die Ländergrenzen und Sprachbarrieren der Kolonialmächte hinweg, denn sie gehörten beide dem Volk der Yoruba an. Bisi hatte das Gefühl, eine ihrer Cousinen vor sich zu haben, wenn sie Clara ansah. Sie hatte ein breites Gesicht und hohe Wangenknochen, genau wie Bisi, und ihre Nase war so schmal und gerade wie die einer Europäerin. Clara behauptete, dass sie Yoruba spreche, aber ihre Sprache war dermaßen von Französisch durchzogen, dass Bisi ihr nicht zustimmen konnte. Alle mussten lachen, und die beiden versuchten immer wieder, sich auf Yoruba zu unterhalten, aber diese Versuche endeten jedes Mal in einer wilden Mischung aus Englisch und Französisch.

Clara hatte eine schmale Taille, aber eine breite Hüfte und große Brüste, die ihr Kleid gut ausfüllten, das einzige Kleidungsstück, das sie mithatte. Am Abend hängte sie es auf einen Bügel und ließ es über Nacht im Fenster ihres Zimmers lüften. Bisi wollte ihr ein T-Shirt und einen Rock geben, doch da beides zu klein für Clara war, fuhr Fifi am nächsten Tag mit ihnen zu einem Secondhandladen, wo Clara sich die bunteste Kleidung aussuchte, die sie finden konnte, und Fifi bezahlte und sagte, Clara könne ihr das Geld später zurückgeben.

Marsela rannte ziellos durch den Laden, zerrte wahllos Kleidungsstücke hervor und lachte laut los, als Fifi sie fragte, ob sie auch irgendetwas bräuchte.

»Ojú lásán«, flüsterte Clara Bisi zu und zeigte auf Marsela, die kichernd einen Kleiderhaufen durchwühlte, und Bisi war sich nicht sicher, ob Clara damit sagen wollte, dass in Marselas Kopf etwas nicht stimmte oder dass sie von bösen Geistern besessen war. Woran es nun genau lag, war im Grunde auch egal. Fest stand, dass Marsela anders tickte als die meisten anderen Menschen.

Zurück im Haus sagte Fifi, dass sie eine Stadt oder einen Ort irgendwo in Frankreich suchen wolle, wo es leichter sei, an eine Aufenthaltserlaubnis für sie drei heranzukommen, und Bisi fragte sich, wie Fifi überhaupt wissen konnte, dass Marsela das wollte, wo sie doch nicht einmal aus ihr rauskriegte, ob sie Kleidung brauchte oder nicht. Selbst nach mehreren Tagen hatte Bisi noch nicht herausfinden können, woher Marsela kam und wie es sie zu Fifi verschlagen hatte.

51

»Ich kann gar nicht genau sagen, was da heute früh zwischen Sergei und Áróra los war«, sagte Elín, als sie in Daníels Wagen losgefahren waren. Er hatte vorgeschlagen, ein bisschen durch die Stadt zu cruisen. *Wie in alten Zeiten*, hatte er am Telefon gesagt, und Elín hatte sich nach kurzem Zögern darauf eingelassen. »Das war irgendwie komisch«, erzählte Elín weiter. »Als ob sie sich kennen würden, aber keiner von beiden hat es mir erklärt. Sergei hat sie rausgeworfen, und sie versucht seitdem immer wieder, mich anzurufen, aber ich traue mich nicht ranzugehen. Ich habe das Gefühl, dass ich mir keinen Gefallen damit getan habe, dich auf Sergei anzusetzen. Und auch noch Áróra in die Sache mit reinzuziehen war definitiv ein Fehler.«

»Elín«, hob Daníel an, doch sie war noch nicht fertig.

»Ich weiß auch nicht, warum ich Sergei gegenüber ein solches Misstrauen an den Tag gelegt habe. Er ist ein guter Mensch, ich kann mich über nichts beklagen. Ich glaube, ich hatte einfach Stress, und dass mein Vater so misstrauisch ist, hat dann auch in mir Zweifel geweckt. Papa hat wahnsinnig viele Vorurteile gegenüber Ausländern.«

»Elín«, versuchte Daníel es noch einmal, doch die sah ihn nur kurz an und redete dann weiter.

»Und obwohl ich selbst eigentlich keine Vorurteile habe, glaube ich, dass mir die Kommunikationsschwierigkeiten zugesetzt haben. Es ist nicht leicht, wenn man nicht versteht, was er am Telefon sagt, und irgendwie kam mir das bedrohlich vor, auch wenn ich mich inzwischen dafür schäme.« Daníel fuhr an den Bestellschalter von Aktu-Taktu heran und ließ die Scheibe runter.

»Zwei kleine Eis in der Waffel«, sagte er zu dem Mann, der die Bestellungen aufnahm.

»Welches Topping?«

»Keins«, sagte Daníel. Es war eine alte Gewohnheit von Elín und ihm, beim Cruisen ein Eis zu essen. Man kam so schön runter, wenn man Eis schleckend durch die Stadt fuhr oder irgendwo hielt und aufs Meer blickte. Sie hatten immer besser reden können, wenn sie sich dabei nicht ansahen. Der Mann reichte ihm das Eis durchs Fenster, und Daníel gab eins an Elín weiter. Er fuhr einmal um den Fast-Food-Laden herum und dann auf die Sæbraut Richtung Osten, um schließlich durch einen gesetzeswidrigen U-Turn nach Westen zu gelangen.

»Unsere Eisfahrten hatte ich völlig vergessen«, sagte Elín. »Bis du vorhin angerufen und mich eingeladen hast.« Daníel lächelte, biss die Spitze von seinem Eis ab und stöhnte auf, weil es so kalt an den Zähnen war. Elín lachte, und einen Moment lang fühlte Daníel sich wie in alte Zeiten zurückversetzt, in alte Gewohnheiten, alte Gefühle und die alte Liebe.

Er bog auf den Parkplatz vor der Sólfarið-Skulptur und stellte den Motor ab. Dann sah er Elín ernst an. Sie erwiderte seinen Blick, und er erkannte, dass sie in Verteidigungshaltung war.

»Wenn du irgendetwas Blödes über Sergei sagen willst, möchte ich es nicht hören«, sagte sie. »Ich habe mich geirrt. Ich weiß auch nicht, was mit mir los war.«

»Elín«, sagte Daníel noch einmal, diesmal in etwas strengerem Tonfall.

»Was?«

»Du musst dir anhören, was ich zu sagen habe.« Elín sah ihn fragend an, wobei ihr Eis in eine bedrohliche Schieflage geriet. Daníel beugte sich zu ihr, legte sanft seine Hand um ihre und drehte sie, bis das Eis außer Gefahr war. »Ich war heute früh bei meinem Kollegen von der Internationalen Abteilung des Landespolizeipräsidenten und habe Informationen über Sergei erhalten …« Weiter kam er nicht, da Elín ihm ins Wort fiel.

»Ich weiß, dass er schon einmal verheiratet war und seine Frau verloren hat. Áróra hat es mir gesagt, und Sergei und ich haben darüber gesprochen, und es ist alles klar zwischen uns.« Sie wandte sich von ihm ab und sah aus dem Seitenfenster, als wollte sie beobachten, wie ein dichter Wolkenschleier die Esja in ein dunkleres Gewand hüllte. Diese Reaktion kannte Daníel. Wie sie sich wegdrehte und diesen Blick aufsetzte, der sagte, dass sie sich ihrer Sache sicher war. Dass sie nicht zuhören wollte. Doch jetzt war es wichtig, dass sie zuhörte. Sehr wichtig.

»Elín«, sagte er. »Hat Sergei dir auch erzählt, dass er des Mordes an seiner Frau verdächtigt wurde?«

52

Elín versuchte immer noch, die Eisflecken mit den dünnen Servietten von Aktu-Taktu von ihrer Jacke zu wischen, als sie vor ihrem Haus hielten. Daníel legte eine Hand auf ihren Arm.

»Du kannst mich jederzeit anrufen, Tag und Nacht«, sagte er. Elín nickte. Sie fühlte sich zu betäubt, um irgendetwas darauf zu sagen, unfähig, einen Gedanken zu formen, der so klar war, dass er sich in Worte fassen ließ. Daníel stieg aus, lief um das Auto herum und öffnete die Beifahrertür, und als Elín ausstieg, umarmte er sie und drückte sie fest an sich. »Jederzeit«, flüsterte er ihr ins Ohr, »egal, worum es geht.« Sie nickte wieder, lächelte kurz und lief Richtung Haus.

Sie hatte das Gefühl, dass ihr Kopf platzte. Nein nicht nur platzte, sondern buchstäblich entzweigerissen wurde, und in jeder Hälfte steckte eine Elín. In der einen die verliebte Elín, die Sergeis Erzählung und Erklärungen glaubte. Die Elín, die sich der Liebe hingeben und abwarten wollte, wohin es sie führte. Die Elín, die etwas wagen und Geist und Seele für die Wunder des Lebens öffnen wollte und auf die Vorsicht pfiff. Die Elín, die sich nachts an Sergei kuscheln, die küssen, lieben und lachen wollte. Morgens bei Kerzenlicht seinen Tee trinken, aus Liebe seine Wäsche waschen und mit seinem Kopf im Schoß fernsehen wollte. Auf der anderen Seite war die misstrauische Elín. Die Elín, die Daníel und Áróra gebeten hatte, etwas über Sergei herauszufinden. Die ängstliche Elín.

Ganz nüchtern betrachtet gab es vermutlich wirklich einen Grund, Angst zu haben. Sie drehte sich um und sah Daníel wegfahren, und kurz verspürte sie den Drang, hinter seinem Wagen herzurennen, ihm zuzurufen, er solle warten und sie mitnehmen, ihr aus dieser verzwickten Lage helfen, in die sie sich gebracht hatte. Laut diesem Ari von der Internationalen Abteilung sagte die französische Polizei, dass Sergeis Frau Marie von einer Klippe viele Meter in die Tiefe gestürzt sei und es keine Zeugen gegeben habe außer Sergei, der behauptete, sie sei gesprungen. Der Polizei aber kam es merkwürdig vor, dass dieser Unfall just dann passierte, als Sergei seine Aufenthaltserlaubnis bekommen hatte. Zumal Sergei der einzige Erbe der vermögenden Frau war. Außerdem gab es den Verdacht, dass Sergei mit einer anderen Frau zusammen war, was dieser aber abgestritten hatte, und die Polizei konnte keine Beweise vorlegen.

Elín holte ihren Schlüssel heraus und schloss die Tür zu ihrem Atelier auf. Sie traute es sich nicht zu, Sergei sofort in die Augen zu blicken. Sie musste erst Kraft sammeln. Die beiden Elíns unter Kontrolle kriegen, die in ihrem Kopf stritten.

Doch sobald sie das Atelier betrat, war klar, dass es keine Zeit zum Nachdenken geben würde, denn mitten im Raum stand Sergei. Sein Gesicht war rot geschwollen, als stünde in seinem Kopf ein Druckkochtopf, der jeden Moment zu explodieren drohte.

»Was wollte er?«, zischte er zwischen zusammengebissenen Zähnen hervor.

»Nichts. Er wollte nur ein bisschen plaudern«, sagte sie. Das
war ganz sicher nicht der richtige Moment, um über den Tod
seiner Frau zu sprechen.

»Hat er was zu dem Container gesagt?«, fragte Sergei, trat
dicht an sie heran und packte sie fest an beiden Oberarmen.
Die verängstigte Elín rechnete damit, dass er sie schüttelte,
während die andere Elín sich fügen und seine starken Hände
noch fester spüren wollte, sich ihm an die Brust werfen wollte in die sichere Wärme seiner Umarmung. Doch jetzt war sie
noch verwirrter als vorher. Wovon sprach Sergei da?

»Container? Welcher Container?« Der Nebel in ihrem Kopf
verdichtete sich, und der Schmerz kroch wieder ihren Nacken
rauf, sodass sie am liebsten mit der Hand ihren Schädel be-
tastet hätte, um herauszufinden, ob er tatsächlich einen Riss
bekommen hatte. Einen Riss, aus dem all die verirrten, ver-
worrenen Gedanken herausgespien würden. Doch sie konnte
ihren Arm nicht bewegen, weil Sergei sie festhielt.

»Der Container!«, schrie er. »Hat er was zu dem gesagt?«

Elín drehte ihren Kopf langsam zu beiden Seiten; schüt-
teln konnte sie ihn wegen des stechenden Schmerzes nicht.

»Ich verstehe nicht, wovon du sprichst …«, stieß sie hervor,
und als Sergei antwortete, spürte sie, wie es nicht nur ihren
Kopf, sondern auch ihr Herz zerriss.

»Dein Ex ist einer der Bullen, die zu dem Container ermitteln, der in den Nachrichten ist«, fauchte Sergei und schüttelte sie. »Der Container mit den toten Mädchen.«

53

Áróra schaltete die Mittagsnachrichten aus und beobachtete durchs Autofenster, wie Daníel – ganz Gentleman – um seinen Wagen herumlief und Elín die Tür öffnete. Sie stieg aus, und die beiden umarmten sich. Eine lange, innige Umarmung, die Áróra wieder so einen merkwürdigen Stich ins Herz versetzte. Sofort wies sie sich zurecht. Es ging sie nichts an, ob es noch Gefühle zwischen Daníel und seiner ersten Frau gab. Gleichzeitig brannte sie darauf zu erfahren, wer von beiden damals die Beziehung beendet hatte. Sie holte eine Packung Kaugummis aus dem Handschuhfach und schob sich zwei Streifen in den Mund. Sie hatte noch kaum zu kauen begonnen, als ihr Handy klingelte. Eine zarte Welle des Glücks durchströmte sie, als sie Daníels Namen sah. Es freute sie, dass er sich sofort bei ihr meldete, nachdem er von Elín aufgebrochen war. Das hieß, dass seine Gedanken bei ihr waren. Sie nahm das Kaugummi aus dem Mund und klebte es aufs Armaturenbrett.

»Hallo?«

»Ist alles okay bei dir?«, war das Erste, was Daníel sagte. »Ich habe gehört, du hattest heute früh eine Begegnung mit Sergei.«

»Bei mir ist alles okay«, antwortete Áróra. »Aber ich sorge mich um Elín. Ich habe schon einmal Sergeis Bekanntschaft gemacht, vor ein paar Monaten. Da hat er zugesehen, wie einer seiner beiden Kumpels mich gewürgt und mir gedroht hat.«

»Bitte?«

»Ja. Das ist eine lange Geschichte, aber im Großen und Ganzen ging es darum, dass ich den Behörden Informationen verkaufen wollte, die Geldwäsche belegen. Sergei und seinen Kumpanen hat das überhaupt nicht gefallen, also haben sie mich davon überzeugt, es lieber sein zu lassen.«

»Allmächtiger, Áróra!« Daníel klang schockiert. »Warum bist du nicht zur Polizei gegangen? Zu mir gekommen?«

»Wie gesagt, sie haben mir sehr deutlich zu verstehen gegeben, dass das keine gute Idee wäre.«

»Ich bin wirklich entsetzt, das zu hören«, sagte Daníel.

»Goes with the territory«, entgegnete Áróra. »Man handelt sich allen möglichen Ärger ein, wenn man Geld aufspürt, das nicht legal erwirtschaftet wurde.«

»Donnerwetter«, sagte Daníel, und Áróra lächelte. Das hatte ihr Vater auch oft gesagt, wenn er erstaunt war. Donnerwetter. »Hast du mal daran gedacht, den Job zu wechseln?«, fügte Daníel hinzu, und jetzt lachte Áróra laut auf.

»Nein«, antwortete sie. »Man kann sagen, dass mein Honorar eine ordentliche Gefahrenzulage enthält.« Jetzt lachte auch Daníel. Dann verstummte er plötzlich, und Áróra fragte sich schon, ob die Verbindung unterbrochen war. Sie räusperte sich, worauf Daníel wieder das Wort ergriff.

»Ich habe auch schlechte Neuigkeiten zu Sergei«, sagte er. »Die französische Polizei hegte damals den Verdacht, dass er seine Frau von der Klippe gestoßen hat.«

»Das ist ja allerhand.« Als Kleinkriminellen hatte Áróra Sergei längst abgestempelt, aber mit so etwas hatte sie nicht gerechnet.

»Ja. Und jetzt sorge ich mich um Elín, die einen ziemlich verwirrten und unschlüssigen Eindruck macht.«

»Ja«, sagte Áróra. »Ihre Situation kenne ich ziemlich gut. Sie ist mit einem Mann zusammen, den sie liebt, aber tief in ihrem Herzen weiß sie, dass dieser Mann ihr nicht guttut und ihr im Zweifel sogar gefährlich werden könnte. Durch meine Schwester habe ich jahrelange Erfahrung darin, mit einem Menschen in dieser Lage zu sprechen.« Allein beim Gedanken an Ísafold zuckte ein Schmerz durch ihren Körper. Verrückt, wie handfest Kummer sich äußern konnte.

»Ich weiß, Áróra«, sagte Daníel mit warmer, sanfter Stimme. »Aber jetzt solltest du dich fürs Erste zurückhalten. Ich werde heute regelmäßig nach Elín sehen und lasse für ein paar Stunden einen Streifenwagen vor ihrem Haus stehen, als Zeichen an Sergei, dass wir ein Auge auf ihn haben. Ich hätte dich niemals in diese Sache reingezogen, wenn ich gewusst hätte, dass Sergei gefährlich ist.«

»Zu spät«, kommentierte Áróra und setzte ihren Wagen in Gang. »Ich stehe vor Elíns Haus, und Sergei ist gerade aus der Tür gekommen.« Ihre Augen folgten ihm zu einem kleinen Yaris, in den er sich setzte. »Ich werde ihn heute beschatten.«

54

Sie hockten alle vier auf den Rückbänken wie brave Kinder bei einem Familienausflug. Ganz vorne saßen Fifi und Moussa, und als die Nacht einbrach, war Bisi im monotonen Dunkel über die ruhige Radiomusik und das leise Gespräch zwischen den beiden eingenickt. Bis Clara sie mit einem heftigen Ellbogenstoß weckte, als der Wagen auf einem abgelegenen Parkplatz zum Stehen kam, am Rande irgendeiner Stadt, die den Nachthimmel hinter den Bäumen und Büschen in rötliches Licht tauchte.

Auf der anderen Seite des Parkplatzes stand ein Lkw mit einem großen Container auf der Ladefläche. Clara und Bisi spähten aus dem Fenster, während Marsela und Nadiya, die erst an diesem Tag zu ihnen gestoßen war und noch kein Wort gesprochen hatte, ausstiegen und die Lehnen ihrer Sitze nach vorne klappten, damit auch Clara und Bisi aus dem Wagen klettern konnten. Dann standen sie dicht beisammen und warteten bibbernd auf Fifi, die zu dem Lkw lief und mit dem Fahrer sprach.

»Ich weiß, dass euch das nicht gefallen wird«, begann sie, als sie wieder zurück war. »Aber das ist der einzige Weg, den ich gefunden habe, um euch zu helfen. Wir müssen euch über die Grenze nach Belgien bringen, weil es dort viel leichter ist, Asyl zu beantragen. Dort gibt es keine Warteschlangen, und die Anträge werden schnell bearbeitet. Und währenddessen wird euch eine Unterkunft gestellt, und ihr bekommt Tagegeld.«

»Mein Reisevisum ist noch nicht abgelaufen«, sagte Bisi. »Das kann ich vorzeigen, wenn ich angehalten werde, daher kann ich einfach zu Fuß oder in einem Auto die Grenze überqueren.«

»Ich nicht«, flüsterte Clara verzweifelt. »Ich habe kein Visum. Ich bin illegal hier.«

»Es ist das Beste, wenn ihr als Gruppe zusammenbleibt. Dann könnt ihr euch gegenseitig stützen«, sagte Fifi wie eine Lehrerin, die einen Konflikt unter Schülerinnen klärt.

»Wir haben einen Mann gefunden, der bereit ist, euch mit dem Schiff über die belgische Grenze zu bringen«, meldete sich Moussa zu Wort und zeigte auf den Lkw-Fahrer, der mit gesenktem Blick neben seinem Lastwagen stand und rauchte. Moussa und Fifi setzten sich in Bewegung, und die vier Frauen folgten ihnen wie gehorsame Kinder zu dem Lkw.

Erst als Clara begriff, dass sie nicht vorne in der Fahrerkabine sitzen, sondern hinten im Container mitfahren sollten, dessen Tür bereits geöffnet war, bekamen sie es mit der Angst zu tun. Clara schrie, dass sie nicht einsteige, und Bisi klammerte sich an ihr fest, als ob Claras Angst ihr einziger Bezug zur Realität wäre.

»Es sind nur zwei Stunden«, sagte Fifi. »Höchstens. Und ihr habt Handys. Jede von euch bekommt eins.« Sie zeigte ihnen, dass sie für jede ein Gerät hatte, und streckte dann die

Hand aus. »Eure eigenen Handys gebt ihr mir, damit ihr nichts dabeihabt, das sich zurückverfolgen lässt oder über das man herauskriegt, wer ihr seid. Wenn ihr an der Grenze angehalten werdet, könnt ihr sagen, ihr kommt aus dem Irak oder aus Eritrea. Alle Flüchtlinge aus diesen Ländern erhalten Asyl.«

Clara protestierte kurz, rückte dann aber doch ihr Handy heraus und steckte das neue ein. »Ich habe meine Nummer eingespeichert«, fuhr Fifi fort. »Wir bleiben die ganze Zeit über in Kontakt.«

Die Stimmung war angespannt, auch Bisi fiel es schwer, ihr Handy aus der Hand zu geben. Clara weinte und wollte nicht in den Container steigen, und Marsela lief auf dem Parkplatz im Kreis herum und klopfte sich an den Kopf, als hoffte sie, jemand Klügeres würde die Tür aufmachen.

Als Nadiya ihre Zigarette aufgeraucht hatte, die Kippe wegschnipste, Fifi Pass und Handy gab und in den Container stieg, beruhigte Clara sich ein wenig. Sie hatte gerade aufgehört zu weinen, als ein kleiner Pkw herangefahren kam, aus dem ein Mädchen ausstieg, das wie ein Filmstar gekleidet war. »Das ist Jia Li«, sagte Moussa und führte sie an der Hand in den Container.

Es war, als wüsste sie etwas, das die anderen nicht wussten, und auch das Transportmittel schien für sie kein Thema zu sein.

Noch einmal streckte Fifi die Hand aus. »Es ist besser für euch, wenn ihr keinen Pass dabeihabt, für den Fall, dass ihr an der Landesgrenze angehalten werdet. Ich bringe eure Pässe und Handys über die Grenze, und wir treffen uns drüben.

Wenn alles glatt läuft, in einer Stunde und fünfundvierzig Minuten.« Es war, als ob Bisi und Clara gleichzeitig eine Entscheidung trafen, und zwar nachdem Moussa auf das Licht am Himmel gezeigt und erklärt hatte, dass dort Belgien sei, und bevor Fifi sagte, sie könnten auch gern wieder mit zurück nach Paris fahren und ihr Glück in der Schlange von Porte de la Chapelle versuchen, wenn ihnen das lieber sei. Die Entscheidung liege bei ihnen. In diesem Moment wirkte ihre Angst albern, und Bisi fühlte sich auch ein wenig undankbar Fifi und Moussa gegenüber, die sich so sehr bemühten, ihnen zu helfen.

Marsela folgte ihnen, und dann saßen sie ganz hinten dicht beieinander auf dem Boden, während Moussa und der Mann, der Jia Li gebracht hatte, im vorderen Bereich Pappkartons zu einer Wand aufstapelten, damit es so aussah, als wäre der Container voll beladen. Schließlich knallte die Tür zu, und sie saßen im Dunkeln, bis Nadiya eine Taschenlampe einschaltete und sie die Essenskisten und in Plastikfolie eingeschweißten Wasserflaschen sahen und ihnen klar wurde, dass es sich um ihre Verpflegung handelte – und dass diese Reise viel länger als nur ein paar Stunden dauern würde.

55

Daníel hatte Áróra das Versprechen abgenommen, dass sie im Auto sitzen blieb, die Türen verriegelte und sich sofort aus dem Staub machte, wenn Sergei sie bemerkte. Sie hatte es ihm feierlich gelobt – und ihr Versprechen kurz darauf schon gleich gebrochen, als Sergei am Busbahnhof BSÍ aus seinem Wagen stieg. Er verschwand in der Wartehalle, und Áróra konnte der Versuchung nicht widerstehen, ihm zu folgen. Sie schlang sich ihren Schal eng um den Hals und verdeckte auch den unteren Teil des Gesichts damit, dann nahm sie die Verfolgung auf.

Die Wartehalle war voller Menschen. Es wimmelte nur so von Touristen, die von Sightseeingtouren zurückkehrten, und von Reisenden aus allen Ecken des Landes. Sergei saß in der Mitte der Halle auf einer Bank und war mit seinem Handy beschäftigt. Offenbar wartete er auf jemanden. Áróra ging ins Bistro und fand einen Platz mit Blick in die Wartehalle, wo sie etwas versteckt hinter einer üppig belaubten Pflanze und einem großen Werbeplakat für Gletschertouren sitzen konnte. Dass die Pflanze an diesem Ort so gut gedieh, war erstaunlich, denn sie stand genau in dem eisigen Windzug, der jedes Mal hereinfegte, wenn jemand vom Busparkplatz durch die Glastür kam.

Áróra hängte ihre Jacke über die Stuhllehne, ging zur The-
ke und sah sich die Gerichte an, die auf beleuchteten Tafeln
mit Bild angepriesen wurden. Burger. Buletten. Würstchen.
Gesengte Lammköpfe. Pommes frites. Sie hätte durchaus Lust
gehabt, etwas zu essen – abgesehen vom Lammkopf –, aber
dafür war jetzt keine Zeit, daher nahm sie nur ein Mineral-
wasser. Zwischendurch warf sie einen Blick auf Sergei in der
Halle, der immer noch ruhig dasaß und wartete.

Sie setzte sich an ihren Tisch und trank von ihrem Wasser,
und nach wenigen Schlucken stand Sergei auf und lief mit
ausgebreiteten Armen auf die Glastür zu. Eine dunkelhaari-
ge Frau kam ihm entgegen, die letzten Schritte flog sie in seinen Arm, und er hob sie hoch und drehte sich mit ihr im Kreis.
Dann küssten sie sich lange auf den Mund, und dieser Kuss
zeigte ganz deutlich, dass diese Frau nicht nur eine Freundin
war. Und schon gar nicht seine Mutter.

Áróra nahm ihr Handy und hielt den Auslöseknopf gedrückt, sodass die Kamera im Sportmodus viele Fotos hintereinander schoss, die jede Bewegung, jede Regung einfingen.
Sergei nahm der Frau den Koffer ab, und sie verließen Arm in
Arm den Busbahnhof. Áróra folgte ihnen und wartete am Aus-
gang, bis sie den Koffer verstaut hatten und in den Yaris gestiegen waren. Dann joggte sie zu ihrem Wagen und folgte den
beiden. Sie fuhren in Richtung Zentrum, aber schon am In-
golfstorg blieb der Yaris stehen, und Áróra sah zu, wie das Paar
Hand in Hand im Hótel Center verschwand.

56

Daniels Magen verkrampfte sich, als er den Range Rover seiner ehemaligen Schwiegermutter vor seinem Haus stehen sah. Was wollte sie hier? Es fiel ihm auch so schon schwer genug, die Kinder den zweiten Tag in Folge allein zu Hause zu lassen, da musste sie nicht noch aufkreuzen und alles schlimmer machen. Darauf legte sie es nämlich stets an. Nach der Trennung hatte sie sich von Daniels größter Bewunderin in die missgünstigste Hexe verwandelt, und seitdem war ihm jeglicher Kontakt mit ihr ein Graus.

»Du hast Tumis Termin beim Kieferorthopäden vergessen«, sagte sie scharf, als er hereinkam. Nach der Trennung hatten sie entschieden, Tumis kieferorthopädische Behandlung in Island zu Ende zu bringen, da die nächste Praxis in Dänemark schlecht zu erreichen war und Daniels Ex sich für ein autofreies Leben entschieden hatte. Außerdem war die Behandlung so gut wie abgeschlossen; der Junge stand kurz vor dem perfekten Colgate-Lächeln, das seine Mutter anstrebte.

»Ich bin hergekommen, um mit ihm hinzufahren«, entgegnete Daniel. »Der Termin ist um halb drei.«

»Der Termin war um halb zwei«, widersprach seine Ex-Schwiegermutter. »Meine Tochter wusste, dass du ihn vergessen würdest, daher hat sie mich gebeten, zur Sicherheit bereitzustehen. Und wie sich gezeigt hat, hatte sie recht. Wir sind gerade zurück.«

»Sie haben sie fester gestellt«, sagte Tumi und zeigte seine Zähne mit der festen Spange. »Kann ich zum Abendessen Eis haben? Das Kauen tut so weh, wenn die Klammer verstellt wurde.«

»Natürlich, Liebling«, sagte Daníel, weil die Schwiegermutter zuhörte, und wie beabsichtigt entlockte er ihr ein empörtes Schnauben.

»Hier herrscht wirklich ein Lotterleben«, murmelte sie auf dem Weg zur Diele. »Tschüss, meine Engel!«, rief sie den Kindern zu. »Wir sehen uns morgen.« Dann wandte sie sich an Daníel und sagte in einem völlig anderen, kalten Ton: »Zumindest nehme ich an, dass ich sie wieder nehmen soll, weil du dir ja nicht freinimmst, obwohl deine Kinder zu Besuch sind.« Der Kommentar traf ihn ins Herz, und gleichzeitig ärgerte es ihn, dass er sich von dieser Frau so provozieren ließ.

»Es wäre toll, wenn sie morgen bei dir sein könnten«, sagte er. »Ich stecke mitten in den Ermittlungen zu einem Mehrfachmord.«

»Ganz genau«, brummte sie und verschwand durch die Haustür. Daníel spürte, wie die Raumtemperatur um mindestens ein Grad stieg, als sie weg war, und er atmete auf. Er ging zu Tanja, die am Wohnzimmerfenster kniete und in irgendetwas vertieft war. Sie hatte Erde aus dem Topf der großen Palme genommen und füllte sie in kleine Joghurtbecher.

»Was machst du da, Liebes?«, fragte er und strich ihr zärtlich über den Kopf.

»Ich pflanze Schweinchen«, sagte sie. Neben ihr lag eine Tüte mit trockenen Bohnen.

»Bohnen?«

»Ja, und dann gieße ich sie, und nach ein paar Tagen wachsen da Schweinchen.«

»Du meinst, kleine Schweinebohnenpflanzen?«

»Nein, nein«, widersprach Tanja, »ich meine richtige kleine Schweinchen.«

Daniel sah sie verständnislos an. »Aber aus Samen wachsen keine Tiere«, sagte er und handelte sich dafür einen bösen Blick von Tanja ein.

»Lady hat das gesagt«, entgegnete sie mit ihrem trotzigen Gesichtsausdruck, den sie als kleines Kind so oft aufgesetzt hatte. Daniel seufzte. Tanja kam ihm für ihr Alter ein bisschen zu leichtgläubig vor. Darüber musste er mit ihrer Mutter sprechen. Und er musste Lady sagen, dass sie den Kindern keinen Unsinn erzählen sollte.

»Bist du sicher, dass Lady keinen Scherz gemacht hat?«, fragte er vorsichtig.

»Ja!«, antwortete Tanja entschieden. »Sie hat gesagt, diese Bohnen heißen auch Schweinsbohnen. Daher muss sie recht haben!«

57

Elín wirkte jetzt viel niedergeschlagener und zurückhaltender als am Morgen. Sie kam Áróra fast wie gebrochen vor und erinnerte sie so sehr an Ísafold, dass es schmerzte. Ísafold war in einem Teufelskreis aus Verleugnung und Erschütterung gefangen gewesen, je nachdem, ob Björn sie mal wieder geschlagen hatte oder ob er sich reumütig gezeigt und sich mit Geschenken und Romantik entschuldigt hatte. Obwohl Elín sagte, dass Sergei sie nie geschlagen hatte, sah Áróra sie in einer ähnlichen Situation wie ihre Schwester.

»Ich weiß gar nicht, was ich denken soll«, sagte Elín. »Ich bin total verwirrt.«

Áróra setzte sich in einen alten weinroten Sessel, der mitten im Atelier stand, und sah sich die Bilder an, die unterschiedlich weit gediehen und im ganzen Raum verteilt waren. Elín zog ein Bild aus einem Stapel, der an der Wand lehnte.

»Das hier ist ein typisches Bild aus der Zeit, bevor ich Sergei kennengelernt habe«, sagte sie. Es war ein düsteres Gemälde mit grauen und schwarzen Unwetterwolken am Himmel, und ganz in der Ecke ein kleiner, einsamer Mensch. »Und jetzt sieh dir an, was ich in letzter Zeit gemalt habe.« Sie machte eine ausladende Handbewegung, und Áróra sah sofort, was sie meinte. Die neueren Bilder waren alle heller und leichter, auf vielen waren Hände zu sehen, die einander hielten oder sich berührten, die Finger ineinander verschlungen, pure Nähe. »Ich weiß, dass es wunderbar ist, verliebt zu sein«, sagte Áróra. »Aber wenn du eure Beziehung mit ein wenig Distanz betrachtest, dann siehst du, dass Sergei alles über dich weiß, aber du so gut wie nichts über ihn.«

»Was heißt schon wissen?«, entgegnete Elín. »Außerdem hat jeder das Recht, Dinge für sich zu behalten. Das Recht auf Geheimnisse. Ich verstehe sehr gut, dass es unangenehm ist, jemandem zu erzählen, dass man eines Mordes verdächtigt wurde.« Elín klammerte sich an Strohhalme. Das kannte Áróra, und sie wusste, dass diese Strohhalme in ihrem Kopf immer kräftiger würden, dass erst Äste daraus würden und schließlich ein rettender Baumstamm, wenn Sergei später nach Hause kam und ihr herzzerreißende Erklärungen dafür auftischte, weshalb er ihr so viele wichtige Informationen verheimlicht hatte. Áróra entschied, dass es an der Zeit war, die Karten auf den Tisch zu legen.

»Ich bin Sergei schon einmal begegnet«, sagte sie. »Da ist er mit ein paar Kumpels in meine Wohnung eingebrochen, und einer von ihnen hat mich angegriffen und mich gewürgt, während die anderen mir gedroht haben. Sergei hat seelenruhig dabei zugesehen.« Elín starrte sie mit offenem Mund an. Sie war so überrumpelt, dass sie kein Wort herausbrachte, also fuhr Áróra fort: »Es ging um Geldwäsche, ich war einer großen Sache auf der Spur. Mit ihrem Besuch wollten sie mich von weiteren Ermittlungen abhalten.« Dass sie diese Informationen hatte verkaufen wollen, behielt sie für sich. Das ging

Elín nichts an, und vielleicht wäre es für sie ein Grund, Sergei zu verteidigen. »Sergei steckt mit Männern unter einer Decke, die mit Geldwäsche zu tun haben und die auch vor Gewalt nicht zurückschrecken.«

»Mein Gott«, stöhnte Elín und sah sich verzweifelt um, als suchte sie etwas. Den Faden, den sie verloren hatte und wieder aufnehmen konnte, und dann würden sich all diese neuen Informationen über ihren Liebsten in Wohlgefallen auflösen. Áróra holte ihr Handy heraus.

»Ich hatte heute früh Sorge um dich, nachdem ich Sergei bei dir gesehen und ihn wiedererkannt habe, daher habe ich draußen gewartet und bin ihm gefolgt«, sagte Áróra und gab Elín ihr Handy, auf dem sie ein Foto von Sergei und der dunkelhaarigen Frau geöffnet hatte, die sich am Busbahnhof innig küssten. »Er hat diese Frau vom Flybus abgeholt.«

Elín starrte auf das Foto, dann vergrößerte sie es mit zwei Fingern und studierte die Gesichter von Sergei und der Frau. Sie sah sich auch die Fotos davor und dahinter an. Dann stand sie auf und gab Áróra das Handy zurück.

»Das ist jedenfalls nicht seine Mutter«, sagte sie nüchtern. Áróra schüttelte den Kopf. Elín ging zu einem Schrank und holte ihr Handy heraus. »Ich schicke dir eine Tonaufnahme«, sagte sie. »Es sind Telefonate, die Sergei auf Russisch geführt hat. Es wäre gut, wenn du sie übersetzen lassen und in Stichpunkten festhalten könntest, worum es geht.« Wenig später vibrierte Áróras Handy. Sie nickte.

Darauf ging Elín zur Tür und öffnete sie. »Ich möchte jetzt allein sein«, sagte sie leise.

58

Daníel zwinkerte einige Male, löste den Blick vom Computerbildschirm und sah einen Moment aus dem Fenster, ehe er
sich wieder dem Bildschirm zuwandte. Er hatte die Phantombilder von den Männern geöffnet, die Lárentínus auf dem
Hinterhof in Kópavogur in Empfang genommen hatten, und
eines der Porträts machte ihn stutzig.

Die anderen beiden Zeichnungen von Valur und dem zweiten Russen hatte er sich nur kurz angesehen, doch dieses Gesicht kam Daníel bekannt vor. Er suchte auf seinem Handy
den Bericht der französischen Polizei zu Elíns Freund Sergei
Popov heraus, den er von Aris Computer abfotografiert hatte. Es bestand kein Zweifel: Das war derselbe Mann. Daníel
deckte die Stirn des Mannes auf beiden Bildern mit einer
Hand ab, um auszuschließen, dass die Ähnlichkeit lediglich
von dem kahl rasierten Schädel herrührte. Vielleicht bediente
die Zeichnung auch einfach nur das Klischee vom typischen
Osteuropäer: breites Gesicht, rasierter Kopf und Goldkette
um den Hals. Doch die Gesichtszüge waren dieselben. Die
breite Nase, die vollen Lippen und die tief liegenden Augen,
die dadurch klein und dunkel wirkten. Der Kopf eiförmig, mit
kräftiger Kieferpartie und massigem Hals. Bildete er sich etwas
ein, dass er die beiden Fälle miteinander vermischte? Setzte

ihn der Container-Fall so unter Druck, dass er den Verstand verlor? Daníel hielt Baldvin, der gerade an seinem Schreibtisch vorbeilief, am Ärmel fest. Besser, man zog das Urteilsvermögen eines Dritten zurate, wenn man sich auf sein eigenes nicht mehr verlassen konnte.

»Findest du, diese beiden Männer hier sehen sich ähnlich?«, fragte er. Baldvin setzte seine Lesebrille auf, die an einem Band um seinen Hals hing, beugte sich vor und studierte abwechselnd das Bild auf dem Computerbildschirm und auf dem Handy.

»Eindeutig derselbe Mann«, sagte er entschieden. »Wo hast du das Foto her?«

»Von Ari Benz«, antwortete Daníel. »Eigentlich im Zusammenhang mit einem anderen, weniger brenzligen Fall.« Das wollte er auf keinen Fall näher erläutern, zumal er wusste, dass es Ärger geben würde, wenn herauskam, dass er das Polizeinetzwerk für eine Privatangelegenheit genutzt hatte. Baldvin betrachtete die Bilder noch einen Moment, dann richtete er sich auf und sah Daníel über den Rand seiner Brille hinweg an.

»Dem musst du nachgehen«, befahl er. Daníel nickte. Er loggte sich aus, nahm seine Jacke vom Stuhlrücken und steckte sein Handy ein.

»Rufst du für mich im Hólmsheiði-Gefängnis an?«, bat er Baldvin im Gehen. »Sag ihnen, dass ich auf dem Weg bin, weil Lárentínus eine Person identifizieren soll.«

59

Auf dem Weg zum Übersetzungszentrum, wo Áróra einen Dolmetscher für Russisch treffen wollte, wanderten ihre Gedanken immer wieder zu Elín. Es war ihr schwergefallen, sie allein zu lassen in dem Wissen, dass Sergei jederzeit zurückkehren konnte und Elín ihn mit Sicherheit zur Rede stellen würde. Angesichts des Streifenwagens vor der Tür und dem Polizisten darin, der das Haus beobachtete, würde Sergei sich hoffentlich zurückhalten. Elín hatte gesagt, er sei noch nie gewalttätig geworden, doch Áróra war sich sicher, dass das jederzeit passieren konnte. Sie spürte noch den festen Griff um ihren Hals, der sie kaum atmen ließ, und die Tränen, die unter den Drohungen hervorquollen. Die Tränen, durch die sie Sergeis grinsendes Gesicht gesehen hatte.

Von Elín war es nur ein Katzensprung zum Busbahnhof Mjódd, wo sich das Übersetzungszentrum befand, doch es dauerte eine Weile, bis Áróra den richtigen Parkplatz für ihren Tesla gefunden hatte. Enge Parklücken mied sie, da sie nicht riskieren wollte, dass die Autotüren der Parknachbarn gegen den glänzenden Lack schlugen. Kaum etwas war so ärgerlich wie ein Kratzer oder eine Delle in einem neuen Auto. Schließlich fand sie einen geeigneten Platz am Rand und joggte die Treppe zu den Büros des Übersetzungszentrums hinauf.

Der Dolmetscher stellte sich vor und nannte seinen Stundensatz, dann gingen sie in einen kleinen Raum mit drei Sesseln und einem zierlichen Couchtisch. Er war ein kleiner, zarter Mann mit dunklen Haaren und weiß gesprenkeltem Bart. Mit einem schüchternen Lächeln bat er sie, auf einem der Sessel Platz zu nehmen.

»Ich denke, es ist am besten, wenn du das Handy nimmst und bei Bedarf auf Pause drückst«, schlug Áróra vor und legte das Smartphone mit der startbereiten Audioaufnahme auf das Tischchen zwischen ihnen. Er nickte und drückte im selben Moment auf *Play*. Schon nach wenigen Sekunden stoppte er die Aufnahme und sah Áróra fragend an.

»Dir ist klar, dass es sich um ein privates Gespräch handelt, das vermutlich ohne Zustimmung der betroffenen Personen mitgeschnitten wurde?« Damit hatte Áróra schon gerechnet.

»Ja, ich weiß«, sagte sie. »Aber wie ich bereits am Telefon erklärt habe, tue ich das für eine sehr verunsicherte Frau, die nicht weiß, woran sie bei ihrem Freund ist. Es wäre wirklich hilfreich zu wissen, ob er parallel noch ein Verhältnis mit einer anderen Frau hat, weil er sie unter Druck setzt, ihn zu heiraten. Sie hat Vermögen, verstehst du.« Sie sah den nachdenklich dreinblickenden Dolmetscher bittend an. »Bei den beiden ist die Sprache das Hindernis. In anderen Beziehungen kriegen die Leute in der Regel mit, wovon ihre Partner am Telefon sprechen, aber diese Frau hat keine Ahnung.« Das genügte. Der Dolmetscher nickte und ließ die Aufnahme weiterlaufen.

»Fell und Federn«, sagte er. »Verdammt.« Er hielt die Aufnahme an. »Das ist eine Redensart. Das sagt man, wenn man ein großes Projekt angeht. Jäger haben das früher gesagt, bevor sie auf die Jagd gingen. Das ist so, wie wenn Schauspieler sich vor einer Premiere Hals- und Beinbruch wünschen.« Áróra nickte und versuchte, sich ihre Ungeduld nicht anmerken zu lassen. Hoffentlich hatte der Mann nicht vor, jeden Satz mit russischem Kulturwissen anzureichern. Er ließ die Aufnahme weiterlaufen. Es folgte eine Pause, der Jägergruß schien am Ende eines Telefonats gefallen zu sein. Wenig später begann Sergei ein neues Gespräch, und der Dolmetscher übersetzte.

»Er sagt Hallo. Dann fragt er, ob alle Beteiligten die Klappe halten werden, weil der Container ...« Der Dolmetscher hielt inne und hörte weiter zu, und Áróra sah, wie sein schüchternes Zögern etwas anderem wich. Mit einem Mal griff er hektisch nach dem Handy auf dem Tisch, schaltete die Aufnahme aus, drückte es Áróra in die Hand und stand auf. »Ich will da nicht reingezogen werden!«, sagte er mit bebender Stimme. »Bitte geh. Ich will davon nichts wissen!« Er stürmte aus dem Raum, und Áróra hatten Eindruck, dass er wirklich in Panik war.

60

Der Gefängniswärter an der Anmeldung hatte freundlicherweise das Foto von Sergei ausgedruckt, denn Daníel hatte nicht bedacht, dass Handys in der Anstalt nicht erlaubt waren. Jetzt saß er Lárentínus gegenüber. Der hatte sich das Bild angesehen und bestätigt, dass Sergei einer der Männer war, die ihn bedroht hatten, als er den Container auf dem Werkstatthof in Kópavogur abliefern wollte. Und da er die Vorstellung nicht ertrug, wieder in seine Zelle zu müssen, flehte er Daníel an, noch ein bisschen zu bleiben.

»Ich habe es dir gesagt«, sagte Daníel. »Eine Untersuchungshaft ist kein Spaß.«

»Nein, ich weiß. Ich weiß«, sagte Lárentínus. »Mir war nicht klar, dass das Zeitgefühl ein ganz anderes ist, wenn man von allen und allem isoliert wird, und die Stunden nur so dahinkriechen, während die Gedanken wie verrückt rasen.« Ähnliche Schilderungen hatte Daníel schon mal gehört. Schon oft. Wenn Verdächtige während laufender Ermittlungen einsaßen, konnte man darauf bauen, dass sie durch die U-Haft kooperativer wurden. Aber das war bei Lárentínus gar nicht nötig. Er war schon ab dem Moment kooperativ gewesen, als man ihn klitschnass aus dem Elliðavatn gefischt hatte. Daher hatten sie auch nur eine kurze U-Haft für ihn beantragt.

»Nur noch gut vierundzwanzig Stunden«, sagte Daníel. »Ich hoffe, sie teilen deine Tage in zwei Hälften?«

»Ja«, sagte Lárentínus. »Zweimal am Tag darf ich für eine halbe Stunde raus. Plus die Zeit, die ich mit der Polizei rede. Daher hätte ich nichts dagegen, noch etwas länger mit dir zu sprechen.« Daníel schluckte seine Ungeduld runter und holte tief Luft. Für die Ermittlungen war es unerheblich, ob er zehn Minuten länger oder kürzer hier saß.

»Willst du mir noch irgendetwas sagen?«, fragte Daníel und sah Lárentínus forschend an. Er hatte den Eindruck, dass der Mann mit den Tränen rang.

»Nein, nein. Ich habe einfach nur einen Moralischen. Ich denke, das ist ganz normal, nachdem in deinem Fahrzeug jemand gestorben ist. Das liegt mir auf der Seele. Und ich kriege das einfach nicht mehr aus dem Kopf, seit ich hier allein in meiner Zelle sitze.«

»Es ist ganz normal, dass man sich schlecht fühlt, wenn man in so etwas hineingezogen wurde«, versuchte Daníel, ihn zu beruhigen. »Du weißt, dass du mit einem Seelsorger sprechen kannst?«

Lárentínus nickte. »Ja«, sagte er. »Vielleicht mache ich das.«

»So, jetzt muss ich aber langsam wirklich los.« Daníel stand auf und drückte auf die Klingel. »Du solltest ein bisschen in der Zelle trainieren«, riet er Lárentínus. »Und bitte um Bücher.«

»Ich lese normalerweise nicht viel«, entgegnete Lárentínus.

»Du sitzt auch normalerweise nicht im Gefängnis«, antwortete Daníel. »Versuch es doch mal. Es kann dich ablenken.« Daníel sah Lárentínus nach, der von einem Wärter aus dem Raum geführt wurde. Er hatte Mitleid mit dem Kerl. Er würde wegen Vertuschung angeklagt, doch hoffentlich würde man ihm zugutehalten, dass er sich kooperativ gezeigt und den Ermittlern geholfen hatte.

Als Daníel am Eingang seine Sachen wieder an sich nahm, vibrierte sein Handy. Er guckte auf das Display und sah, dass er zwei Nachrichten von Áróra erhalten hatte. Die erste war eine große Audioaufnahme, die er runterlud; die zweite eine kurze Textnachricht.

Das ist der Mitschnitt eines Telefonats, das Sergei auf Russisch geführt hat. Ich glaube, es geht um den Container.

Daníel bekam eine Gänsehaut, und er wusste, dass der Moment gekommen war, dass die Puzzleteile sich zu einem Gesamtbild fügten. Einige Teile fehlten zwar noch, und die würden sie an unterschiedlichen Orten zusammensuchen müssen, aber sie waren endlich auf dem richtigen Weg.

61

Bisi hatte sich strikt geweigert, die Frauen im Leichenschauhaus über Fotos zu identifizieren. Sie sagte, sie müsse sie sehen. Sie mit eigenen Augen sehen und mit ihnen reden. Und
das tat sie nun. Rechtsmedizinerin Jóna stand still mit Notiz-
block und Stift in der Ecke, während Helena Bisi mit einem
Diktiergerät folgte.

Bei der ersten Leiche, einer jungen Frau mit breitem Gesicht und schulterlangem schwarzem Haar, beugte Bisi sich
vor und küsste ihre Stirn. Helena sah fragend Jóna an, die mit
einem Nicken bestätigte, dass es in Ordnung war, wenn sie
die Leichen berührte. Offenbar hatte sie alle nötigen Proben
bereits entnommen.

»She is so blue«, sagte Bisi. »Sie ist so blau und sieht merkwürdig aus. Als sie noch lebte, hatte sie schneeweiße Haut.
Dicke schneeweiße Haut, durch die nichts durchgeschimmert
hat, wie bei vielen weißen Menschen.« Sie strich dem Mädchen über die eisige Wange, dann sah sie Helena mit entschlos-
senem Blick an. »Sie heißt Marsela«, sagte sie. »Ich glaube, sie
kam aus Albanien. Das ist schwer zu sagen, weil sie völlig verrückt war.«

»Verrückt?«

»Ja. Sie hat ständig gelacht. Als ob sie nicht ganz dicht

wäre. Sie hat kein Englisch verstanden und auch kein Französisch. Vielleicht war sie nicht so intelligent. Aber sie wirkte glücklich. Immer. Bis wir in diesem Container saßen. Da hat sie nur noch geweint.« Bisi beugte sich erneut über den Tisch, flüsterte Marsela etwas zu und küsste noch einmal ihre Stirn. Dann richtete sie sich auf und trat entschlossen an den nächsten Tisch.

»Das ist Jia Li aus China«, sagte Bisi und nahm die Hand des Mädchens. »Sie kam direkt zum Container, wir anderen hatten sie noch nie gesehen. Sie dachte, sie wäre auf dem Weg nach London, zu einer Schule für Nageldesign. Sie wollte alles über Gelnägel lernen und ein paar Jahre im Westen arbeiten, um dann zurück nach China zu gehen und ihr eigenes Nagelstudio zu eröffnen.« Bisi strich ihr über die Hand und betrachtete die Fingernägel, die rot lackiert und sorgfältig maniküriert waren, bis auf einen Ringfingernagel, der bis ins Fleisch eingerissen war. »Sie starb als Erste. Dann Marsela.« Jóna machte sich eine Notiz, und Helena schluckte. Bisi wirkte so gefasst. Sie flüsterte dem chinesischen Mädchen ein paar Abschiedsworte zu. Währenddessen unterbrach Helena die Tonaufnahme, da ihre Worte nicht für fremde Ohren bestimmt waren.

Diese Situation war eine merkwürdige Mischung aus Vernehmung und Abschiedszeremonie, und ihr wurde bewusst, wie unpassend das kalte Licht der Leuchtstoffröhren war. Das grelle Licht war für die Arbeit, die hier normalerweise stattfand, natürlich hilfreich, aber in diesem emotionalen Moment des Abschiednehmens wirkte es völlig fehl am Platz. Es hätte irgendetwas Schönes hier sein müssen. Blumen. Sanftes Kerzenlicht. Ruhige Musik.

Bisi beugte sich über die dritte Leiche und küsste ihre Stirn.

»Nadiya«, sagte sie. »Aus der Ukraine. Sie kam am selben Tag in Fifis Haus, an dem wir zu dem Container gefahren sind. Sie ist auf einem kleinen Bauernhof bei ihrer Oma aufgewachsen. Sie hatten vier Kühe, Schweine und Hühner. Als sie in Kiew auf dem Gymnasium war, ist sie einem Mann begegnet, der sie gezwungen hat, nach Russland zu gehen, von dort aus nach Deutschland und durch ganz Europa. Er hat gedroht, ihre Oma umzubringen. Sie langsam und qualvoll sterben zu lassen, wenn Nadiya nicht das tut, was die Leute, die sie ihm abgekauft hatten, von ihr verlangten.«

62

Als es richtig zu schaukeln begann, war es bereits einen ganzen Tag her, dass dem letzten Handy der Saft ausgegangen war. Das waren die reinsten Billigteile, und in dem stromlosen Container halfen die Ladekabel auch nicht weiter. Das Letzte, was sie von Fifi hörten, war, dass es eine kleine Verzögerung gegeben habe, aber sie jeden Moment abgeholt würden. Dann gab es eine Erschütterung, sie hörten Motorengeräusche und merkten, dass der Container hochgehoben wurde, dann wieder eine Erschütterung und Vibrationen. Bisi versuchte, ruhig zu bleiben, die weinende Clara zu trösten, die davon überzeugt war, dass sie nun sterben würden, und Marsela dazu zu bringen, dass sie sich setzte, während der Container in Bewegung war, damit sie nicht stürzte und sich verletzte. Als Marsela endlich still saß, weinte auch sie. Als ob ihr Verstand sich einschaltete und sie ängstlich wurde, sobald ihr Körper zur Ruhe kam.

Nadiya war es, die sie zur Vernunft brachte.

»Die haben für viel Geld diesen Container gemietet und uns mit Essen, Trinken und einer Toilette versorgt, daher kommen wir ganz sicher wohlbehalten irgendwo an.« Dieser Gedanke schien selbst Clara zu beruhigen – bis Nadiya hinzufügte: »Die Frage ist nur, was man am Ende dieser Reise von uns verlangen wird.« Sie sagte, sie würden als Prostituierte arbeiten müssen. Dass sie sich von vielen Männern hintereinander vögeln lassen müssten und dafür nichts bekämen, außer zu essen. Dass manche Männer widerlich seien, stinkend, mit Ausschlag und Mundgeruch, und dass einige ihnen wehtun würden. Und sie sagte auch, dass Fifi und Moussa keine hilfsbereiten Freunde seien, sondern Sklavenhändler. Jia Li schüttelte den Kopf und wiederholte mantraartig, dass sie auf dem Weg nach London zur Nagelakademie sei und dort Kosmetikerin werden wolle, während Bisi um Atem rang und Marsela wieder aufgesprungen war, im Container herumlief und mit den Fäusten an die Wände schlug.

»Warum hast du uns das nicht sofort gesagt?«, schrie Clara. »Warum hast du uns das nicht schon in Fifis Haus gesagt? Als wir noch hätten fliehen können!«

»Dann wäre es meiner Oma an den Kragen gegangen«, sagte Nadiya, und sie alle reisten in Gedanken weit übers Meer in die Ukraine, auf den Bauernhof von Nadiyas Oma. Sie sahen die alte Frau vor sich, wie sie auf einem kleinen Stuhl vor ihrem Haus saß und gekochte Kartoffeln pellte und die Schalen für die Hühner auf den Boden fallen ließ, die in der Sonne freundlich gackernd um sie herumliefen. Die Geschichten von Nadiyas Oma wirkten beruhigend, und sie alle fühlten sich mit ihr verbunden und verziehen Nadiya, die im Laufe der Reise noch viel von ihrer Oma erzählen sollte. Im Grunde war Nadiya von ihnen allen am schlimmsten dran, denn sie hatte etwas zu verlieren.

63

Auch Clara lag auf einem Stahltisch, und als Bisi bei ihr angelangt war, konnte sie nicht mehr. Alle Kraft war weg und auch die Selbstbeherrschung. Tränen liefen ihr über die Wangen, und ihre Kehle schnürte sich zu.

»Clara, aus Côte d'Ivoire«, flüsterte sie Helena zu, die ihr zögerlich von Tisch zu Tisch gefolgt war. »Meine Freundin.« Sie bat um einen Stuhl, da sie das Gefühl hatte, sich nicht mehr auf den Beinen halten zu können, und die Frau im Arztkittel rollte einen Schreibtischstuhl zu ihr heran. Bisi setzte sich und legte ihre Hand, an der immer noch mehrere Pflaster klebten, auf Claras Arm. Sie konnte sie noch nicht allein lassen. Ihr war schon klar, dass Clara sich nicht mehr in ihrem Körper befand, aber manche Seelen brauchten länger, bis sie begriffen, dass ihr Leben auf der Erde zu Ende war.

Darüber hatten Clara und sie gesprochen. Als Jia Li starb, hatten sie einander versprochen, dass diejenige, die länger lebte, weiter mit der anderen reden würde. Ihr alles erklären und alles Gute für die neue Dimension wünschen würde. Dass sie sich verabschieden würde. Und genau das musste sie noch tun. Sie musste sich von Clara verabschieden. Denn als Clara gestorben war, hatte Bisi keine Kraft gehabt, um mit ihr zu reden. Keine Kraft und zu große Angst.

»Clara, *ore mi*, *my friend*«, flüsterte sie der Leiche zu. »Jetzt bist du tot, in diesem kalten, fremden Land. Bleibe nicht hier bei deinem Körper. Besser schwebst du davon. Befreie dich von deinem Körper und suche nach denen, die dich getötet haben, um dich zu rächen. Sie in ihren Träumen heimzusuchen und sie zu quälen, so, wie sie es verdient haben. Verwandle deine Trauer in Wut, liebe Clara. Das macht dich stark.«

Sie streichelte Claras grauen Arm, nahm das Papiertaschentuch, das Helena ihr reichte, und trocknete ihr Gesicht. Dann stand sie auf und sah Helena in die Augen. Ihre Kraft war zurück.

»Also gut, was willst du über sie wissen?«, fragte sie. Helena sah sie ernst an.

»Alles«, antwortete sie. »Ich will alles wissen, was du über diese Frauen weißt. Jede Information wird uns helfen, sie zu identifizieren, damit wir ihre Familien finden und diejenigen, die euch in den Container gesteckt haben, zur Rechenschaft ziehen können.« Bisi nickte. Es gab vieles zu sagen, doch sie musste aufpassen. Ruhig bleiben und gut abwägen, was sie ihr ohne Gefahr erzählen konnte und was nicht.

Sie musste ihre Freunde mit Bedacht wählen und gut überlegen, wem sie was sagte – und was sie dafür bekam. Sie durfte nicht noch einmal den Fehler machen, ihr Schicksal bedingungslos in die Hände anderer Menschen zu legen.

64

Der Dolmetscher saß im Befragungsraum und übersetzte die Tonaufnahme, die Baldvin ihm nach und nach vorspielte. Daníel saß neben Baldvin, und neben dem Dolmetscher saß Gutti und schrieb das Wichtigste mit. Gleichzeitig wurde alles aufgezeichnet, und Daníel wusste, dass der Hauptkommissar und Staatsanwalt Oddsteinn am Computer alles mitverfolgten, genau wie alle anderen aus dem Ermittlungsteam, die noch im Dienst waren.

Der Dolmetscher hörte einen Moment zu, dann nickte er. Baldvin hielt die Aufnahme an, und der Dolmetscher gab auf Isländisch wieder, was Sergei am Telefon gesagt hatte.

»Wir sind am Ende!«, übersetzte der Dolmetscher. »Dieser Idiot von Lkw-Fahrer hat den Container da vor aller Augen abgestellt, sodass die Bullen sofort Wind davon gekriegt haben.«

Baldvin und Daníel warfen sich Blicke zu. Im Grunde reichte das schon, doch Baldvin ließ die Aufnahme weiterlaufen. Sie würden sie komplett übersetzen lassen. Sergeis Stimme war wieder zu hören, sie klang schwerfällig, als wäre er betrunken, doch dann merkte Daníel, dass Sergei weinte.

»Die Bullen hier mischen sich normalerweise nicht ein, aber wenn eine Leiche auftaucht, drehen die durch. Geschweige denn fünf Leichen!« Die Aufnahme war also mitgeschnitten worden, bevor die Nachricht durchgesickert war, dass eine Frau überlebt hatte. »Du musst herkommen, Sofia«, übersetzte der Dolmetscher, »du musst kommen und helfen. Hier ist alles im Arsch. Das packe ich nicht allein.« Baldwin drückte wieder auf Play, und eine ganze Weile war nur Sergeis Weinen und Schluchzen zu hören und ein Murmeln, das so undeutlich war, dass der Dolmetscher den Kopf schüttelte.

Daníel sah auf sein Handy. Er hatte zwei Nachrichten vom Hauptkommissar bekommen und eine private. Verdammt! Er hatte die Kinder vergessen. Der Film, den sie sich hatten ausleihen dürfen, war sicher zu Ende, und sie warteten aufs Abendessen. Er konnte sich nicht überwinden, seine Ex-Schwiegermutter um Hilfe zu bitten, daher schickte er schnell eine Nachricht an Lady Gúgúlú. Die Antwort kam prompt: *Die Süßen sind bereits bei mir, Darling.* Daníel atmete auf. Lady würde dafür sorgen, dass die beiden einen schönen Abend hatten. Sie würden definitiv mehr Spaß haben als mit ihrem Vater.

Anschließend öffnete er die Nachrichten vom Hauptkommissar und war sofort wieder konzentriert bei der Sache.

Das reicht, Oddsteinn gibt grünes Licht für die Verhaftung von SP, lautete die erste Nachricht. *Wer ist Sofia?*, stand in der zweiten.

Daníel stand auf und verließ den Raum. Er blieb einen Moment im Flur stehen und lehnte sich an die Wand. Sein Herz klopfte heftig, und es war beruhigend, durch das Hemd die kalte Wand im Rücken zu spüren. Er rief Áróra an, und als sie ranging, überkam ihn das dringende Bedürfnis, sie zu treffen. Sie zu sehen. Ihren Duft zu riechen. Ihr nahe zu sein. Doch jetzt gab es Dringenderes zu erledigen.

»Die Frau, die Sergei abgeholt hat, ist im Hótel Center?«, fragte er.

Áróra bejahte. »Ja, zumindest habe ich die beiden mit ihrem Gepäck dort hineingehen sehen«, antwortete sie. »Was ist los?«

»Wir erlassen gegen beide Haftbefehl, gegen diese Frau und Sergei«, sagte Daníel.

65

Bisi wirkte wie benommen nach dem Besuch im Leichenschauhaus, daher konnte Helena sich nicht vorstellen, sie sofort wieder beim Frauenhaus abzuliefern und sie dort zurückzulassen, allein mit ihren Gedanken und Erinnerungen. Auf dem Weg zu ihrem Wagen fischte sie das Handy aus der Tasche und rief Sirra an.

»Entschuldige, Sirra, ich weiß, du hast bestimmt irgendetwas Tolles gekocht«, redete sie sofort los, »aber ich komme gerade mit einer jungen Frau aus dem Leichenschauhaus, die dort ihre Freundinnen identifizieren musste, nachdem sie Opfer von Menschenhändlern geworden sind, und ich kann sie jetzt nicht allein lassen.« Das waren zu viele Informationen auf einmal, aber sie musste Sirra erklären, warum sie im letzten Moment absagte. Gerade jetzt, wo Sirra sie ganz förmlich zum Essen eingeladen und nicht nur gesagt hatte, sie könne jederzeit vorbeikommen. »Ich gehe mit ihr was essen und leiste ihr noch eine Weile Gesellschaft.«

»Unsinn«, widersprach Sirra. »Bring sie mit. Ich decke einfach noch für eine Person mehr.«

Helena zögerte und ging schnell alle Gründe durch, weshalb das für die Ermittlungen oder das Verfahren nachteilig sein könnte, doch sie fand keinen.

»Ich bin mir nicht sicher, ob das professionell wäre …«, begann sie, doch Sirra fiel ihr ins Wort.

»Es kann niemals unprofessionell sein, sich wie ein anständiger Mensch zu verhalten. Und essen müsst ihr so oder so.«

Helena beschloss, Bisi die Entscheidung zu überlassen.

»My good friend has invited us to dinner«, sagte sie. »Möchtest du mitkommen?« Bisi sah sie kurz an, und Helena meinte, wieder einen Hauch von Misstrauen aufblitzen zu sehen.

»Muss ich dort übernachten?«, fragte sie.

»Nein, natürlich nicht!«, sagte Helena mit Nachdruck. Ihr war nicht bewusst gewesen, dass eine Einladung in eine Privatwohnung Bisi suspekt sein könnte. »Wir essen bloß zusammen, und dann bringe ich dich zurück zum Frauenhaus. Aber nur, wenn du willst. Wir können auch in ein Restaurant gehen, wenn dir das lieber ist.«

Bisi sah sie einen Moment forschend an, dann nickte sie.

»Ich möchte zu deiner Freundin«, sagte sie.

Sie fuhren schweigend zu Sirra, und als die strahlende Gastgeberin die Tür öffnete und ihnen der köstliche Duft des Lammsteaks entgegenschlug, das im Ofen brutzelte, waren sowohl Bisis Zweifel als auch Helenas Sorge schlagartig verflogen.

66

Bisi hatte im Container die Nerven behalten, indem sie sich um die anderen kümmerte. Selbst Nadiya, die noch lange gelassen gewirkt hatte, war irgendwann verzweifelt, und in dem Moment war es, als hätte Bisi den Schalter umgelegt. Sie wurde zu einer Art Mutter für die anderen. Sie breitete die Flügel aus, und die Mädchen suchten Schutz bei ihr auf dem großen Schlaflager, das sie in einer Ecke des Containers eingerichtet hatte. So aneinandergeschmiegt war es viel leichter, sich warm zu halten, und auch die Erschütterungen und der Lärm wurden erträglicher, wenn man sich auf den Atem der anderen konzentrieren konnte.

Bisi achtete darauf, dass sie Schokolade aßen und Wasser tranken, wenn ihnen nicht zu übel war, und während sie für die anderen sorgte, rückten die Gedanken an das, was sie am Ende dieser Reise erwartete, in den Hintergrund. Nadiyas Beschreibung der widerlichen Männer, die sie benutzt, geschlagen und erniedrigt hatten, war im ersten Moment der reinste Horror für Bisi gewesen, doch inzwischen war es ihr gleichgültig, was auf sie zukam. Ihr einziger Gedanke war, dass sie diese Reise überleben mussten. Sie musste einen Schritt nach dem anderen machen. Jede Herausforderung in dem Moment angehen, in dem sie sich stellte. Sie konzentrierte sich ganz auf das Kümmern um die anderen, gemeinsam mit Clara, die sofort mitgemacht hatte. Ohne viele Worte hatten die beiden einige Regeln aufgestellt. Niemand durfte aufstehen. Um nicht zu stürzen, durften sie sich nur auf allen vieren fortbewegen, denn sie wurden völlig unvermittelt herumgeschleudert, wenn die Wellen das Schiff in die Tiefe zogen und plötzlich wieder nach oben schießen ließen. Wasser durfte immer nur schluckweise getrunken werden, damit niemand seekrank wurde. Bisi versuchte, nicht darüber nachzudenken, wie lange das Wasser noch reichte, und tröstete sich mit Nadiyas Überlegung, dass sie eine wertvolle Fracht waren und alle Beteiligten wollten, dass sie heil ankamen. Wie sollten sie sonst für all die ekligen Männer bereitstehen, die sie vögeln wollten? Es musste einfach ausreichend Wasser da sein, genau wie Schokolade und Kekse. Ihre größte Sorge galt Jia Li, die nichts runterkriegte und deren Kräfte noch deutlich schneller schwanden als die der anderen.

Jia Li spuckte ständig das Reiseklo voll und weinte die ganze Zeit, und Bisi und Clara krabbelten hinter ihr her und versuchten, ihr zu helfen und dafür zu sorgen, dass sie sich zu den anderen auf das Lager legte, wo sie einander warm hielten, denn es war fürchterlich kalt. Als Jia Lis Magen leer war und sie nur noch würgte, gab sie sich schließlich geschlagen und kroch zu den anderen. Bisi strich ihr übers Haar und flüsterte ihr zu, wie sehr sie sich darauf freue, nach London zu ihr ins Nagelstudio zu kommen und sich an Händen und Füßen tolle Gelnägel machen zu lassen, und dann würden sie über die Oxfordstreet schlendern und Cocktails schlürfen, ganz vorsichtig durch einen Strohhalm, um nicht gleich die schicken Nägel zu ruinieren und den neuen Lippenstift zu verschmieren, den sie sich gegönnt hatten. Solche Geschichten erzählte sie Jia Li, obwohl völlig klar war, dass es nie dazu kommen würde.

Einen Tag später stand fest, dass sie niemals Kosmetikerin werden würde. Bisi wurde davon geweckt, dass Jia Li aufstand, sich alle Kleider vom Leib riss und schrie, ihr sei so heiß. Wenig später verlor sie das Bewusstsein, und obwohl sie sie wieder anzogen und auf dem Lager in ihre Mitte nahmen, um sie aufzuwärmen, blieb sie kalt wie ein Eiswürfel und war nicht mehr wach zu kriegen.

67

Elín saß auf dem Boden der Dunkelkammer, die sie in einer Ecke ihres Ateliers hatte einrichten lassen zu der Zeit, als sie noch viel mit Fotografie gearbeitet hatte. Die dichte, sanfte Dunkelheit umhüllte sie wie kuscheliger Flanell, und trotz Sergeis Schritten auf der Treppe blieb sie ruhig. Sie hatte sich versteckt, als sie sein Auto in der Einfahrt gehört hatte. Nicht weil sie wirklich Angst vor Sergei hätte, sondern weil sie verwirrt war und sich ein Gespräch mit ihm nicht zutraute. Sie würde in Tränen ausbrechen und kein Wort rauskriegen, und nachdem sie die Fotos von ihm und der Frau gesehen hatte, wollte sie sich auch nicht von ihm beschwichtigen lassen.

Sie hörte, wie er oben in der Wohnung nach ihr rief, dann kam er die Treppe wieder runter. Die Tür zum Atelier öffnete sich.

»Elín?« Sie hörte, dass er ein paar Schritte ins Zimmer machte, dann rief er noch einmal: »Elín!« Sie hielt den Atem an. Sie brauchte mehr Zeit zum Nachdenken. Zeit, um sich zu beruhigen. Sie hatte heute Dinge über Sergei gehört, die sie sich nicht vorstellen konnte, und andere, die sehr gut zu dem passten, was sie selbst schon befürchtet hatte. Zum Beispiel die Frau, die er am Busbahnhof geküsst hatte. Das war kein Kuss unter Freunden gewesen. Und auch kein Mamakuss. Niemand schob seiner Mutter die Zunge in den Mund. Das bestätigte den schlimmsten Verdacht, der sich in ihr geregt hatte und der mit jedem seiner geheimen Telefonate gewachsen war. Aber dass Sergei ein Gewalttäter sein sollte, konnte sie nicht glauben. Er sah zwar tatsächlich wie ein harter Kerl aus und war stolz darauf, doch er hatte ihr erklärt, dass das der russische Straßenschick sei. Das komme in Russland einfach gut an. Dass er dabeigestanden und zugeguckt haben sollte, wie ein Kumpel eine Frau würgte, war ihr unbegreiflich. Er war doch so ein Gentleman. In Geschäften kam er alten Damen zu Hilfe und trug ihre Einkaufstaschen, hielt Türen auf, ließ Frauen vor. Sie konnte sich beim besten Willen nicht vorstellen, dass er grinsend zusah, wie ein Mann einer Frau Gewalt antat. Und dass er seine Ehefrau umgebracht haben sollte, war völlig absurd. Außerdem war er nie angeklagt worden. Er hatte lediglich unter Verdacht gestanden.

Die Ateliertür fiel zu, und sie hörte ihn wieder die Treppe raufgehen. Die Wohnungstür schloss sich, und es rumpelte leise. Ihr Handy klingelte, und sie griff hektisch danach, weil sie befürchtete, dass Sergei das Klingeln oben hörte. Doch er war es, der anrief, und hatte daher selbst das Telefon am Ohr. Sie stellte ihr Handy leiser und ließ es klingeln. Sie konnte jetzt nicht mit ihm sprechen. Es ging einfach nicht. Sie wusste nicht, was sie sagen sollte. *Hallo* war zu ausdruckslos für das, was in ihr vorging. *Scher dich zum Teufel* wäre schon angemessener, aber gleichzeitig war ihr nach Heulen zumute, so sehr schmerzte ihr Herz. *Schatz*, wollte sie ihm zuflüstern, und er sollte mit zärtlich streichelnden Händen antworten.

Das Klingeln verstummte, und Elín wollte gerade aufstehen und sich ins Atelier schleichen, als es heftig an die Haustür pochte.

»Polizei, aufmachen!«, wurde draußen gerufen, und Elín blieb einen Moment lang unschlüssig sitzen. Sollte sie warten und Sergei aufmachen lassen, oder sollte sie selbst zur Tür gehen? Was wollte die Polizei? War das vielleicht nur Daníel, der wissen wollte, ob alles okay war? Sie stand auf, lief durchs Atelier zur Haustür und öffnete sie. Zwei Polizisten schoben sich an ihr vorbei und rannten die Treppe hinauf, ein weiterer ging in ihr Atelier und sah sich dort um. Als Letzter erschien Daníel, mit einem Dokument in der Hand.

»Wir verhaften Sergei K. Popov wegen des Verdachts der Beteiligung an Menschenhandel«, sagte er. Elín wurde schwindelig. Menschenhandel? Was war hier los?

»Daníel, was tust du da?«, fragte sie. »Hängst du ihm jetzt irgendetwas an, um mich zu schützen?« Noch während sie sprach, bereute sie ihre Worte. Sie kannte Daníel.

»Elín«, sagte er. Sein Blick war ernst und düster, wie immer, wenn er besorgt war. »Es ist noch viel schlimmer als das. Wir verhaften sowohl Sergei als auch eine Frau namens Sofia, zu der er Kontakt hat, weil der Verdacht besteht, dass sie den Tod der vier Frauen im Container mitverschuldet haben.« Elín öffnete den Mund, bekam aber keinen Ton heraus. »Die Aufnahme, die du Áróra überlassen hast, ist der Beweis. Dort sagt er selbst, dass er und einige weitere Personen dafür verantwortlich sind.«

In diesem Moment führten die beiden Polizisten Sergei

in Handschellen die Treppe runter. Er war ruhig, und Elín wollte den Polizisten schon sagen, dass die Handschellen ja wohl etwas übertrieben seien, da er keinen Widerstand leistete, doch sie war wie gelähmt und starrte nur Sergei an, der ihr im Vorbeigehen etwas zuraunte.

»Get me a lawyer, Elín! Besorg mir einen Anwalt!«

»Das ist nicht nötig«, widersprach Daníel leise. »Wir kümmern uns darum.«

Elín folgte ihnen auf die Straße und sah zu, wie die Polizisten Sergei auf die Rückbank des Einsatzfahrzeugs schoben und wegfuhren. »Soll ich irgendwen für dich anrufen?«, fragte Daníel. »Soll ich dich zu deinem Vater bringen?« Doch Elín antwortete nicht. Das Einzige, was sie denken konnte, war, dass sie recht gehabt hatte. Dass ihr Verdacht berechtigt gewesen war. Der Name der Frau war Sofia.

68

Áróra machte gerade einen Handstand gegen die Wand, als es an der Tür klingelte. Sie war verschwitzt und zerzaust, nachdem sie zwanzig Minuten lang jeweils vierzig schnelle Arm- und vierzig schnelle Kniebeugen im Wechsel gemacht hatte und anschließend zu Gleichgewichtsübungen übergegangen war, die sie mit einigen sorgfältigen Handständen abgeschlossen hatte. Sie erwartete ein Paket von ihrer Mutter mit *ein paar Kleinigkeiten*, daher rechnete sie mit dem Paketboten, doch stattdessen stand Daníel vor der Tür, eine Hand an den Rahmen gestützt und leicht nach vorn gebeugt, sodass sie kurz befürchtete, er fiele mit der Tür ins Haus. Er hielt eine Tüte von einem Burger-Laden im Arm.

»Darf ich reinkommen?«, fragte er, und sie trat zur Seite und hoffte, dass sie nicht nach Schweiß roch. »Ich habe Abendessen mitgebracht. Ich dachte, ich schaue kurz bei dir vorbei und bringe dich auf den neuesten Stand, bevor ich nach Hause fahre.«

»Wie ist es gelaufen?«, fragte Áróra.

Daníel seufzte. »Gut. Sergei und Sofia Ivanova sitzen im Gefängnis und werden morgen früh vernommen, sobald beide einen Strafverteidiger haben.« In der Diele zog er die Schuhe aus, dann ging er ins Wohnzimmer.

»Das ist gut zu hören«, sagte Áróra. Sie nahm eine Flasche Rotwein aus dem Büfettschrank und zeigte sie Daníel. »Möchtest du?«

»Ja, gern«, antwortete er und setzte sich aufs Sofa. »Ein Gläschen würde ich trinken.« Áróra öffnete die Flasche und füllte zwei Weingläser. Sie gab ihm eins und nahm ihres mit in Richtung Badezimmer.

»Ich springe nur rasch unter die Dusche«, sagte sie. »Ich habe gerade trainiert. Bin sofort wieder da. Du entspannst dich einfach kurz.« Daníel nickte und nippte an seinem Wein. Áróra verschwand im Bad, zog hastig die Sportsachen aus und stieg in die heiße Dusche. Sie wusch sich die Haare und nutzte das Shampoo als Rasierschaum unter den Armen und an den Beinen. Als sie aus der Dusche kam, blickte sie unzufrieden auf ihre Zehen. Die Nägel waren zwar geschnitten, aber ihre letzte Pediküre lag schon lange zurück. Kurz überlegte sie, sich wenigstens schnell die Zehennägel zu lackieren, doch dann entschied sie, sich lieber noch zu föhnen. Als die Haare trocken waren, cremte sie ihre Beine ein, puderte sich leicht das Gesicht und trug farbigen Lipgloss auf. Zum Schluss noch ein Tröpfchen Parfüm hinter die Ohren, an den Hals, die Handgelenke und auf die Leisten.

Sie schlüpfte in ihren Bademantel und verknotete ihn in der Taille. Bevor sie die Tür öffnete, überlegte sie, ob sie in diesem Aufzug ins Wohnzimmer gehen oder noch schnell im Schlafzimmer etwas anziehen sollte. Dieser Bademantel war nicht wirklich sexy, aber immerhin einigermaßen schick, aus einem blaugrünen seidigen Stoff, in den ein Feuer speiender

Drache gestickt war. Sie betrachtete sich im Spiegel und war ziemlich zufrieden mit dem, was sie sah. Sie sah frisch aus, und ihre Haare lagen gar nicht schlecht nach dem Föhnen. Sie entschied, es drauf ankommen zu lassen. Wenn es Daníel unangenehm war, würde er halt gehen.

Doch Daníel kam gar nicht dazu, sich eine Meinung zu ihrem Outfit zu bilden, denn als Áróra das Wohnzimmer betrat, lag er schlafend auf dem Sofa. Sie brachte es nicht über sich, ihn zu wecken. Er sah schön aus, so entspannt und mit den kurzen Bartstoppeln im Gesicht. Sie nahm die Wolldecke, in die sie sich sonst beim Fernsehen kuschelte, und breitete sie über ihn. Dann schaltete sie das Licht im Wohnzimmer aus und nahm die Rotweinflasche mit ins Schlafzimmer.

69

»Kann ich hier in Island Asyl beantragen?«, fragte Bisi, als sie wieder im Auto saßen, nachdem sie sich auf französische Art mit Küsschen auf beide Wangen und einer festen Umarmung von Sirra verabschiedet hatten. Sirra hatte natürlich recht gehabt, bei ihr war es viel netter als im Restaurant gewesen, und Helena war froh, dass sie Bisi so spontan hatte mitbringen dürfen.

»Ja«, antwortete Helena. »Als Opfer von Menschenhandel hast du ohnehin das Recht, sechs Monate in Island zu bleiben. Aber das heißt, du musst mit uns zusammenarbeiten, damit wir rausfinden, wer euch hierhergebracht hat, und du musst bereit sein, gegen diese Leute auszusagen.«

»Und wenn ich gegen sie aussage, darf ich dann hierbleiben?«

»In jedem Fall sechs Monate«, antwortete Helena.

»Und was ist nach den sechs Monaten? Muss ich dann wieder zurück?«

»Nach sechs Monaten kann man weitere sechs Monate beantragen, was uns ausreichend Zeit gibt, einen Weg zu finden, dir eine dauerhafte Aufenthaltserlaubnis zu beschaffen.« Darauf sagte Bisi nichts, und eine Weile herrschte Stille im Wagen. An einer roten Ampel holte sie tief Luft und stieß sie seufzend wieder aus. Als sie darauf das Wort ergriff, klang sie klar und fokussiert.

»Ich will gegen sie alle aussagen«, sagte sie. »Ich kann euch die ganze Geschichte von Anfang an erzählen, ich habe Namen, kann die Leute auf Fotos identifizieren, ich habe Adressen. Aber nur, wenn ich hierbleiben darf. Ich will eine schriftliche Zusage, und ein Anwalt muss prüfen, ob ich mich auch wirklich darauf verlassen kann.«

»Du bekommst eine Rechtsvertretung, die darauf achten wird, dass deine Interessen gewahrt werden«, sagte Helena. Ihr Herz schlug vor Aufregung schneller. Das war ein wichtiger Schritt. Es gab nicht viele Opfer von Menschenhandel, die aussagen wollten oder konnten. Oft fürchteten sie um ihre Angehörigen zu Hause oder trauten sich schlicht nicht, den Mund aufzumachen.

»Okay«, sagte Bisi. »Ich werde aussagen. Ich kann auf keinen Fall zurück nach Nigeria.«

»Also bist du nigerianische Staatsbürgerin?«

»Ja«, sagte Bisi. »Aber ich kann nicht mehr dorthin zurück. Weil ich so bin wie ihr.«

»Wie wir?« Helena hatte das Gefühl, irgendetwas verpasst zu haben. »Was meinst du damit?«

»Wie du und Sirra«, sagte Bisi. Sie sah Helena an und lachte. »Glaubst du etwa, ich habe dir abgekauft, dass sie nur eine gute Freundin ist? Ich habe es in ihren Augen gesehen, dass sie dich liebt. Und eure Füße haben sich unterm Tisch berührt.« Helena blieb der Mund offen stehen. Das wäre ihr im Leben nicht eingefallen. »Und weil ich so bin wie ihr, kann ich nicht zurück«, erklärte Bisi. »Als das rauskam, hat mein Vater meine Wohnung in Brand gesteckt und meine Freundin Habiba vertrieben. Ich fürchte, er bringt mich um, wenn ich nach Hause komme.«

Helena fuhr an den Straßenrand und hielt den Wagen an. Das war also der Grund, warum Bisi verschwiegen hatte, dass sie aus Nigeria kam. Sie hatte Angst davor, dorthin zurückgeschickt zu werden. Und vermutlich war das auch der Grund dafür, dass sie in die Fänge dieser skrupellosen Verbrecher geraten war. Der Grund dafür, dass sie in dem Container gelandet war. Helena legte ihre Arme um Bisis Schultern und drückte sie fest an sich.

»Ich werde alles tun, was ich kann, um dir zu helfen«, flüsterte sie. »Alles, was ich kann.«

70

Habiba war eine wunderbare Köchin, und Bisi war immer voller Vorfreude, wenn sie nach Hause kam und der Duft von Bohneneintopf und frisch gebratenen Akara-Bällchen sie von der Straße in den Hof lockte, wo Habiba auf einer Limonadenkiste vor ihrem dreibeinigen Topf saß und die würzigen Bällchen frittierte.

Das Essen hatte sie zusammengeführt, denn Bisi war jeden Tag nach der Arbeit zu dem Essensstand gekommen, an dem Habiba arbeitete, und hatte dort Reis oder frittierten Fisch und gegrillte Maiskolben gekauft. Habiba hatte sie scherzhaft mit den alleinstehenden Männern verglichen, die sich nach der Arbeit Essen zum Mitnehmen kauften, worauf Bisi ihr erklärt hatte, dass sie eine *career*-Frau sei, eine Karrierefrau, und die Arbeit in der Computerwerkstatt das Wichtigste in ihrem Leben. Ihre Eltern hätten ihr die Technikschule finanziert, dafür wolle sie sich erkenntlich zeigen, indem sie eine gute Tochter sei und sich beweise.

Habiba erzählte von ihrer Kindheit im Norden des Landes, wo die ständigen Konflikte zwischen Boko Haram und der Militärregierung die Bevölkerung terrorisierten. In derselben Woche, als Habiba sich mit einem alten bärtigen Mann verloben sollte, den ihr Vater für sie ausgewählt hatte, fiel Boko

Haram über ihr Dorf her, und Habiba nutzte die Gelegenheit und machte sich im Tumult davon. Ein ausländischer Journalist nahm sie in seinem Wagen mit nach Lagos, und dort hungerte sie, bis der Besitzer des Stands ihr gegen Mitarbeit zu essen gab.

Aus dem abendlichen Plausch wurde immer öfter ein längeres Gespräch, und nach Habibas Feierabend machten sie sich gemeinsam auf den Heimweg und kehrten manchmal noch irgendwo auf ein Getränk ein. Einmal nach einem solchen Abend küsste Habiba Bisi zum Abschied, bevor sie in den Bus stieg und zu ihrem Zimmer fuhr, das sie gemietet hatte. Sie ließ eine verwirrte Bisi zurück, die wie immer mit einem Küsschen auf die Wange gerechnet hatte, doch diesmal hatte Habiba ihre Lippen auf Bisis Mund gedrückt und sie so lange geküsst, bis sie den Alkohol in ihrem Atem geschmeckt und den Essensduft wahrgenommen hatte, der Habiba nach einem Arbeitstag wie eine süße Wolke umgab. An der Oshodi-Bushaltestelle war so viel los, dass niemand den langen, innigen Kuss und Bisis Reaktion darauf zu bemerken schien. Das muntere Treiben aus Fahrzeugen und Leuten mit ihren Einkäufen und Kindern ging weiter, als wäre nichts geschehen, doch für Bisi war alles anders. Das Bier, das sie getrunken hatte, schäumte in ihrem Magen und wollte raus, während ihr Herz hüpfte, in einer erwartungsvollen Freude, die sie so noch nie zuvor erlebt hatte.

Am nächsten Tag lud Habiba sie auf einen Drink in ihr Zimmer ein, und wenig später kündigte sie ihren Job und fing als Haushälterin bei Bisi an. Diese Stellenbezeichnung war natürlich ein Deckmantel, denn untereinander hatten sie die Vereinbarung getroffen, dass sie eine Art Ehepaar waren und Bisi die Rolle des Ernährers übernahm und Habiba die der Hausfrau, die sich um Kleidung, Essen und die Wohnung kümmerte. Habiba war Muslima und betete täglich, doch an dem Tag, als sie zu Bisi zog, legte sie das Kopftuch ab und sagte, dass sie es nicht mehr brauche. Bisi fand nie heraus, ob sie sich mit Kopftuch in diesem Viertel zu fremd fühlte oder ob sie ihren sündigen Lebensstil nicht vereinbaren konnte mit dem Glauben, mit dem sie aufgewachsen war.

Doch obwohl Habiba verschlossen war und meist nicht viel sagte, war Bisi fest davon überzeugt, dass sie genauso glücklich war wie sie selbst, denn sie glühte förmlich vor Freude, wenn Bisi abends nach Hause kam und sie auf dem Hof zusammen aßen und tranken und entspannte Musik aus dem Radio hörten und der Duft von Kohle in der Luft lag. In der Woche vor Bisis Abreise nach Paris hatten sie bei Cocktails in der Abendbrise gesessen, und sie hatte Habiba in ihrem billigen bunt bedruckten Kleid betrachtet und sie angelächelt.

»In Paris kaufe ich dir schöne Kleider, Habiba«, hatte sie gesagt und ihr zärtlich ins Bein gekniffen. »Du wirst begeistert sein, wenn ich mit den vollgestopften Koffern nach Hause komme.«

71

Áróra kam sich ziemlich lächerlich vor, als sie leise unter die Dusche schlüpfte und sich die gestern Abend erst rasierten Beine rasierte, nur für den Fall, dass schon wieder Stoppeln gekommen waren. Sie seifte sich von Kopf bis Fuß ein, spülte den Schaum mit kaltem Wasser runter, trocknete sich ab, putzte ihre Zähne und cremte sich ein. Nach dem gestrigen Abend und angesichts der Tatsache, dass Daníel sicher schon um acht bei der Arbeit sein musste, war das natürlich völlig übertrieben. Doch sie wollte ihm nicht mit Morgenatem und zerzaustem Haar gegenübertreten.

Sie überlegte, ob sie im Bademantel bleiben sollte, und schlich sich dann doch ins Schlafzimmer, um Jeans und T-Shirt anzuziehen. Enge Jeans und ein figurbetontes Shirt, das hoffentlich ein bisschen sexy war, aber so früh am Morgen nicht übertrieben wirkte. Nicht zu schick, damit er nicht glaubte, sie hätte sich für ihn herausgeputzt.

Sie hatte noch kein Geräusch aus dem Wohnzimmer gehört, daher schlief Daníel vermutlich. Sie ging in die Küche, befüllte die Kaffeemaschine und ließ das Wasser ein wenig laufen, um Daníel Zeit zum Aufwachen zu geben. Als immer noch nichts von ihm zu hören war, schlich sie ins Wohnzimmer und lugte über den Sofarücken.

Sie fühlte sich noch lächerlicher, als sie sah, dass Daníel weg war. Das Sofa war leer, die Decke gefaltet und die Kissen waren sorgfältig aufgeschüttelt. Auf dem Couchtisch lag ein Zettel mit Daníels Handschrift: *Vielen Dank, musste die Babysitterin ablösen.*

Die Babysitterin? Dann waren die Kinder noch bei ihm. Áróra war unschlüssig, ob sie sich darüber freuen sollte oder es traurig fand, dass er gestern Abend noch hergekommen und nicht sofort nach Hause zu seinen Kindern gefahren war. Sie setzte sich an den Computer und machte sich an etwas, das sie schon lange hatte tun wollen, und zwar mehr über Leonid Kuznetsov herauszufinden.

Sie öffnete den Ordner mit ihren alten Recherchen und vertiefte sich in die Dokumente in der Hoffnung, auf irgendetwas zu stoßen, das sie weiterbrachte. Dann hätte sie einen Grund, Daníel anzurufen, könnte sich nach seinen Kindern erkundigen und ein neues Treffen in die Wege leiten. Oder war das zu aufdringlich? Es ärgerte Áróra maßlos, dass sie, die sonst über ein gutes Selbstvertrauen verfügte und nicht lange fackelte, wenn sie etwas wollte, sich von diesem Mann so verunsichern ließ.

72

Daníel wurde von Stimmen aus der Wohnung geweckt und sprang auf. Er zog sich ein Unterhemd über und ging in die Küche, wo Tumi und Tanja im Schlafanzug am Tisch saßen, Müsli mampfend in ihre Handys vertieft, während Lady Gúgúlú mit der Milchtüte in der Hand wie eine Vorort-Mutti der alten Schule um sie herumwuselte.

»Du hier? Was verschafft uns die Ehre?«, sagte Lady, und ihre Stimme triefte vor Sarkasmus.

»Ich wollte dich nicht wecken, als ich nachts nach Hause gekommen bin«, sagte Daníel. »Du hast so friedlich bei RuPaul's Drag Race auf dem Sofa geschlummert. Ich dachte, dein Unterbewusstsein ist in eine Weiterbildungsmeditation vertieft, während die Dragqueens gegeneinander antreten.«

»Lady ist viel besser als RuPaul«, stellte Tumi mit vollem Mund klar, ohne den Blick von seinem Handy zu lösen. Daníel sah verwundert seinen Sohn an. Er hätte nicht gedacht, dass Tumi überhaupt wusste, wer RuPaul war, geschweige denn, dass er jemals seine Castingshow gesehen hatte.

»Danke, Schätzchen«, sagte Lady und warf Tumi eine Kusshand zu, holte eine Tasse aus dem Schrank, goss Kaffee hinein und gab sie Daníel. Der setzte sich zwischen die Kinder an den Tisch und strich Tanja über den Kopf.

»Wie gehts euch, meine Süßen?«, fragte er. »Wie war es gestern Abend?«

»Super«, antwortete Tumi.

»Richtig schön«, sagte Tanja. »Lady war die Allerbeste von der ganzen Show.« Daníel sah Lady an.

»Du hast sie zu einer Dragshow mitgenommen?« Seine Stimme klang schärfer als beabsichtigt.

Lady zuckte zusammen und drehte sich um. »Was hätte ich denn tun sollen?«, entgegnete sie mit Nachdruck. »Deine Nachricht kam, kurz bevor ich auf die Bühne musste.«

»Wenn ich gewusst hätte, dass du arbeiten musst, dann hätte ich vielleicht eine andere Lösung gefunden. Ein Nachtclub ist nicht gerade ein geeigneter Ort für Kinder.«

»Jetzt bleib mal auf dem Teppich«, erwiderte Lady. »Ich war ganz streng mit ihnen, nur zwei Bier pro Nase. Keinen Tropfen mehr!« Die Kinder kicherten in ihre Schüsseln, und Daníel seufzte.

»Entschuldige«, sagte er. »Ich wollte nicht rummeckern. Ich hatte einen schrecklich langen Arbeitstag. Sorry, dass ich erst so spät nach Hause gekommen bin.« Er ignorierte das schlechte Gewissen, das sich in ihm regte beim Gedanken daran, dass er, in der Hoffnung auf ein bisschen Wärme und Trost, noch bei Áróra vorbeigeschaut hatte, anstatt nach Feierabend sofort nach Hause zu den Kindern zu fahren.

»Ist schon gut«, sagte Lady und machte ein Kreuzzeichen vor Daníels Gesicht. »Deine Sünden sind dir vergeben.«

Daníel lächelte und senkte übertrieben demütig den Kopf. Wieder kicherten die Kinder. Dann sah Tanja ihren Vater mit großen Augen an und stellte eine offenbar ernst gemeinte Frage.

»Ist Lady eigentlich unsere Stiefmutter oder unser Stiefvater?«

»Weder noch«, sagte Daníel erstaunt. »Wir sind nicht …«

»Stiefmutter!«, fiel Lady ihm ins Wort. »Mutter, Darlings! Ich wollte schon immer eine Mama sein.« Sie drückte beiden Kindern einen Kuss auf den Kopf und verschwand durch die Küchentür. »Ich ziehe mich jetzt in meine bescheidene Hütte zurück. Vor Mittag bitte nicht klopfen. Mami braucht ihren Schönheitsschlaf.«

»Wir sind nur Freunde«, erklärte Daníel den Kindern, doch er war nicht sicher, ob sie ihn gehört hatten, denn sie waren schon wieder in ihre Handys vertieft. Wieder einmal verfluchte er sich für dieses Geschenk. Ihre Mutter würde ihm die Leviten lesen, wenn sie zurück nach Dänemark kamen. Doch sein eigenes, klingelndes Handy hielt ihn davon ab, ihnen einen Vortrag zum Thema Bildschirmzeit zu halten. Er stand auf und ging ins Wohnzimmer, um Áróras Anruf anzunehmen.

»Hi«, sagte er. »Sorry, dass ich gestern Abend eingenickt bin. Du hast so eine entspannende Wirkung auf mich.«

»Das ist nicht unbedingt die Wirkung, die ich gern hätte«, sagte sie lachend, und Daníels Herzschlag beschleunigte sich. Was sollte er darauf antworten? Er suchte nach einer klugen Erwiderung, aber überlegte zu lange, denn Áróra lachte wieder, diesmal etwas steif und verlegen. »War ein Scherz«, sagte sie und wechselte schnell das Thema. »Ich habe Informationen zu Leonid Kuznetsov für dich.«

»Ach ja?«

»Ja. Er hat eine enge Verbindung zur russischen Mafia. Aber allen Informationen aus dem Ausland nach zu urteilen, scheint er eine Art Laufbursche für die mächtigeren Typen zu sein. Jedenfalls ist er keiner, der was zu melden hat, auch wenn er sich hier in Island gerne als großer Fisch aufspielt.« Das war interessant.

»Kannst du mir alle Informationen schicken, die du hast?«

Áróra versprach es, und Daníel verabschiedete sich, ohne dass ihm eine Idee gekommen war, wie er den Faden wieder aufnehmen sollte. Wie er an die Frage anknüpfen konnte, welche Wirkung Áróra auf ihn hatte. Ihrer Reaktion nach zu urteilen hätte sie vermutlich gern gehört, dass er sie anziehend fand. Vielleicht war sie doch wieder offen für eine Art Beziehung.

73

»Ich habe ein paar Informationen über Leonid Kuznetsov, die uns helfen könnten, den Druck auf ihn zu erhöhen«, sagte Daníel zu Baldvin, als sie gemeinsam die Treppe zum Büro hinaufstiegen. »Ich habe den starken Verdacht, dass er mit der Sache zu tun hat, aber wir müssen mehr in der Hand haben als nur die Tatsache, dass er Immobilien vermietet.«

»Wir fahren heute noch mal hin und reden mit ihm«, sagte Baldvin. »Nur ein informeller Plausch.« Daníel nickte und folgte Baldvin in den Konferenzraum, wo das Team bereits auf die Morgenbesprechung wartete.

Baldvin eröffnete das Meeting und verkündete gleich drei gute Nachrichten. »Die erste ist, dass Bisi Babalola bereit ist, auszusagen und bei der Identifizierung der Verdächtigen zu helfen. Das bringt uns einen großen Schritt voran, auch wenn noch eine Menge Arbeit vor uns liegt.« Baldvin nickte Helena anerkennend zu, und sie nickte zurück.

Baldvin war schon in Ordnung, auch wenn ihm seine Führungsposition manchmal etwas zu sehr zu Kopf stieg. Er hatte Daníel und Helena überrascht, als er angeboten hatte, sich um all die Berichte und Formulare und Bescheinigungen zu kümmern, die für die Beantragung der sechsmonatigen Aufenthaltserlaubnis für Opfer von Menschenhandel nötig waren. Daníel wusste, dass Helena nicht nur froh war, den Papierkram los zu sein, sondern auch darüber, dass Baldvin echte Führungsqualitäten zeigte, indem er seinen Mitarbeitern Arbeit abnahm.

»Ich nehme an, für die Zeugin wurde bereits ein Rechtsvertreter organisiert?«, war von Oddsteinn aus einer Ecke des Raums zu vernehmen.

»Ja, ist erledigt, in diesem Moment sitzen Bisi und ihre Anwältin bereits zusammen«, antwortete Helena. Oddsteinn nickte zufrieden, und Baldvin ergriff wieder das Wort.

»Die zweite frohe Kunde ist, dass der Eigentümer von In-Export, Valur Jón Pálsson, sich weder in Luft aufgelöst hat noch vom Erdboden verschluckt wurde. Die schlechte Nachricht ist, dass er sich außer Landes befindet. Er scheint sich in dem Augenblick, als der Container-Fall durch die Nachrichten ging, ein Flugticket besorgt zu haben.«

»Europol und Interpol fahnden bereits nach ihm«, sagte Ari Benz. »Wir wissen, dass er nach London und dann weiter nach Paris geflogen ist, aber wir haben keine Informationen darüber, ob er von dort aus noch weiter gereist ist.«

Baldvin hielt kurz inne, dann erschien ein siegessicherer Ausdruck auf seinem Gesicht. »Und die letzte und beste Neuigkeit ist, dass gestern Abend zwei Personen verhaftet wurden, die unter Verdacht stehen, in den Fall verwickelt zu sein. Wir haben ziemlich sichere Beweise.« Einen Moment lang herrschte Stille im Raum, dann nickten und murmelten alle.

Mehr Freude zu bekunden wäre nicht angemessen, denn obwohl Verhaftungen immer einen großen Fortschritt bei ihrer Arbeit bedeuteten, wussten sie, dass es bis zuletzt jederzeit unerwartete Wendungen geben konnte, die die Ermittlungen in eine völlig andere Richtung lenkten. »Sie heißen Sergei Popov und Sofia Ivanova«, fuhr Baldvin fort. »Er ist russischer Staatsbürger mit Aufenthaltserlaubnis im Schengen-Raum und sie französische Staatsbürgerin mit russischen Wurzeln. Sie befinden sich im Holmsheiði-Gefängnis und warten darauf, zur Vernehmung hergebracht zu werden.«

74

Eigentlich hätten Daníel und Helena Sergei gemeinsam vernehmen sollen, doch nachdem Daníel Baldvin auf seinen indirekten Bezug zu Sergei hingewiesen hatte, hatte der die Vernehmungen anders organisiert. Während Helena und Kristján mit Sergei und seinem Verteidiger in dem einen Vernehmungsraum saßen, kümmerten sich Daníel und Gutti um Sofia. Er mochte Gutti zwar, aber Helena und er waren einfach das perfekte Team. Oft war es, als könnten sie die Gedanken des anderen lesen, was eine Vernehmung natürlich enorm erleichterte. Immerhin war Gutti jung und ehrgeizig und lernwillig, daher würde er sich zurückhalten und Daníel die Gesprächsführung überlassen.

Schon bei Betreten des Raums erkannte Daníel, dass Sofia Ivanova nicht kooperieren würde. Sie hing mit verschränkten Armen auf ihrem Stuhl, so übertrieben entspannt zurückgelehnt, dass sie mehr lag als saß. Daníel hatte diese Körperhaltung schon oft genug gesehen, um zu wissen, dass sie in erster Linie Arroganz ausdrückte. So saßen Menschen, die sich für klüger als die Polizei hielten und sich überlegen fühlten, denn in dieser Position blickte man automatisch nach unten und zeigt dadurch überdeutlich, wie verächtlich man auf sein Gegenüber hinabschaute.

Daníel konnte sich nicht entsinnen, ihren Verteidiger schon mal gesehen zu haben, ein blasser Mann, dem beim Blättern in den Unterlagen ständig die Brille auf die Nase rutschte.

»Was genau wird Sofia vorgeworfen?«, fragte er auf Isländisch, worauf Sofia ihn anstieß und er die Frage auf Englisch wiederholte.

»Beteiligung an Menschenhandel, Nötigung, Freiheitsberaubung, grobe Fahrlässigkeit, Beteiligung an organisierter Kriminalität, Gefährdung von Menschenleben, fahrlässige Tötung und Mord. Auch wenn sich der konkrete Straftatbestand noch klären muss, werden sich definitiv mehrere dieser Punkte in der Anklage finden.«

Der Anwalt nickte und blätterte weiter in seinen Papieren, während sich auf seiner Stirn Schweißperlen bildeten. »Mit anderen Worten: Ihr wird vorgeworfen, fünf Frauen in einem nicht isolierten Umzugscontainer im eisigen Winter per Schiff über den Nordatlantik geschickt zu haben. Dabei sind drei Frauen erfroren, die vierte ist wahrscheinlich infolge eines Sturzes während des Transports gestorben, und die fünfte Frau schwebte in akuter Lebensgefahr.«

Daníel registrierte den kurzen Blick, den der Anwalt auf seine Mandantin warf, als müsse er sich vergewissern, dass es sich tatsächlich um dieselbe Person handelte, mit der er das Vorbereitungsgespräch geführt hatte. Es war offensichtlich, dass Sofia ihm eine etwas andere Geschichte aufgetischt hatte. Er schob die Brille ein weiteres Mal auf seine Nase, dann räusperte er sich.

»Sofia wird sich dazu nicht äußern. Sie macht von ihrem

Aussageverweigerungsrecht Gebrauch.« Daniel sah Sofia lange an. Er hatte das Gefühl, dass sie fast unmerklich grinste. Kurz überlegte er, sie richtig in die Mangel zu nehmen, sie von Gutti mit Fragen traktieren zu lassen, während er selbst schweigend dasaß und zurückgrinste, doch er war nicht sicher, ob ihr Panzer so leicht zu knacken war. Daher stand er auf und stupste Gutti an, der sich – leicht irritiert – ebenfalls von seinem Stuhl erhob.

»Na schön«, sagte Daniel. »Dann kommen wir hier nicht weiter.« Damit verließen sie den Raum.

75

Kristján hatte die Namen aller Anwesenden auf Band gesprochen und die im Haftbefehl angeführten Anklagepunkte verlesen. Sergei saß mit gesenktem Blick am Tisch, während sein Strafverteidiger einen fast fröhlichen Eindruck machte, als wäre dies einer der schöneren Tage in seinem Leben.

»Nun, Sergei«, sagte der Anwalt. »Dem Gesetz nach bist du verpflichtet, die Wahrheit zu sagen, aber du hast das Recht zu schweigen und musst dich nicht selbst belasten.«

»I will not be saying anything«, sagte Sergei. »Ich sage nichts. Ich habe nichts zu sagen, denn ich weiß nicht, was man mir da anhängen will. Ich glaube, dieser Daníel ist einfach nur eifersüchtig, weil ich mit seiner Frau zusammen bin.« Das nuschelte Sergei vor sich hin, ohne den Blick zu heben.

»Ex-Frau«, sah Helena sich genötigt, ihn zu korrigieren. »Die Scheidung ist ungefähr fünfzehn Jahre her. Wie dir bekannt sein dürfte.«

»Du hast eine bewegte Vergangenheit, Sergei«, sagte Kristján und las mit gerunzelten Brauen in den Dokumenten, die vor ihm lagen. »Das sagt zumindest die französische Polizei.«

Jetzt blickte Sergei auf. »Sie hat sich selbst von der Klippe gestürzt«, sagte er und funkelte Kristján böse an. »Niemand konnte etwas anderes beweisen. Beweise – ihr braucht für alles Beweise, stimmts?« Der Anwalt guckte irritiert zwischen Sergei und Kristján hin und her.

»Worum geht es hier gerade?«, fragte er, und Kristján reichte ihm die Unterlagen von Ari Benz zu den Ermittlungen zum Tod von Sergeis französischer Ehefrau. Der Anwalt blätterte sie durch und gab sie Kristján dann entschieden zurück. »Wir sollten nicht in Vergangenem wühlen, sondern uns auf das beschränken, was Sergei hier in Island vorgeworfen wird.«

»Natürlich«, sagte Kristján. »Ich fand es bloß interessant, weil es uns einen Eindruck von seinem Charakter geben könnte.«

»Mir ist scheißegal, welchen Eindruck andere von meinem Charakter haben«, brummte Sergei. »Zeigt mir Beweise, wenn ihr welche habt, ansonsten kümmert sich mein Anwalt darum, dass ich aus der U-Haft entlassen werde. Wenn ihr nichts in der Hand habt, muss ich wohl kaum in einer Zelle hocken.«

Helena holte das Phantombild hervor, das nach Lárentínus' Beschreibung angefertigt worden war, und legte es auf den Tisch.

»Hier ist eine Zeichnung, die nach der Beschreibung eines Zeugen entstanden ist. Sie zeigt einen der russischen Männer, die vergangenen Montag einen Container auf einem Werkstattgelände in Kópavogur in Empfang genommen haben. In dem Container befanden sich die Leichen von vier Frauen und eine junge Frau in lebensbedrohlichem Zustand. Man muss schon sagen, dass dir der Mann auf dem Bild zum Verwechseln ähnlich sieht, Sergei.«

»Finde ich nicht«, entgegnete Sergei. »Das könnte fast jeder sein.«

Helena lächelte. »Außerdem haben wir einen Mitschnitt von einem Telefonat, das du mit Sofia geführt hast, bei dem ihr über die Verschiffung der Frauen und ihren Tod sprecht.«

Jetzt erschrak Sergei sichtlich. Er rutschte auf seinem Stuhl herum und sah fragend seinen Anwalt an.

»Die Aufnahme wollen wir hören«, verlangte dieser.

»Selbstverständlich«, sagte Helena und startete die Aufnahme. Man hörte Sergei, der mit aufgeregter Stimme Russisch sprach. Sie ließ den Mitschnitt eine Weile laufen, dann hielt sie ihn an und übergab dem Anwalt einige zusammengeheftete Seiten.

»Das ist die Übersetzung des Gesprächs, von einem vereidigten Dolmetscher angefertigt, Wort für Wort.« Der Anwalt begann, in dem Heft zu blättern, während Sergei sich grinsend zurücklehnte.

»Hat die Polizei das aufgenommen?«, fragte er. »Mit Abhörerlaubnis?«

»Nein«, antwortete Helena. »Das war deine Freundin Elín mit ihrem Handy.«

»Dann ist diese Aufnahme kein zulässiges Beweismittel«, sagte Sergei. »Da sie auf unrechtmäßige Weise beschafft wurde. Ich wusste nicht, dass dieses Telefonat aufgezeichnet wird, und habe dem nie zugestimmt. Und ich gehe mal nicht davon aus, dass Elín einen Gerichtsbeschluss hatte, der ihr erlaubt hat, mich abzuhören. Wenn das alles ist, habt ihr nichts gegen mich in der Hand.«

Helena lächelte und stand auf. Auch Kristján stand auf.

»Du scheinst nicht mit den isländischen Gesetzen vertraut zu sein, Sergei. Dein Anwalt wird dir erklären, dass es hier durchaus erlaubt ist, dem Gericht eine solche Aufnahme vorzulegen. Die Richterin wird dann entscheiden, ob sie sie als Beweismittel zulässt. Jetzt solltest du dich mit deinem Anwalt beraten, ob es besser für dich ist, wenn du weiter alles abstreitest, oder ob es ratsam sein könnte, zu kooperieren und uns die Wahrheit zu sagen.«

76

Helena und Kristján traten kurz nach Daníel und Gutti auf den Flur. Ihren Gesichtern nach zu urteilen hatten sie nicht viel aus Sergei herausgekriegt.

»Wie ist es bei euch gelaufen?«, fragte Helena.

Daníel schüttelte den Kopf. »Nichts«, sagte er. »Wir versuchen es morgen noch einmal. Wenn sie merken, dass wir es ernst meinen, werden sie vielleicht gesprächiger.« In diesem Moment öffnete sich die Flurtür und Balvín und Oddsteinn von der Staatsanwaltschaft erschienen.

»Habt ihr zugeguckt?«, fragte Helena. Baldvin nickte. »Eine Glanzleistung war das ja nicht gerade. Was soll das bitte für eine Taktik sein, Daníel, die Vernehmung so schnell zu beenden?«

»Ich habe gespürt, dass sie nichts sagen wird. Und sie scheint sich absolut sicher zu sein, dass wir nichts gegen sie in der Hand haben.«

Oddsteinn seufzte. »Wir haben tatsächlich so gut wie nichts in der Hand«, sagte er. »Das Einzige, was wir aus der Aufnahme ziehen können, ist, dass Sergei sehr wahrscheinlich mit ihr gesprochen hat, weil er mehrmals ihren Namen nennt. Und nach dem, was er sagt, dürfen wir davon ausgehen, dass sie von diesen Frauen in dem Container wusste. Mehr nicht.

Kein Wort davon, dass sie daran beteiligt war. Er sagt bloß am Schluss, dass er das nicht allein durchsteht und sie nach Island kommen muss.«

»Ich bin mir so sicher, dass sie da mit drinsteckt«, sagte Helena. »Wir befragen nachher Bisi als Zeugin, und ich bin mir sicher, dass Sofias Name fallen wird. Das spüre ich.«

»Schön und gut, aber es reicht nicht, etwas zu spüren«, sagte Baldvin in einem väterlichen Ton, der Helena sichtlich nervte. »Das Scheusal dadrinnen hat recht: Wir brauchen stichhaltige Beweise.«

»Ich denke nicht, dass wir eine Verlängerung ihrer Untersuchungshaft durchkriegen«, sagte Baldvin. »Ich würde sogar sagen, wir hatten Glück, sie überhaupt drei Tage lang festhalten zu können. Nutzt diese Zeit.«

»Ja«, sagte Daníel. Oddsteinn hatte recht. »Wir vernehmen sie morgen wieder und versuchen, sie ein bisschen unter Druck zu setzen. Die Leute werden in der Regel kooperativer, je länger sie in Isolationshaft sitzen. Ich lasse sie wissen, dass sie zurück nach Hólmsheiði gebracht wird.«

»Wartet kurz!«, rief Ari Benz, der in diesem Moment den Flur betrat und mit großen Schritten auf sie zulief.

77

Sofia richtete sich auf und saß kerzengerade auf ihrem Stuhl, als sich die Tür hinter Daníel und Ari Benz schloss. Sie sah die beiden Männer mit großen Augen an. Das Grinsen war verschwunden, und sie machte ein ernstes Gesicht.

»Das Diktiergerät muss ausgeschaltet werden«, sagte Ari Benz. Daníel zögerte.

»Es ist aber Vorschrift, dass alle Vernehmungen aufgezeichnet werden und ein Strafverteidiger anwesend ist«, entgegnete Daníel, der an der Tür stehen geblieben war.

»Schon«, sagte Ari Benz, jetzt auf Englisch, »aber das hier sind besondere Umstände.«

Sofia sah Daníel an und lächelte. Ihr Lächeln war echt, von Arroganz keine Spur mehr. Verwirrt blickte Daníel zwischen Ari Benz und Sofia hin und her. Offenbar wussten sie mehr als er.

»Okay«, sagte er. »Aufgrund besonderer Umstände wird die Aufnahme um zwölf Uhr fünfzehn unterbrochen. Im Raum befinden sich – außer der Beschuldigten – Daníel Hansson von der Kriminalpolizei und Ari Benz von der Internationalen Abteilung des Landespolizeipräsidenten.« Er hielt den Zeigefinger in die Luft, damit niemand etwas sagte, bis die App bestätigt hatte, dass die Aufnahme beendet war. Dann setzte er sich zu Sofia an den Tisch, die daran zu zweifeln schien, dass die Aufzeichnung tatsächlich gestoppt worden war, denn sie beugte sich vor und flüsterte so leise, dass Daníel sie kaum verstehen konnte.

»Ich bin Polizistin«, sagte sie. »Ich gehöre einem Ermittlungsteam der französischen Polizei zur organisierten Kriminalität an und bin als Agentin hier und ermittele undercover, Interpol weiß Bescheid.« Daníel war zu perplex, um etwas zu sagen. Er guckte Ari fragend an und erhielt ein Nicken zur Antwort.

»Wieso wussten wir nichts davon?«, fragte Daníel. »Ohne das Wissen des Landespolizeipräsidenten darf hier niemand tätig werden.«

Ari Benz zuckte mit den Achseln. »Ich habe die Information gerade eben erst erhalten«, sagte er. »Ungewöhnlich, es erst zu erfahren, nachdem die Agentin bereits im Land ist, aber es scheint besondere Gründe dafür zu geben.«

»Können wir kurz unter vier Augen sprechen?«, fragte Daníel, stand auf und verließ den Raum. Auf dem Flur warteten Baldvin und Helena gespannt, doch Daníel lief an ihnen vorbei und verschwand im Nachbarraum. Kurz darauf erschien Ari Benz und folgte ihm ebenfalls wortlos unter den fragenden Blicken von Baldvin und Helena.

»Ist das alles nicht irgendwie merkwürdig?«, fragte Daníel. Er hatte schon öfter mit ausländischen Ermittlern zu tun gehabt, aber die waren immer mit Vorlauf angekündigt worden. Und wenn sie verhaftet wurden, war das meist Teil des Plans und geschah im Auftrag der Internationalen Abteilung.

»Schon, oder na ja … sie haben einfach wahnsinnig spät Bescheid gegeben«, sagte Ari Benz. »Ich weihe Baldvin und den Hauptkommissar ein. Die Polizeipräsidentin ist bereits informiert, und weitere Personen müssen im Grunde nichts davon wissen.«

»Ist Sofia mit *agent handler* hier?«

»Ja, ihr Führungsoffizier müsste inzwischen in Island sein und nimmt sie morgen mit. Er hat mir alle Dokumente geschickt.«

»Das heißt, sie ist dann weg? Wir werden sie nicht befragen?«

»Nein. Sie hat kein Verbrechen in Island begangen. Und auch in Frankreich nicht. Sie hat sich einfach nur als angebliche Geliebte von Sergei in diese Verbrecherbande eingeschlichen, die Menschenhandel betreibt. Die französische Polizei will, dass wir sie sofort gehen lassen. Sie sagen, wir kriegen eine Kopie des Berichts, sobald sie ihren Teil der Ermittlungen abgeschlossen haben.« Ari Benz seufzte müde. »Welcome to the world of international policing.«

78

Elín schlürfte einen billigen Beuteltee, den sie aus den Tiefen des Küchenschranks hervorgekramt hatte, und schmeckte nun ganz deutlich, dass Sergei recht hatte: Sein *caravan tea* war tausendmal besser. Es war tatsächlich so, dass man manche Dinge erst zu schätzen wusste, wenn man sie verloren hatte.

Sie hatte kaum geschlafen, sondern den Großteil der Nacht um Sergei geweint und sich im Bett herumgewälzt, das ihr auf einmal viel zu groß vorkam. Aber sie war auch wütend. Und jetzt, wo sie mit ihrem Tee in der Küche saß, spürte sie richtig, dass die Wut wie heiße Lava in ihr brodelte. Sergei hatte ihr nicht nur Informationen über seine Vergangenheit vorenthalten, sondern sie auch eiskalt angelogen. Offenbar war er die ganze Zeit parallel zu ihr noch mit dieser anderen Frau zusammen gewesen. Das verletzte und schmerzte und machte sie rasend vor Wut. Und dann diese Erniedrigung. Anderen Menschen in die Augen zu blicken und zu wissen, dass sie es wussten. Auch ihrem Vater würde sie alles erzählen müssen. Diesen Schock konnte sie ihm nicht verheimlichen. Er sah sowieso immer sofort, wie es ihr ging. Und der Moment würde kommen, in dem er sagte, dass er sie gewarnt habe. Dass er es besser gewusst habe und sie ein Dummchen sei, das sich von einem russischen Verbrecher habe an der Nase herumführen lassen.

Sie schreckte aus diesen Gedanken, als es unten an die Haustür pochte. Elín schlang den Bademantel um sich und band auf dem Weg nach unten den Gürtel enger. Dem energischen, lauten Klopfen nach zu urteilen war das die Polizei. Als sie Sergei gestern abgeholt hatten, hatten sie genauso fest an die Tür geschlagen.

Elín entriegelte die Tür, die im selben Moment aufflog. Ein Mann drückte sie an die Wand, und zwei weitere drängten sich an ihnen vorbei und rannten die Treppe rauf. Sie wollte nach draußen fliehen, doch der Mann hielt sie zurück, indem er seine Hand direkt unter ihrem Hals fest auf ihre Brust drückte.

»No«, sagte er. Elín spürte, wie die glühende Wut tiefer rutschte und in ihrem Bauch zu einem harten Lavabrocken erkaltete, der sie lähmte. Sie kannte einen der Männer, die nach oben gestürmt waren. Er war ein Freund von Sergei und schon mehrere Male auf ein Bier vorbeigekommen. Da war er nett und freundlich zu Elín gewesen. Sie hatte den Männern eine Käseplatte und Kekse serviert, und er hatte sich höflich bedankt und netten Small Talk mit ihr gehalten. Als die beiden jetzt wieder runterkamen und mit ihrem Computer und ihrem Handy an ihr vorbeirauschten, war nichts mit freundlichem Geplauder.

»Ist das sein Computer?«, fragte der Mann, der sie festhielt. Sie schüttelte den Kopf.

»Nein, das ist meiner«, stieß sie hervor. »Die Polizei hat Sergeis Computer.«

»Auch sein Handy?«

Sie nickte, und der Mann ließ sie los und folgte den beiden anderen zu dem Wagen, der mit laufendem Motor vor dem Haus stand. Sofort verspürte Elín den Drang, in ihre Wohnung zu laufen und Daníel anzurufen, doch im nächsten Moment wurde ihr bewusst, dass die Männer das einzige Telefon im Haus mitgenommen hatten, denn das Festnetz nutzte sie schon lange nicht mehr. Sie überlegte, ob sie beim Nachbarn anklopfen und von dort aus anrufen sollte. Aber dann merkte sie, dass sie die Schnauze voll hatte, von Sergei, von der Polizei und allem. Sie brauchte Zeit zum Erholen. Zum Nachdenken. Zum Trauern. Zum Malen.

79

Das halb verkleidete Haus im Leirvogstunga-Viertel sah aus, als würde es im Schneeregen Blut weinen, da unter den Armierungseisen, die in regelmäßigen Abständen aus der Wand ragten, Rostschlieren am Beton herunterliefen. Unwillkürlich blickte Daníel zu dem großen Wohnzimmerfenster, an dem Leonid gestern bei ihrer Abfahrt gestanden hatte. Sein Herzschlag beschleunigte sich, als sich ihre Blicke trafen. Leonid stand an genau derselben Stelle, als ob die Zeit stehen geblieben wäre und Baldvin und er nach ihrem Abschied sofort wieder kehrtgemacht hätten.

Doch als Leonid die Tür öffnete und sie mit derselben Höflichkeit wie am Vortag hereinbat, sah Daníel, dass er anders gekleidet war. Er trug ein Hemd und eine türkise eng gebundene Krawatte. Er war wieder barfuß, und nachdem Daníel trotz Leonids Protests die Schuhe ausgezogen hatte, wusste er auch, warum. Der Boden war angenehm warm unter den Füßen, und Daníel, der sonst nie neidisch war, verspürte den dringenden Wunsch nach einer Fußbodenheizung in seiner Wohnung.

»Nun denn, Kollegen!«, sagte Leonid auf dem Weg ins Wohnzimmer. »Darf ich euch heute irgendetwas anbieten?« Sie schüttelten beide die Köpfe, woraufhin Leonid ihnen keinen Platz anbot, sondern sich mit dem Rücken ans Fenster stellte, die Arme vor der Brust verschränkte und wartete.

»Wir möchten dich nach deiner Verbindung zu gewissen Leuten befragen«, sagte Baldvin, und Daníel gab Leonid einen Ausdruck der Namen, die Áróra ihm am Morgen geschickt hatte. Leonid überflog sie kurz, dann schob er das Kinn vor und grinste.

»Von einigen dieser Leute habe ich schon mal gehört«, sagte er.

»Schon mal gehört?«, wiederholte Baldvin. »Mehr nicht? Mit zweien saßt du in Russland im Gefängnis, einer wurde zusammen mit dir verurteilt.«

»Das war vor allem ein Missverständnis«, sagte Leonid, und das Grinsen wich derselben ausdruckslosen Miene, die sich auch schon bei ihrem letzten Besuch von einem Moment auf den anderen wie ein Schatten auf sein Gesicht gelegt hatte. »Warum schnüffelt ihr in meiner Vergangenheit rum?«

»Nur um zu sehen, ob es Verbindungen zur Gegenwart gibt«, antwortete Baldvin.

»Einmal Verbrecher, immer Verbrecher«, fügte Daníel hinzu und beobachtete, wie die Adern an Leonids Hals anschwollen. Er schob einen Finger unter den Krawattenknoten und lockerte ihn.

»Ich bin nach Island gekommen, um die Vergangenheit hinter mir zu lassen«, sagte Leonid in besonders deutlichem Englisch. »Hier in Island gehe ich nur ehrlichen Geschäften nach.«

»Bist du sicher, dass du die Vergangenheit durch deinen Umzug nach Island nicht nur kompensieren wolltest?«, fragte

Daniel. »Als großer Macker in einem kleinen Land und nicht mehr nur als kleiner Macker in einem großen Land?«

»Ich weiß nicht, was du mit Macker meinst. Ich habe keine Ahnung, worauf ihr hinauswollt.« Leonid schüttelte den Kopf und rang sich ein Lächeln ab.

»Du hattest jahrelang enorme Geldeingänge auf deinen Konten«, erklärte Baldvin. »Und plötzlich nichts mehr. Möglicherweise bist du in Ungnade gefallen bei irgendeinem großen Macker da draußen, für den du ... wie soll ich sagen ... sauber gemacht hast?«

»Wenn du mir Geldwäsche vorwerfen willst, dann bitte direkt und mit Beweisen«, entgegnete Leonid, und sein Lächeln verschwand wieder im Schatten der Ausdruckslosigkeit. »Aber Daniels kleine Freundin hier hat mir vor Kurzem ein lukratives Geschäft vermasselt, und seitdem ist mein Einkommen nicht mehr dasselbe.«

»Bitte?«, sagte Baldvin und sah fragend Daniel an.

80

Áróra hatte zwei fünfminütige Planks absolviert und bereitete sich gerade auf die dritte Einheit vor, als Daníel anrief.
Ihre Hand war so schweißnass, dass ihr das Handy entglitt,
und sie musste die Handfläche an ihrer Hose trocken reiben,
ehe sie es vom Boden aufheben konnte. Sie hatte den Anruf
schon versehentlich angenommen, bevor ihr das Handy runtergefallen war, denn als sie es sich ans verschwitzte Ohr hielt,
war Daníel bereits mitten in einem Vortrag. Der nach einer
ordentlichen Standpauke klang.

»Entschuldige«, unterbrach sie ihn. »Könntest du noch mal
von vorne anfangen? Ich habe den Anfang verpasst.«

»Soll das ein Scherz sein?«, fragte er und wirkte ernsthaft
gereizt.

»Ähm, nein. Mir ist das Handy runtergefallen, und dabei
bin ich versehentlich rangegangen.« Am anderen Ende der
Leitung herrschte Stille; Áróra dachte schon, er hätte aufgelegt. »Hallo?«, sagte sie. Daníel seufzte.

»Ich habe gerade erfahren, dass du versucht hast, die russische Mafia an der Nase herumzuführen«, sagte er. »Was hast
du dir dabei gedacht? Du musst verrückt sein.«

»Warum überrascht dich das so?«, entgegnete Áróra. »Das
habe ich dir doch erzählt.«

»Hä?«

»Ich habe dir doch gesagt, dass Sergei und seine Kumpels in meiner Wohnung waren und einer von denen mich gewürgt und mir klargemacht hat, dass es keine gute Idee ist, der Steuerfahndung Informationen zuzuspielen.«

»Moment mal ...« Daníel zögerte. »War einer von diesen Kumpels ein gewisser Leonid Kuznetsov?«

»Ja«, sagte Áróra. Einen Moment lang war von Daníel nichts zu hören und dann ein Geräusch, das wie eine Art Knurren klang.

»Es wäre gut gewesen, das zu wissen!«, zischte er. »Ab sofort will ich keine Informationen mehr von dir erhalten, wenn du mir die Hälfte verschweigst! Das bringt mich – gelinde gesagt – in merkwürdige Situationen!«

Nachdem sie aufgelegt hatte, machte Áróra noch drei weitere Fünf-Minuten-Planks, bis der Schweiß wieder lief. Daníel war echt unverschämt! Woher sollte sie wissen, was er wann hören wollte? Auch sie bekam von ihm nicht alle Informationen. Wie sollte sie ahnen, welche Verbindungen sich in seinen Ermittlungen auftaten? Dennoch war sie froh, dass sie nur wortlos aufgelegt und nicht zurückgekeift hatte. Es war immer besser, wenn man die Ruhe bewahrte. Das hatte sie von ihrem Vater gelernt. *Sosehr du deine Wut auch hinausbrüllen willst, so froh wirst du hinterher sein, dass du dich zurückgehalten hast.*

81

Sofort nachdem er aufgelegt hatte, ärgerte sich Daníel, dass er Áróra so angefahren hatte. Oder vielmehr: nachdem sie aufgelegt hatte. Er war sich nicht sicher, ob alles bei ihr angekommen war, was er am Ende des Gesprächs noch gesagt hatte. Er wusste, dass er sie anrufen und um Entschuldigung bitten musste und dass er das am besten sofort hinter sich brachte.

Zumal es nicht nur darum ging, sein schlechtes Gewissen zu beruhigen. Ihm war klar geworden, dass Áróra eine Schlüsselrolle spielte und es gut sein konnte, dass sie sie für die Ermittlungen brauchten. Denn Áróra konnte eine Verbindung zwischen Leonid und Sergei herstellen. Und damit war klar, dass er nicht nur als Vermieter der Werkstatt in Kópavogur in den Fall verwickelt war. Áróra hatte die beiden zusammen erlebt, und wenn sie das in einer offiziellen Zeugenbefragung schilderte, hätten sie einen Grund, Leonid zur Vernehmung auf die Wache zu holen. Daníel freute sich schon jetzt darauf zu beobachten, wie das spöttische Grinsen von seinem Gesicht wich, wenn er im Vernehmungsraum ins Schwitzen geriet.

Baldvin lenkte den Wagen in eine freie Lücke auf dem Parkplatz hinter der Wache, und sie stiegen aus. Es hatte wieder zu schneien begonnen, und die Flocken legten sich als hauchzarte Schicht auf die Fahrzeuge, die beim kleinsten Windstoß sofort davongeweht würde.

»Soll ich sie anrufen, diese Áróra, und herbitten, damit sie offiziell bestätigt, dass sie Leonid und Sergei zusammen gesehen hat?«, fragte Baldvin. Daníel hatte ihm auf der Rückfahrt von Mosfellsbær zur Wache alles erklärt, und Baldvin konnte nicht nachvollziehen, dass Daníel geknickt war, weil er ein wenig die Stimme erhoben hatte, wie er selbst es formulierte. Wobei Daníel ihm auch nicht gesagt hatte, dass Áróra ihm auf besondere Weise am Herzen lag und es schon immer zwischen ihnen geknistert hatte.

»Nein, ist schon gut«, sagte Daníel schnell. »Ich kümmere mich darum.« Weiter kamen sie nicht, denn in diesem Moment klingelte Daníels Handy. Er blieb vor der Tür stehen und winkte Baldvin zu, der hineinging. Am Telefon war Ari Benz.

»Da ist vielleicht noch eine Sache, die wir uns ansehen sollten, bevor wir Sofia gehen lassen«, sagte er.

Daníels Herzschlag beschleunigte sich. »Zu spät«, sagte er. »Sie wurde schon freigelassen. Woran denkst du?«

»Ich habe mir noch einmal die alten Ermittlungsakten der französischen Polizei angesehen«, sagte Ari Benz. Daníel hörte seine Computermaus klicken. »Und es kommt mir komisch vor, dass Sofia Ivanova an den Ermittlungen zum Tod von Sergeis Frau beteiligt war.«

»Was?«, sagte Daníel, trat einige Schritte auf den Hof hinaus und ließ die Schneeflocken auf seinem Gesicht landen, während ihm ganz langsam dämmerte, was diese Entdeckung von Ari Benz bedeutete.

»Ja. Schon ein bisschen komisch«, sagte Ari. »Ich verstehe nicht, wie sie als verdeckte Ermittlerin tätig sein soll, wenn Sergei und vermutlich auch die anderen Kriminellen wissen, dass sie Polizistin ist.«

82

Gurrí, die diensthabende Mitarbeiterin des Frauenhauses, war völlig aufgelöst, als sie Helena hereinließ, wobei sie versuchte, ruhig zu bleiben und leise zu reden, um die Bewohnerinnen nicht zu stören. Aus dem Haus waren spielende Kinder zu hören, irgendwo lief ein Radio, und es duftete nach geröstetem Toastbrot. Fast hatte Helena das Gefühl, sie wäre in ein ganz normales Zuhause gekommen, an einem normalen Tag voller Leben und Freude.

»Danke, dass du so schnell hergekommen bist«, sagte Gurrí und fuhr sich nervös durch die Haare.

»Kein Problem«, sagte Helena. »Ich war sowieso schon auf dem Weg, um Bisi zur Vernehmung abzuholen. Erzähl mir bitte noch einmal, was du vorhin am Telefon gesagt hast.«

»Ich weiß nicht, ob es ein Missverständnis gibt, aber vorhin kam eine Polizistin und hat sie abgeholt. Eine französische Polizistin.« Helena spürte, wie ihr am Rücken der Schweiß ausbrach. Ihr fiel nur eine französische Frau ein, die Bisi abgeholt haben konnte. Sie tastete in der Tasche nach ihrem Handy, rief das Vernehmungsfoto von Sofia auf LÖKE auf und hielt es Gurrí vor die Nase.

»Ist das die Frau, die sie abgeholt hat?«

»Ja.«

»Fuck!«, rief Helena. »Und wo war der Polizeischutz? Wo war der Polizist, der auf sie aufpassen sollte?«

»Er hat sich ihren Ausweis und irgendeinen internationalen Wisch angesehen, in dem stand, dass sie Bisi mitnehmen darf, und dann hat er Bisi gesagt, dass sie mitgehen muss. Bisi hat richtig Panik gekriegt, als sie die Frau gesehen und erfahren hat, dass sie mit ihr gehen soll. Sie hat geweint und wollte nicht, hat sich an mir festgekrallt. Das war ganz furchtbar. Am Ende hat der Polizist der Französin seine Handschellen gegeben, und sie hat Bisi damit abgeführt. Der Polizist meinte, das habe alles seine Ordnung, dann ist er gegangen, und die Frau hat Bisi in ein Auto gezerrt. Diesen Angstschrei werde ich nie vergessen. Das war wirklich alles total merkwürdig.«

Gurrís Sorge wurde noch größer, als sie sah, dass Helena mit zitternden Fingern Daníels Nummer aufrief.

»Ich wusste wirklich nicht, was ich davon halten sollte. Niemand von der Polizei hat uns darüber informiert, dass sie abgeholt wird. Und als Bisi mich zum Abschied umarmt hat, hat sie mir zugeflüstert, dass ich dich anrufen und bitten soll, ihr zu helfen.«

Helena merkte selbst, wie laut sie sprach, als Daníel ranging.

»Kann es sein, dass Sofia entwischt ist? Dass sie mit Dienstausweis herumläuft und sich als Polizistin ausgibt?«

»Ja«, sagte Daníel. »Sie ist wohl eine Undercover-Agentin, ermittelt in Sachen Menschenhandel für die französische Polizei. Die Franzosen haben uns aufgefordert, sie sofort freizulassen, das haben wir gemacht. Aber jetzt habe ich neue

Informationen erhalten, die mich etwas irritieren. Warum fragst du?«

»Sie hat Bisi abgeholt und ist mit ihr auf und davon.«

Am anderen Ende der Leitung herrschte Schweigen. Als Daníel wieder das Wort ergriff, klang seine Stimme dunkel und schwer.

»Verdammte Scheiße. Wir dürfen unsere Zeugin nicht verlieren!«

»Ich weiß«, sagte Helena. Sie hörte Daníels schnellen Atem und ein hastiges Klackern; vermutlich sprintete er die Treppe zur Wache hinauf.

»Sieh dir die Aufnahmen der Überwachungskameras von der Unterkunft an«, keuchte er. »Wir brauchen eine Beschreibung ihres Wagens. Ich gebe sofort eine Suchmeldung raus.«

»Was zum Teufel ist hier los, Daníel? Ist diese Sofia nun Polizistin oder nicht?« Sie hörte, dass er stehen blieb und Luft holte.

»Sie ist Polizistin«, sagte er. »Aber ich befürchte, eine korrupte Polizistin.«

Helena schloss die Augen. Die ganzen Ermittlungen fielen wie ein Kartenhaus in sich zusammen. Ohne Bisi hatten sie nicht genügend Beweise in den Händen. Wenn sie Bisi doch schon vernommen hätte. Sie hätte mehr Druck ausüben müssen, dass sie das schnell erledigten. Am liebsten wäre Helena nach draußen gestürzt und hätte sich die Seele aus dem Leib geschrien. Stattdessen stieß sie nur einen kleinen Seufzer aus und zischte zwischen zusammengebissenen Zähnen: »Fuck, fuck, fuck, fuck!«

83

Helena war in Rekordzeit am Flughafen, nachdem sie sich mit Blaulicht und Sirene Vorfahrt verschafft und den Wagen an seine Grenzen gebracht hatte. In diesem Moment hätte sie sich ein noch schnelleres Fahrzeug gewünscht. Die Flotte der Polizei war ganz schön in die Jahre gekommen, und die neuesten PS-starken Autos waren der Verkehrspolizei vorbehalten. Normalerweise standen wilde Verfolgungsjagden bei der Kriminalpolizei aber auch nicht auf der Tagesordnung. Nachdem sie mithilfe der Überwachungskamera Sofias Wagen identifiziert hatten, hatte Daníel sofort die Kollegen in Keflavík und am Flughafen mobilisiert. Und auf das Foto und die Beschreibung des Wagens kam quasi sofort die Meldung zurück, dass der Wagen Hafnarfjörður verlassen habe und in Richtung Suðurnes unterwegs sei.

Es handelte sich um einen Mietwagen, den Sofia sich schon vor ihrer Verhaftung organisiert hatte. Die Keflavíker Polizei hatte ihn bereits auf dem Kurzzeitparkplatz am Flughafen entdeckt, doch der Flughafenpolizei war es noch nicht gelungen, Sofia und Bisi im Terminal aufzuspüren.

Während der Fahrt hörte Helena per Konferenzschaltung die Gespräche mit, die Daníel führte.

»Vor zwanzig Minuten sind sie durch die Sicherheitskontrolle«, sagte der Kollege von der Flughafenpolizei. »Aber jetzt sind sie nirgends zu finden. Es ist viel los hier, daher ist es schwer, sie über die Sicherheitskameras ausfindig zu machen. Die Kollegen vom Zoll helfen uns, alles abzusuchen.« Helena bekam die Fliehkraft zu spüren, als sie die letzte Kurve nahm. Sie hielt direkt vor der Abflughalle, ließ den Wagen mit Blaulicht auf dem Gehweg stehen und sprintete in das Gebäude.

»Lasst mich rein!«, schrie sie ins Handy, während sich die Weihnachtslieder in ihrem Kopf zu einem chaotischen Medley vermischten, viel zu schnell und alle gleichzeitig, wobei »Jingle Bells, Jingle Bells« das Einzige war, was sie aus dem Lärm heraushörte. »Lasst mich sofort in den Sicherheitsbereich!« Es war oft mit Scherereien verbunden, wenn Polizisten auf die Luftseite des Flughafens wollten, ins Reich der Flughafenpolizei, und als Helena die Treppe hinaufkam, sah sie sofort, dass ihre Befürchtung begründet war. Der Security-Mann baute sich wie eine Mauer vor ihr auf. Mit verschränkten Armen trat er vor sie und sah sie trotzig an. Jingle fucking bells.

»Ich bin nicht befugt, dich reinzulassen«, sagte er und tat so, als nähme er den Ausweis nicht wahr, mit dem Helena vor seiner Nase herumfuchtelte.

»Die Flughafenpolizei weiß, dass ich komme«, keuchte Helena. »Wir sind hinter Leuten her, die das Land nicht verlassen dürfen.«

»Mhm«, brummte er und sah sie weiter an, ohne sich von der Stelle zu rühren. Helena nahm ihr Handy und wollte gerade wieder Daniel anrufen, als sie erleichtert sah, dass ein junger Polizist auf sie zugelaufen kam.

»Helena?«, rief er. Sie hielt ihren Ausweis hoch, und dann hechteten sie gemeinsam an der Sicherheitskontrolle vorbei durch den Mitarbeiterflur zu dem großen Gang in Richtung Gates.

84

»Wir haben das gesamte Flughafengelände abgesucht, bis zum letzten Gate«, sagte der junge Flughafenpolizist, während sie durch den langen Gang eilten und die vielen Reisenden abscannten, an denen sie vorbeikamen. »Die eine ist groß und schwarz und die andere klein und weiß?«

»Ja, so ungefähr«, sagte Helena. »Es müssten schon Fotos von ihnen in eurem System sein, ihre Namen sind Sofia und Bisi.«

»Die Mitarbeiter an allen Gates sind informiert, es besteht also keine Gefahr, dass sie das Land verlassen«, sagte der Polizist. »Solange wir suchen, geht niemand an Bord.«

»Okay, gut«, sagte Helena. »Aber wir haben Sorge, dass die eine der anderen etwas antun könnte, da sie eine wichtige Zeugin in einem Fall ist, in den Erstere verwickelt ist.«

»Ja, okay«, antwortete er und musterte weiter die Gesichter der Menschen, die ihnen entgegenkamen. Sie waren inzwischen an Gate D angelangt, wo zahlreiche Polizisten und Zollbeamte die Leute beobachteten, die aus den gelandeten Maschinen ins Gebäude strömten oder in die andere Richtung zu den Gates gingen. Helena sah sich um. Wenn sie bis hier gekommen waren und all die Uniformierten gesehen hatten, wäre Sofia sicher alarmiert gewesen. Und hätte vielleicht sogar kehrtgemacht. Aber dann hätten sie ihnen begegnen müssen. Sie ließ den Blick schweifen und blieb an zwei Türen gegenüber von Gate D hängen.

»Wurden die Toiletten kontrolliert?«

»Ja, die Mädels vom Zoll haben alle Damen-WCs kontrolliert.«

»Und die Männerklos?«

»Die Herren-WCs?« Der Polizist guckte etwas ratlos. »Tja, ich denke mal …«

Helena wartete nicht das Ende seines Satzes ab, sondern stürzte auf die Herrentoilettentür zu. »Schnapp dir zwei starke Kollegen als Verstärkung!«, rief sie ihm zu, ohne sich noch einmal umzudrehen und sicherzugehen, dass er sie gehört hatte.

Vor der Tür hielt sie kurz inne, dann drückte sie sie langsam auf und schaute hinein. Ein Mann stand am Waschbecken und wusch sich die Hände, ansonsten war niemand zu sehen. Helena hielt ihren Ausweis hoch, legte einen Finger auf die Lippen und gab dem Mann ein Zeichen, dass er den Raum verlassen sollte. Mit noch nassen Händen schnappte sich der erschrockene Kerl seine Tasche und schlüpfte an ihr vorbei nach draußen.

Leise lief Helena zu den zwei Toilettenkabinen. Beide Türen waren zu, aber laut der grünen Besetzt-Anzeige nicht abgeschlossen. Helena setzte ruhig die Fersen auf und rollte langsam ab, sodass ihre Schritte nicht zu hören waren. Vorsichtig drückte sie die Tür der ersten Kabine auf – niemand drin. Sie ging einen Schritt weiter und drückte gegen die zweite Tür, noch einmal fester, doch da war ein Widerstand. Sie hielt inne und überlegte, ob sie sich mit der Schulter dagegen stemmen oder auf Verstärkung warten sollte. Doch bevor sie zu einem Ergebnis kam, flog plötzlich die Tür auf, Sofia verpasste ihr einen Kinnhaken, sie verlor das Gleichgewicht, taumelte zurück, prallte im Sturz gegen das Pissoir, und alles wurde schwarz.

Einen Moment später kam sie wieder zu sich. Sie saß aufrecht auf dem Boden, obwohl sie sich nicht erinnern konnte, sich aufgesetzt zu haben, und die Toilette war voller Menschen. Eine Frau im Zoll-Pullover kniete neben ihr und drückte ihr ein kaltes Handtuch in den Nacken. Ein paar Schritte entfernt stand Sofia in Handschellen und diskutierte mit dem Polizisten, der sie festhielt.

»I am police officer«, beteuerte sie immer wieder. »Ich bin von der französischen Polizei. Ihr könnt mich nicht verhaften.« Der Polizist hielt zwei Pässe in der Hand, einen weinroten und einen grünen.

»Sie hatte beide Pässe«, sagte er zu Helena, die sich aufrappelte und sich dabei an der Wand abstützen musste, da ihr sofort schwindelig wurde. »Sie selbst ist Französin, die andere Frau Nigerianerin.«

Bisi war nirgends zu sehen. Der junge Polizist zeigte auf die geschlossene Toilettentür, an der jetzt das rote Besetzt-Zeichen zu sehen war.

»Sie will nicht rauskommen«, sagte er. »Sie sitzt da und weint. Scheint völlig zugedröhnt zu sein.« Helena atmete tief ein und wieder aus, um den Schwindel in den Griff zu kriegen. Dann klopfte sie an die Tür.

»Bisi«, rief sie leise. »Hier ist Helena. Komm raus, jetzt wird alles gut.«

Die Tür öffnete sich einen Spalt, und Bisis angsterfülltes Gesicht kam zum Vorschein. Als sie Helena sah, kam sie heraus, auf wackligen Beinen. Im nächsten Moment erblickte sie Sofia, zuckte zusammen und warf sich Helena an den Hals. Dadurch geriet auch diese wieder ins Wanken, doch die beiden Frauen hielten einander fest.

»Schick mich nicht mit Fifi weg«, hauchte Bisi ihr ängstlich ins Ohr. »Sie hat uns in den Container gesteckt.«

85

»Das Gebrüll von Männern hat mich aus der Kältestarre geris-
sen«, berichtete Bisi, die sich bereit erklärt hatte, eine Aussage
zu machen, sobald die ärztliche Untersuchung abgeschlossen
war. Der Arzt hatte ihr ein Gegenmittel in die Nase gesprüht,
das die benebelnde Wirkung der Medikamente aufhob, die
Sofia ihr verabreicht hatte. Daníel hatte auf der Wache alles
in die Wege geleitet, hatte Staatsanwalt Oddsteinn gerufen
und Bisis Anwältin Elva, während eine Keflavíker Polizistin
Helena und Bisi vom Gesundheitszentrum in Keflavík abgeholt und nach Reykjavík gefahren hatte.

Zwei Stunden lang hatten sie sich angehört, wie die ratlo-
se, hilflose Bisi in Paris in die Fänge von Sofia und ihren Kumpanen geraten war, wie diese skrupellosen Leute die arglosen
Frauen in den Container gelockt und wie Bisi den furchtbaren Aufenthalt dort durchgestanden hatte. Ihre Schilderung
untermauerte das Untersuchungsergebnis der Rechtsmedizinerin, dass drei der Frauen – Jia Li, Marsela und Nadiya –
an Unterkühlung gestorben waren. Das Schicksal von Clara
jedoch, der Frau mit der Kopfverletzung, war immer noch unklar.

»Glaubst du, dass Clara noch lebte, als der Container geöffnet wurde?«, fragte Daníel.

Bisi nickte. »Ich glaube das nicht«, entgegnete sie. »Ich weiß es.«

»Woher weißt du das?«, hakte Daníel vorsichtig nach, doch sein milder Tonfall reichte nicht aus. Bisi sprang auf und lief hektisch im Raum auf und ab.

»Warum glaubst du mir nicht?«, schrie sie. »Warum hörst du nicht einfach zu und glaubst, was ich sage? Du hast uns in dem Container gefunden, oder? Du hast doch gesehen, wie es war!« Daníel hob beschwichtigend die Hände.

»Ich glaube dir, Bisi«, sagte er mit ruhiger Stimme. »Ich glaube dir.« Das war das dritte Mal während der Vernehmung, dass sie so aufgesprungen war. »Und ja, ich war der erste Ermittler vor Ort, ich habe die Umstände gesehen und bemerkt, dass du lebst. Ich habe die toten Frauen gesehen, und auch du lagst bei ihnen, und als ich bemerkt habe, dass du nicht tot bist, hat sich der Horror für einen kurzen Moment in Hoffnung gewandelt.«

Bisi blieb stehen, verschränkte die Arme vor der Brust und sah Daníel misstrauisch an.

Daníel nahm unauffällig sein Handy und schrieb unterm Tisch eine Nachricht an Helena, der das Entsetzen ins Gesicht geschrieben war. *PTBS*, schrieb er, *nach traumatischen Erlebnissen reagieren Menschen manchmal so auf den kleinsten Zweifel.* Er sah, dass Helena die Nachricht las und fast unmerklich nickte. Sie hatte die gesamte Zeit über still neben ihm gesessen. Vor der Vernehmung hatte er sie gefragt, ob sie sich nicht ausruhen wolle, nachdem der Arzt in Keflavík eine leichte Gehirnerschütterung bei ihr festgestellt hatte. Doch sie wollte unbedingt dabei sein, und Daníel hatte entschieden, weder den Hauptkommissar noch Baldvin über den Zwischenfall auf der Herrentoilette in Kenntnis zu setzen. Wenn man sich so in einen Fall reingehängt hatte, musste man einfach bis zuletzt dabei bleiben. Dann konnte man nicht zu Hause sitzen und auf Neuigkeiten warten.

»Der Grund dafür, dass Daníel so nachbohrt«, erklärte Helena ruhig, »ist, dass wir alles ganz genau dokumentiert haben müssen, wenn den Verbrechern der Prozess gemacht wird. Es dürfen keine Fragen mehr offen sein.«

Die Anwältin, Elva, zog Bisis Stuhl vom Tisch zurück und bat sie, sich wieder zu setzen. »Bringen wir es hinter uns, Bisi«, sagte sie. »Ich weiß, dass jetzt ein besonders schwieriges Kapitel kommt, aber Daníel und Helena müssen die ganze Geschichte hören, und zwar so, wie du sie mir heute früh erzählt hast.«

Bisi setzte sich und holte tief Luft. »Clara hatte sich bemerkbar gemacht«, sagte sie. »Das war Zufall, ich hätte genauso gut um Wasser bitten können. Aber es war Clara. Sie hat sich aufgesetzt und nach Wasser und um Hilfe gerufen. Der Mann, der am lautesten gebrüllt hat, ist aus dem Container gestürzt, und dann kamen sie zu zweit zurück, immer noch brüllend, und dann hat einer von ihnen Clara eine Art Eisenrohr an den Kopf geschlagen. Zweimal. Fest. So fest, dass ich hören konnte, wie ihr Schädel bricht.« Bisi schloss die Augen und zuckte zusammen, zweimal, als erlebte sie diese furchtbare Situation noch einmal. »Und ich habe nichts getan«, flüsterte sie. »Sie haben meine Freundin getötet, und ich habe nichts getan. Ich habe es nicht gewagt aufzustehen, sondern bin still liegen geblieben und habe mich totgestellt, damit sie mich nicht auch noch umbringen.«

86

Bisi beugte sich über den Tisch und studierte die Fotos der Männer. Es waren Bilder von Sergei, dem immer noch verschwundenen Valur, von einigen alten Bekannten der Polizei und ein paar Polizisten. Elva saß neben Bisi und flüsterte ihr zu, sie solle sich die Zeit nehmen, die sie brauche, um sicher zu sein, während Daníel und Helena sich auf der anderen Seite des Tisches zurückhalten mussten, sie nicht anzutreiben. Helena nahm ein leichtes Zittern von Daníel wahr, der neben ihr saß und fast unmerklich mit dem Bein zuckte, als wäre diese kleine Bewegung ein Ventil für die Spannung, die sich in ihm angestaut hatte. Ihr ging es genauso, nur dass ihr Ventil das Weihnachtslied war, das sie seit dem Flughafen in Dauerschleife hörte. *Jingle Bells.* Aus irgendeinem Grund hörte sie den Text jedoch auf Isländisch, und es ging um eine Katze auf Mäusejagd: *Kätzchen, schnell, Kätzchen, schnell, fang dir eine Maus,* sang es in Helenas Kopf.

Endlich legte Bisi den Finger auf eines der Fotos.

»Der war da«, sagte sie und zeigte auf Valur. »Und der da.« Sie zeigte auf Sergei. Helena seufzte leise auf, und das Weihnachtslied in ihrem Kopf verstummte. Es wäre schlimm gewesen, wenn Bisi die Männer nicht richtig gesehen hätte oder sich nicht gut genug an sie erinnern könnte, um sie auf einem

Foto zu identifizieren. Noch schlimmer wäre es gewesen, wenn sie auf einen der Polizisten gezeigt hätte. So etwas war schon vorgekommen bei Fällen, die sie als völlig klar eingeschätzt hatten. Das Gedächtnis der Menschen war unberechenbar. Wer lange genug ein Gesicht betrachtete, konnte irgendwann tatsächlich meinen, diese Person zu kennen.

»Siehst du noch andere Personen, die dir bekannt vorkommen?«, fragte Daniel, und Helena wusste, dass er hoffte, sie würde auf Leonid zeigen.

Doch Bisi schüttelte den Kopf. »Nur diese beiden«, sagte sie und zog die Fotos von Valur und Sergei zu sich heran. »Der da hat den Container geöffnet«, sagte sie und legte einen Finger auf das Foto von Valur. »Und der hier hat die ganze Zeit rumgeschrien«, sagte sie und zeigte auf Sergei.

»War einer der beiden derjenige, der Clara mit dem Eisenrohr geschlagen hat?«, fragte Helena, die es irgendwie passend fand, in diesem Moment einen heftigen Schmerz im Nacken zu spüren.

»Nein«, sagte Bisi.

»Ich frage noch einmal, weil wir eine klare Aussage brauchen«, sagte Daniel. »Du bist dir ganz sicher, dass keiner der beiden Clara geschlagen hat?«

»Ganz sicher«, antwortete Bisi. »Von dem Mann ist kein Foto dabei.« Sie nahm das Bild von Sergei in die Hand, sah es sich an und gab es dann Helena. »Der hier hat geschrien, als Clara sich aufgerichtet hat, und ist aus dem Container gestürmt. Dann kam er mit einem anderen Mann zurück und hat so lange geschrien, bis er Clara mit dem Rohr geschlagen hat. Dann ging die Tür zu, und ich habe versucht, Clara zu mir heranzuziehen, ganz dicht, in der Hoffnung, noch Lebenszeichen zu finden, aber sie war schon tot. Ich bin mir ganz sicher. Danach weiß ich nichts mehr, bis du den Container geöffnet hast«, sagte sie und sah Daníel an. »Und dann bin ich im Krankenhaus wieder zu mir gekommen.«

Die Handys von Helena und Daníel leuchteten gleichzeitig auf, als eine Nachricht von Oddsteinn ankam, in der er sie bat, vor die Tür zu kommen. Daníel stand auf, und auch Helena erhob sich.

»Einen Moment«, sagte sie zu Bisi. »Wir sind gleich fertig.«

Vor der Tür standen Oddsteinn und Baldvin.

»Die beiden Männer, die sie identifiziert hat, entsprechen unseren Ermittlungsergebnissen«, sagte Oddsteinn. »Langsam scheint sich alles zu fügen.«

»Ja«, sagte Daníel.

»Ich weiß, du hattest gehofft, Leonid auf die Schliche zu kommen«, sagte Baldvin.

»Aber was nicht ist, ist nicht«, sagte Oddsteinn. Das war eine Lieblingswendung aus seiner großen Sammlung selbsterdachter Phrasen.

»Und wir haben keinerlei Anhaltspunkt, wer derjenige sein könnte, der Clara erschlagen hat«, gab Daníel zu bedenken. »Weder Valur noch Sergei werden diesen Mann verraten. Aber ich musste auf einmal wieder an das denken, was Lárentínus, der Lastwagenfahrer, bei meinem Besuch in Hólmsheiði gesagt hat.«

»Was hat er gesagt?«, hakte Helena nach.

»Er sagte, es belaste ihn, dass jemand in seinem Wagen gestorben sei. Er hat nicht gesagt, dass es ihm nahegeht, mit mehreren toten Frauen herumgefahren zu sein, sondern dass jemand in seinem Wagen gestorben ist. Das passt zu Bisis Aussage, dass Clara getötet wurde, während der Container auf dem Hof stand. Also müsste es Valur, Sergei oder der dritte Mann gewesen sein.«

»Oder …« Helena beendete ihren Satz nicht, denn der Gedanke, der ihr kam, hatte sich noch nicht richtig geformt. Aber er hatte mit Bisis Beschreibung von dem schreienden Sergei zu tun, als er mit dem dritten Mann zurück in den Container kam.

»Ich muss kurz eine Sache prüfen«, sagte sie und ließ die drei verdutzten Männer auf dem Flur stehen, während sie wieder im Vernehmungsraum verschwand. »Bisi«, sagte sie schon im Hereinkommen. »Wenn du sagst, dieser Mann hat die ganze Zeit rumgeschrien«, begann sie und zeigte auf das Foto von Sergei. »Meinst du damit, er hat Clara angeschrien, hat er einfach so rumgebrüllt, oder hat er den anderen Mann angeschrien?« Bisis Antwort kam sofort.

»Den Mann«, sagte sie. »Er hat den Mann angeschrien.«

»Weißt du, in welcher Sprache?«

»Ich war so benommen und verängstigt, dass ich nicht alles verstanden habe, aber was ich gehört habe, war auf Englisch.«

»Auf Englisch? Nicht Russisch oder Isländisch?«

»Nein, Englisch«, sagte Bisi. »Er hat *hit her* gebrüllt, *hit the fucking bitch*. Ich glaube, der Mann wollte Clara gar nicht töten. Aber der da«, sie zeigte wieder auf Sergei, »der hat ihn angeschrien, immer lauter und direkt in sein Gesicht, bis er sie geschlagen hat.« Helena machte auf dem Absatz kehrt, verließ den Raum und ging zu den drei Männern, die noch auf dem Flur zusammenstanden.

»Es war Lárentínus«, sagte sie. »Ich glaube, es war Lárentínus, der Lastwagenfahrer, der Clara totgeschlagen hat.«

87

Daníel konnte nicht verbergen, wie fertig er war, als Elín ihm die Tür öffnete und ihn in ihr Atelier führte.

»Du siehst genauso aus, wie ich mich fühle«, sagte sie und drückte ihn an sich.

»Ich komme gerade von Hólmsheiði, wo ich einem jungen Mann mitteilen musste, dass er Beschuldigter im Container-Fall ist«, seufzte er.

»Ach Mensch«, sagte Elín. »Das war sicher nicht einfach.«

Daníel nickte. Lárentínus war vor ihm auf die Knie gesunken und hatte geweint und beteuert, dass er das alles schon viel früher gestehen wollte, aber gleichzeitig gehofft habe, dass die Polizei nie ganz auflösen würde, was auf dem Hinterhof in Kópavogur in dem Container passiert war. Daníel hatte Mitleid mit dem armen Kerl, der am liebsten sofort sein Gewissen erleichtert hätte, doch er riet ihm, sich erst mit seinem Anwalt zu beraten. Bei der offiziellen Vernehmung könnten sie dann über alles reden.

»Du siehst aber ganz wie die Alte aus«, sagte er und lächelte Elín an. Sie hatte einen grünen Pinselstrich auf der Wange und einen schwarzen Klecks auf der Stirn, und ihre Haare standen in alle Richtungen, wie immer, wenn sie arbeitete.

»Ich will mich da durchmalen«, sagte sie. »Papa sagt, ich

soll die Trauer und die Wut nutzen und diese Energie in meine kreative Arbeit fließen lassen, das wird mir helfen. Er hat recht.« Daníel sah sich um. Elín arbeitete an mehreren Bildern gleichzeitig, einige standen auf Staffeleien, andere lagen einfach auf dem Boden, und in der Luft hing ein schwerer Ölgeruch. Rot und Schwarz waren die Farben, die am meisten ins Auge stachen.

»Sergei hat ihn dazu gezwungen«, sagte Daníel. »Er hat den zu Tode geängstigten Lkw-Fahrer angeschrien und ihm befohlen, dem Mädchen mit einem Eisenrohr auf den Kopf zu schlagen.« Elín ließ sich auf einen Stuhl fallen und wischte sich mit dem Ärmel ihres Arbeitskittels über die Augen. Sie schüttelte resigniert den Kopf.

»Inzwischen überrascht mich nichts mehr, was ich über Sergei höre. Ich traue ihm buchstäblich alles zu.«

»Ich befürchte, da hast du allen Grund zu, meine Liebe.« Er zog einen Hocker zu sich heran, der einigermaßen frei von Farbspritzern zu sein schien, und setzte sich ebenfalls. »Wir sind immer noch dabei, die ganze Wahrheit über Sergei zusammenzupuzzeln«, sagte er. »Der Grund dafür, weshalb er seinerzeit Russland verlassen hat, war der plötzliche Tod seiner Mutter. Sie ist an einer Überdosis Medikamente gestorben, und die Polizei hatte Sergei in Verdacht, sie ihr verabreicht zu haben. Er war der einzige Erbe seiner Mutter, genau wie er später der einzige Erbe seiner französischen Frau war, die ebenfalls unter seltsamen Umständen ums Leben gekommen ist.« Daníel verstummte. Er nahm Elíns Hand und drückte sie fest, während sie beide vermutlich dasselbe dachten. Wie wäre es ihr ergangen, wenn sie Sergei geheiratet hätte? Elín schniefte ein paarmal und wischte sich erneut mit dem Ärmel über die Augen.

»Wie sehr kann man sich in einem Menschen täuschen?«, seufzte sie.

88

Gurrí vom Frauenhaus drückte Bisi an sich, nachdem Helena sie endlich dazu gebracht hatte hineinzugehen. Sie war einfach zu fasziniert von dem Schnee, der in dicken Flocken vom Himmel schwebte. Sie hielt ihr Gesicht in die wirbelnden Flocken und lachte. Helena lächelte. Dieser Anblick war so schön. Als würde Bisi ihre neue Zukunft begrüßen. Eine Zukunft fern der Sonne und Wärme, aber voller Freiheit und Freude. Und auch dass Bisi den Schnee ganz vergessen zu haben schien, der am Tag ihrer Befreiung aus dem Container auf der Landschaft gelegen hatte, freute Helena. Vielleicht hatte sie ihn gar nicht richtig wahrgenommen, als sie aus dem Container gestürzt war, gefolgt von Daniel, der seine Jacke um sie gelegt hatte. Helena hoffte es, hoffte, dass sie diesen Moment hier als ihre erste Begegnung mit Schnee in Erinnerung behielt.

Bisi verabschiedete sich und ging rauf in ihr Zimmer, sodass Helena noch Gurrí briefen konnte.

»Wir wissen nicht, wie viele Personen in diese Sache verwickelt sind und ob immer noch jemand von dieser Containerbande hinter ihr her ist, daher darf sie mit niemandem …« Weiter kam Helena nicht, denn Gurrí fiel ihr ins Wort.

»Container? Ist sie das Opfer in diesem Container-Fall, von dem die ganze Zeit in den Nachrichten berichtet wird?«

»Ja«, sagte Helena. »Ich dachte, das wüsstest du.«

»Nein«, sagte Gurrí. »Bisi redet nicht viel, und der Polizist, der sie bewacht, hat nur gesagt, dass sie Opfer von Menschenhandel geworden ist. Aber mit dem Container habe ich das nicht in Verbindung gebracht.«

»Sie wurde in Frankreich mit vier weiteren Mädchen in einen Container gelockt. Sie dachten, sie wären zwei Stunden unterwegs, und sind dann hier in Island gelandet. Du hast ja in den Nachrichten gehört, wie es ausgegangen ist. Die anderen vier sind gestorben. Also, wenn irgendwer nach Bisi fragt, rufst du bitte sofort mich oder Daníel an und …«

Wieder schnitt Gurrí ihr das Wort ab. »Diese Geschichte habe ich schon mal gehört«, sagte sie. »Genau dieselbe Geschichte. Nur dass sie anders ausgegangen ist. Die Frau ist auf eigene Kosten gereist und wohnt jetzt da drüben, auf der anderen Straßenseite. Sie wollte in unserer Nähe bleiben, damit sie rüberkommen kann, wenn sie Angst bekommt. Angst vor den Leuten, die sie in einem Container nach Island geschleust haben.« Gurrí trat mit Helena auf die Eingangstreppe und zeigte auf das dreigeschossige Haus gegenüber. »Sieht aus, als wäre sie zu Hause«, sagte Gurrí. »In ihren Fenstern brennt Licht.«

Helena starrte auf das Haus, während sie ihr Handy aus der Tasche fischte und Daníel anrief. Als er ranging, übersprang sie die Begrüßung und die Entschuldigung dafür, dass sie ihn nach Feierabend störte. Für höfliches Geplauder fehlte ihr die Kraft. Das Einzige, was sie sagte, war: »Du solltest zum Frauenhaus kommen. Jetzt sofort.«

89

Die Frau hieß Rita und kam ursprünglich aus Albanien. Als sie sah, dass Helena und Daníel mit Gurrí kamen, bat sie alle drei, ohne zu zögern, in ihr Wohnzimmer. Durch die großen Fenster blickte man direkt auf das Frauenhaus.

»Ich fühle mich sicher, wenn ich zu Gurrí und den anderen rübergucken kann«, sagte Rita. »Nur hier zu Hause und bei der Arbeit fühle ich mich wirklich sicher. Ich arbeite für CCP. Mache dort Fehlersuche. Ich habe ein Expertenvisum.« Diese letzte Information fügte sie noch schnell hinzu. Daníel lächelte freundlich und nickte. Er hatte keine Ahnung, was sie bei dieser Firma machte, ob Fehlersuche überhaupt ein richtiger Job war oder ob eine gute Seele diese Stelle extra für sie geschaffen hatte, aber er war nicht hergekommen, um ihre Aufenthaltserlaubnis in Zweifel zu ziehen.

»Hast du in den Nachrichten vom Container-Fall gehört?«, fragte Gurrí.

Rita nickte ernst. »Sie sind immer noch da«, sagte sie. »Sie sind irgendwo da draußen. Deshalb habe ich Angst, wenn ich ins Auto steige oder in ein Geschäft oder zum Arzt gehe. Ich weiß nie, wo ich einem von ihnen begegnen könnte.«

Daníel gab sich große Mühe mit dem, was er als Nächstes sagte. »Und wenn du dabei helfen könntest, diese Leute hinter Schloss und Riegel zu bringen? Dann könnte dein Leben sicherer und besser werden.«

»Ich habe gehört, dass in Island noch nie jemand wegen Menschenhandels verurteilt wurde«, sagte sie. »Und wenn ich aussage, haben sie mich wieder im Visier und werden mich aufspüren. Ich will nicht wieder in ihre Fänge geraten. Das Risiko kann ich nicht eingehen.« Gurrí legte ihren Arm um Ritas Schultern und drückte sie tröstend an sich. Daníel nickte verständnisvoll.

»Ich will ehrlich zu dir sein«, sagte er. »Es stimmt, dass diese Fälle vor Gericht oft keinen Erfolg haben, und ich kann auch jetzt nicht versprechen, dass alle Drahtzieher verurteilt werden. Aber dieser Fall ist anders. Wir haben es mit vier toten Frauen zu tun.«

»Wir müssen diese Leute zur Rechenschaft ziehen«, bekräftigte Helena. »Es gibt keine andere Möglichkeit. Wir ermitteln so lange weiter, bis wir genügend Beweise zusammen haben.«

»Wir haben eine Aussage von der Frau, die die Überfahrt im Container überlebt hat«, sagte Daníel. »Deine Aussage könnte ihren Bericht bestätigen, und damit hätten wir schon einiges in der Hand.«

Rita nickte nachdenklich. Sie blickte eine Weile zwischen Daníel und Helena hin und her, dann sah sie Gurrí an, die immer noch ihren Arm um sie gelegt hatte. Schließlich schlug sie die Hände zusammen und stand auf.

»Dann sollten wir mal Kaffee kochen«, sagte sie.

90

Der Bericht der Frau stimmte in allen Einzelheiten mit Bisis Schilderungen überein, bis auf die Tatsache, dass sie bei Betreten des Containers davon ausgegangen war, nach Dänemark zu reisen, wo sie eine Arbeitserlaubnis beantragen und sich niederlassen wollte. Sie hatte eine Frau namens Fifi für den Transport bezahlt. Helena schlug das Herz bis zum Hals, als sie ein Foto von Sofia auf ihrem Handy öffnete. Sie zeigte es Rita, die nickte.

»Ja«, bestätigte sie. »Das ist Fifi.«

Helena schluckte mehrmals, doch das enge Gefühl im Hals blieb, bis in den Nacken spürte sie ihr Herz klopfen. Wie unglaublich dreist, auch noch Geld von den Opfern zu kassieren! Als ob Daniel spürte, wie es ihr ging, übernahm er die nächste Frage.

»Welche Summe hast du Sofia – oder Fifi – für die vermeintliche Fahrt nach Dänemark gezahlt?«, fragte er.

»Zweitausend Euro«, antwortete Rita. »Ich habe lange dafür gespart.« Daniel machte sich Notizen, während Rita weitererzählte. »Ich saß noch nicht lange in dem Container, als mir klar wurde, dass sie mich reingelegt hatten. Als ich mich mit den drei anderen Mädchen unterhalten habe, kam heraus, dass sie alle Prostituierte waren. Oder vielmehr, dass man sie zu Prostituierten gemacht hatte. In Wirklichkeit waren sie Sklavinnen.« In Helenas Kopf schwirrten so viele Fragen herum, dass sie komplett überfordert war, daher überließ sie Daníel die Gesprächsführung. Er behielt die Ruhe und wandte seine besondere Taktik an: Er ließ Rita einfach erzählen und notierte sich seine Fragen für später, um den Redefluss nicht zu stören.

»Auf dem Hof einer Autowerkstatt hat man uns aus dem Container geholt und in kleine Zimmer gesperrt. Es waren schon zwei Mädchen dort, und wir mussten uns immer zu zweit ein Zimmer teilen. Wenn sie uns zurückgebracht haben, wurden wir darin eingeschlossen. Einmal wären wir fast gestorben, weil Valur nach seinem nächtlichen Snack vergessen hatte, den Sandwichgrill auszuschalten. Zum Glück kam kurz darauf Timmy in die Küche und hat uns gerettet. Zwei der Mädels haben noch eine Woche lang gehustet, und wir mussten ewig putzen.«

»Kannst du uns diesen Timmy beschreiben?«, fragte Daníel, und auch Helena notierte sich den Namen. Möglicherweise hatten sie damit den Namen des dritten Mannes, der den Container auf dem Hinterhof in Kópavogur in Empfang genommen hatte.

»Ja. Ein großer, massiger Russe mit Bauch und rasiertem Schädel. Er war aber nicht der Schlimmste. Er hat uns oft Süßigkeiten und Bier mitgebracht und war fröhlich, hat uns wie Freundinnen behandelt.«

Helena rief Sergeis Foto auf LÖKE auf. »Ist das Timmy?«, fragte sie, doch Rita schüttelte den Kopf.

»Nein«, sagte sie. »Das ist Sergei. Leonids Liebling. Die beiden sind immer gemeinsam gekommen, wenn sie uns zum Club gebracht haben.« Helena sah, wie Daníel aufhorchte.

»Leonid?«, wiederholte er.

Helena öffnete ein Foto von Leonid Kuznetsov und zeigte es Rita. »Dieser Leonid?«

»Ja«, bestätigte Rita. »Wir sollten ihn einfach nur Boss nennen. Ich kann ein bisschen Russisch, weil meine Mutter Russin war, daher habe ich vieles von dem verstanden, was sie besprochen haben. Sie mussten sich für alles von Leonid die Erlaubnis einholen. Ich glaube, er ist der Obermacker, zumindest hier in Island. Fifi ist die Chefin in Frankreich.« Während Daníel sich etwas notierte, stellte Helena die nächste Frage.

»Du hast von einem Club gesprochen. Welcher Club war das?«

»Das war ein Privatclub. Sie haben uns gegen acht Uhr abends abgeholt, am Wochenende auch früher, und sind mit uns hingefahren. Sie haben uns während der Fahrt die Augen verbunden, aber wenn ich auf die Toilette gestiegen bin, konnte ich durchs Dachfenster das Schild vom Hagkaup-Supermarkt sehen, daher weiß ich ziemlich genau, wo dieser Ort ist.«

»Kannst du uns das Haus beschreiben und was sich dort abgespielt hat?«, meldete sich Daníel wieder zu Wort.

»Ja. Das war in einem Dachgeschoss im Skeifan-Gewerbegebiet. Es ging eine Treppe rauf. Die Gäste haben unten geklingelt und kamen nur mit einem Passwort rein, das sie im Internet erhalten hatten, wo wir auch präsentiert wurden. Auf dem Boden lag roter Teppich, mitten im Raum war eine runde Bar, und an den Wänden standen lauter Sofas. Und dahinter waren die Zimmer, in denen die Kunden uns gefickt haben. Ich habe immer noch Albträume von diesen Zimmern. Dann wache ich schweißgebadet auf und muss herumlaufen und singen, um diese Bilder aus dem Kopf zu kriegen. Die anderen Mädchen meinten, das sei nicht der schlimmste Ort, an dem sie bisher gewesen seien, denn Leonid hat streng darauf geachtet, dass die Kunden uns nicht schlagen oder ›die Ware in irgendeiner Weise beschädigen‹.«

Eine Weile saßen sie schweigend da, alle Fragen waren beantwortet oder zu schwer, in Worte zu fassen. Die Köpfe zu voll mit dem Horror, den Rita da schilderte.

»Aber einer von den aufmüpfigen Kunden hat mich gerettet«, erzählte Rita weiter. »Indirekt. Er hat am Eingang Stress gemacht, nachdem Sergei ihm unten die Tür aufgedrückt hatte, denn er war sturzbetrunken, und Leonid war noch sauer auf ihn, weil er einem Mädchen bei seinem letzten Besuch ein Veilchen verpasst hatte. Daher wollte Sergei ihn wieder rauswerfen, und Leonid und Timmy mussten ihm dabei helfen. Währenddessen stand die Tür offen. Da bin ich abgehauen. Die Treppe runter auf die Straße, habe nicht nach rechts und links geguckt, sondern bin gerannt und gerannt, über Straßen, durch Gärten und Hinterhöfe. Dann habe ich mich in eine Mülltonne verkrochen und bis zum Morgen abgewartet.«

»Und dann bist du zu mir gekommen«, sagte Gurrí und legte einen Arm um Ritas Schulter.

»Genau. Die alte Frau, die morgens ihren Müll rausgebracht und mich in der Tonne gefunden hat, ist mit mir zum Frauenhaus gefahren.«

Daníel stand auf und gab Helena mit einem kurzen Nicken zu verstehen, dass sie ihm in die Küche folgen sollte. Dort standen sie nebeneinander und schenkten sich Kaffee nach. Daníel beugte den Kopf leicht zu ihr und flüsterte mit aufgeregter Stimme: »Wir haben Beweise gegen Leonid! Jetzt kriegen wir sie alle dran!«

91

»Ich kann einfach nicht begreifen, wie jemand auf die Idee kommt, Menschen in einem Container zu transportieren. Eine so weite Strecke. In eisiger Kälte.« Daníel fixierte Leonid, dem keinerlei Schuldbewusstsein anzumerken war. Er zuckte bloß mit den Achseln.

»Wir wussten nicht, dass es so kalt sein würde«, sagte er. Sein Anwalt guckte starr auf den Tisch, wie schon die ganze Zeit über, als ob er sich an Leonids Stelle schämte.

»Da gibt es eine Errungenschaft namens Wetterbericht«, sagte Helena scharf.

Leonid grinste breit. »Im Nachhinein wäre es gut gewesen, ihn zurate zu ziehen«, sagte er. »Aber wir hatten keinen Grund zur Sorge, dass es so schlimm werden könnte.«

»Weil ihr schon vorher Frauen per Container ins Land geschleust habt und damals alles glatt gelaufen ist«, sagte Daníel. Jetzt räusperte sich der Anwalt, um Leonid vor einer vorschnellen Antwort zu warnen.

»Soll das eine Frage sein?«, hakte Leonid nach.

»Ja«, sagte Daníel. »Ich formuliere es anders. Wir haben Belege dafür, dass InExport schon vorher zweimal Container nach Island verschifft hat, über genau dieselbe Route. Daher frage ich dich: Waren in diesen Containern auch Frauen?«

»Diese Frage wird Leonid jetzt nicht beantworten«, schaltete sich der Anwalt ein. »Wir brauchen Zeit, um die Unterlagen zu prüfen, und ich muss mich mit meinem Mandanten beraten.« Leonid nickte zustimmend.

»Okay«, sagte Daníel. »Dann zurück zum Anfang. Laut Sergei war es deine Idee, die Frauen in einem Container nach Island zu holen. Wie kamst du darauf? Wie kommt man auf so eine Idee?« Wieder zuckte Leonid mit den Achseln, als ginge es um eine Lappalie.

»Die Kosten sind dieselben wie für fünf Flugtickets, und es gibt keine Scherereien wegen der Visen«, sagte er. »Mehr steckt nicht dahinter. So lassen sich laufend neue Mädchen für die Kunden ranschaffen. Die wollen Abwechslung, verstehst du, verschiedene Typen in verschiedenen Farben und von unterschiedlicher Statur.«

»Und um die Wünsche deiner Kunden zu befriedigen, beutest du verzweifelte, schutzlose Frauen aus, die fern ihrer Heimat allein dastehen.« Helena funkelte Leonid böse an und erntete sein kaltes Lächeln und einen müden Blick seines Anwalts. *Good cop, bad cop* – das war ihre Taktik. Daníel gab den ruhigen, sachlichen Polizisten und Helena seine nachbohrende, verurteilende Gegenspielerin. Helena war in der Rolle der bösen Polizistin ungewöhnlich gut in Form. Einen gewissen Anteil an ihrer Gereiztheit hatte mit Sicherheit auch die Gehirnerschütterung. Eigentlich hätte sie längst zu Hause sein und sich ausruhen müssen, aber daran war jetzt nicht zu denken.

»Wie ich schon sagte, kamen all diese Mädchen aus Ländern, in denen es nicht so einfach ist, ein Schengen-Visum zu bekommen, und in dieser Branche ist es besser, sie nicht offiziell aus- und einreisen zu lassen. Die Fracht von Containern wird kaum kontrolliert.«

»Ihr habt das Leben dieser Frauen riskiert«, sagte Helena.

»Ich betone noch einmal, das war lediglich unser Transportweg. Es war nie unsere Absicht, den Frauen zu schaden. Ihr könnt uns kriminelle Vernachlässigung oder Freiheitsberaubung vorwerfen, aber es war nie unsere Absicht, jemanden zu töten. Eine tote Hure ist nichts wert, kapierst du?« Leonid grinste provozierend. Daníel holte tief Luft und war froh, dass Helena darauf nicht reagierte. Es war an der Zeit, die Rollen zu tauschen. Die Verhältnisse zurechtzurücken.

»Dummheit ist das Stichwort, das mir als Erstes einfällt«, sagte Daníel und schnaubte verächtlich. »Wir haben uns über dich informiert, Leonid. Bevor du nach Island kamst, warst du nichts weiter als ein Laufbursche für die russische Mafia. Hier wolltest du den Spieß dann umdrehen. Es so aussehen lassen, als wärst du der Obermacker. Ein richtiger *Vor*, wie ihr Russen das nennt. Aber dafür fehlt dir einfach der Grips, Leonid. Diese unglaubliche Dummheit, Menschen im Winter in einen Container zu stecken, beweist, dass du nichts weiter als ein hoffnungsloser Verbrecher bist.«

»Du tust mir wirklich leid, Leonid«, sagte Helena sanft.

»Wenn das das Klügste war, was dir eingefallen ist …« Daníel und Helena sahen sich an.

»Man ist doch immer wieder überrascht«, sagte Daníel.

»Ja, wirklich«, stimmte sie ihm zu und schüttelte langsam den Kopf.

»Wie dumm diese Kleinkriminellen oft sind.«

»Tja ...«, seufzte Helena.

»Und welch enormen Schaden sie doch anrichten können«, sagte Daniel.

»Und wir dachten, wir hätten es mit organisierter Kriminalität zu tun. Mit echten Profis«, sagte Helena. »Aber nein – eine korrupte französische Polizistin und ein paar Idioten. Und der Kopf der Bande ist komplett unfähig.«

»So ist es«, stimmte Daniel ihr zu. »Die reinsten Amateure. Schwachköpfe, die zu dumm sind, den Wetterbericht zu lesen.« Jetzt wandte Daniel sich wieder Leonid zu, lehnte sich weit über den Tisch und starrte ihm in die Augen.

»Aber Dummheit ist keine Entschuldigung«, sagte er bestimmt. »Vier Menschenleben auf dem Gewissen zu haben, nur weil man Kohle machen wollte. Du kannst dich darauf gefasst machen, dass du für die Tötung von vier Frauen zur Rechenschaft gezogen wirst, außerdem für Freiheitsberaubung, Menschenhandel, Zuhälterei, Steuerbetrug, Geldwäsche und für alles andere, was wir dir noch nachweisen werden. Und wie gesagt: Es ist keine Entschuldigung, nur ein dummer Kleinkrimineller zu sein.«

Leonid schlug mit wutverzerrtem Gesicht die Faust auf den Tisch. »Kleinkrimineller?«, stieß er zwischen zusammengebissenen Zähnen hervor. »Ihr habt ja keine Ahnung!«

Daniel lehnte sich zurück und merkte, wie sich der Knoten der Anspannung in seinem Bauch löste. Er lächelte, jetzt nicht mehr aus taktischen Gründen, sondern weil er sich wirklich freute. Sie hatten die Mauer durchbrochen. Daniel atmete tief durch und seufzte zufrieden. Dann stand er auf. Auch Helena erhob sich.

»Die Vernehmung von Leonid Kuznetsov wird um zwei Uhr in der Frühe beendet und morgen fortgesetzt.«

Draußen auf dem Flur streckte er triumphierend die Hand in die Luft, und Helena schlug kräftig ein. »Er wird uns alles sagen«, prophezeite er. »Um sein Selbstbild als würdevoller Krimineller zu verteidigen.«

»Als Kleinkrimineller abgestempelt zu werden scheint wirklich arg an der Würde zu kratzen«, sagte Helena. Sie sahen sich in die Augen und lächelten erleichtert. Von jetzt an würde alles seinen Lauf nehmen. Sie hatten einen Haufen Beweise und Informationen zusammen, und nach diesem Verhör war Daníel überzeugt davon, dass Leonid ein Geständnis ablegen würde.

»Ich muss nach Hause und meine Kopfschmerzen loswerden«, sagte Helena. »Aber sollen wir die Tage mal einen trinken gehen und das feiern?«

Daníel nickte. »Klingt gut.« Sie lächelten sich noch eine Weile an, dann liefen sie gemeinsam den Flur hinunter. Umarmen würden sie sich später. Anstoßen und sich umarmen und einander auf die Schulter klopfen und die erfolgreichen Ermittlungen feiern. Jetzt fühlten sie sich wie so oft am Ende eines schwierigen Falls. Als müssten sie sich reinwaschen.

92

Áróra hatte entschieden, sich nicht anzukündigen, weil sie befürchtete, dass sie dann den Mut verlor, Daníel zu sagen, was sie ihm sagen wollte. Diese Entscheidung bereute sie schlagartig, als ihr ein molliges kleines Mädchen die Tür öffnete. Es war ihr nicht in den Sinn gekommen, dass Daníels Kinder noch bei ihm sein könnten – er hatte von zehn Tagen gesprochen.

Und nicht weniger überraschend war die Antwort der Kleinen auf ihre Frage nach Daníel.

»Er ist mit unserer Stiefmutter in der Garage«, sagte das Mädchen. »Soll ich ihn rufen?«

Áróra spürte, wie ihr das Herz in die Hose rutschte. Stiefmutter? Hatte Daníel eine Freundin? Und es war so ernst zwischen ihnen, dass er sie seinen Kindern schon als Stiefmutter vorgestellt hatte?

»Nein, schon in Ordnung«, sagte sie und machte auf dem Absatz kehrt. »Ich melde mich später bei ihm.« Das Kind schloss die Tür, und Áróra konnte nicht schnell genug zu ihrem Auto eilen. Nicht dass sie ein Anrecht auf Daníel hätte oder besonders um ihn bemüht gewesen wäre. Ganz im Gegenteil: Sie war diejenige gewesen, die jegliche romantischen Avancen seinerseits zurückgewiesen hatte, dennoch tat es weh.

Sie setzte sich in ihren Wagen, doch noch ehe sie die Tür geschlossen hatte, kam Daníel angelaufen.

»Áróra!«, rief er.

Sie knallte die Tür zu und ließ nur die Scheibe runter. »Ich wollte dich nicht stören«, sagte sie. »Mit deinen Kindern und ihrer Stiefmutter.«

»Hä?«

»Deine Tochter meinte, du seist bei ihrer Stiefmutter in der Garage.«

Daníel brach in Gelächter aus.

»Oh, sie meint wohl Lady Gúgúlú. Die gute, alte Hinterhof-Queen hat meinen Haushalt geschmissen, während ich mit dem Fall beschäftigt war, und das hat einige unerwartete Auswirkungen gehabt. Zum Beispiel, dass die Kinder sie zu ihrer Stiefmutter erkoren haben.«

Auch Áróra lachte nun. Die Erleichterung strömte durch ihren Körper, die Spannung in ihrem Bauch löste sich, und gleichzeitig schoss ihr das Blut in die Wangen.

»Dann hast du Zeit für einen kleinen Kaffeeplausch?«, fragte sie, und Daníel nickte. Áróra stieg aus dem Auto und folgte ihm ins Haus.

»Ich habe den Container-Fall in den Nachrichten verfolgt«, sagte sie. »Könnt ihr die Akte bald zuklappen?«

»Mehr oder weniger«, sagte Daníel. »Auf einem Gerümpelhaufen in dem Hinterhof in Kópavogur wurde ein Eisenrohr gefunden, an dem ein Haar klebte. Ich habe vorhin die Ergebnisse der DNA-Analyse erhalten«, sagte er. »Die Rechtsmedizinerin hat bestätigt, dass es sich bei dem Rohr mit ziemlicher Sicherheit um die Tatwaffe handelt, mit der eine der Frauen im Container getötet wurde. Damit sind unsere Ermittlungen abgeschlossen. Morgen schicken wir eine Pressemitteilung raus und übergeben den Fall an die Staatsanwaltschaft.«

»Stimmt es, was in den Zeitungen steht, dass der Lkw-Fahrer sie umgebracht hat?«, fragte Áróra.

Daníel nickte. »Ja. Der arme Kerl hat dem Druck und den Drohungen von Sergei und dem anderen Russen nachgegeben und sie tatsächlich mit dem Rohr erschlagen. Sie dachten, damit hätten sie sich der einzigen Zeugin entledigt. Aber die Überlebende hat die beiden Russen und den Isländer Valur identifiziert und auch Sofia Ivanova, die dir aus den Medien bekannt sein dürfte. Und auf einmal gab es eine zweite Zeugin, die uns Leonid Kuznetsov und einen weiteren Mann auf dem Silbertablett serviert hat. Es wird dich sicher freuen zu hören, dass Leonid in Untersuchungshaft sitzt und auch noch einige Zeit dort bleiben wird. In Sofias Haus in Paris – das by the way das Haus ist, das Sergei von seiner verunglückten französischen Frau geerbt hat – hat die französische Polizei die Pässe einiger Frauen, Informationen zu den Containertransporten und einen Isländer gefunden, der sich dort aufhielt.«

»Valur?«

»Ja. Valur Jón Pálsson. Das ist der Mann, der sich um die Container gekümmert und die Werkstatt in Kópavogur angemietet hat, wo die Frauen festgehalten wurden. Und auch den sogenannten Club im Skeifan-Gewerbegebiet. Der Eigentürmer dieser Immobilien ist natürlich Leonid mit seiner Kuzee GmbH.«

»Zum Stichwort Leonid ...«, begann Áróra und wollte loswerden, was sie sich überlegt hatte, ehe sie zu Daníel aufgebrochen war. Doch der ließ sie nicht ausreden.

»Mensch, Áróra. Tut mir leid, dass ich dich neulich deswegen so angefahren habe. Dieser Fall ist mir ganz schön an die Nieren gegangen, und ich war nicht gut drauf. Und irgendwie habe ich nicht den Mut gefunden, dich anzurufen und ...« Weiter kam er nicht, denn in diesem Moment sprang seine Tochter in schneenassen Schuhen durch die offene Terrassentür in die Wohnung.

»Stimmt das wirklich, Papa, dass Tumi und ich aus Eiern geschlüpft sind, die Lady Gúgúlú einundzwanzig Tage lang ausgebrütet hat?«

Daníel schüttelte seufzend den Kopf. »Da hörst du es«, sagte er zu Áróra. »Die Informationen aus der Garage sind mal mehr, mal weniger verlässlich.« Dann beugte er sich zu seiner Tochter vor und sah ihr in die Augen. »Nein, meine Süße. Du bist alt genug, um zu wissen, dass Wirbeltiere nicht aus Eiern schlüpfen. Und du weißt auch, wer deine Mama ist und wie Babys entstehen. Lady hat sich einen Scherz mit dir erlaubt. Und bitte entscheide dich, ob du drinnen oder draußen sein willst – oder zieh wenigstens die Schuhe aus, wenn du reinkommst.«

Áróra sah zu, wie Daníel seine Tochter zurück in den Garten schob und anschließend ein Handtuch holte, um die Pfützen aufzuwischen, die sich durch den schmelzenden Schnee von ihren Schuhen auf dem Parkett gebildet hatten.

»Also«, sagte er zu Áróra. »Jetzt den Kaffee. Oder …« Er drehte sich um und sah sie fragend an. »Oder vielleicht lieber eine Flasche Weißwein?« Áróra lächelte, und auch in Daníels Augen zeigte sich ein Lächeln.

»Warum nicht?«, sagte sie. »Es ist schließlich Samstag, oder?« Daníels Lächeln wurde breiter, und er betrachtete sie eine Weile. Dann eilte er in die Küche, und Áróra hörte, wie er den Kühlschrank öffnete. Sie folgte ihm und fand ihn über sein Handy gebeugt, während er hektisch eine Nachricht tippte.

»Sorry«, sagte er sofort.

»Ich halte dich von der Arbeit ab, stimmts?«, sagte Áróra. »Wir können uns auch ein andermal sehen.«

»Nein, nein«, sagte Daníel schnell. »Ähm, du hast mich bloß auf frischer Tat ertappt. Ich war gerade dabei, Lady zu bitten, mit den Kindern ins Kino und anschließend Burger essen zu gehen. Damit wir unsere Ruhe haben. Du und ich, meine ich. Um zu reden.«

Áróras Herz schlug schneller, und sie lächelte.

»Was du da neulich gesagt hast«, begann sie vorsichtig. »Dass du die Ermittlungen zum Verschwinden meiner Schwester an jemand anders übergeben würdest, falls sich zwischen uns etwas entwickeln sollte …«

»Ja?«

»Damit wäre ich einverstanden.«

Daníel sah sie an, er zögerte zunächst, doch dann erwiderte er ihr Lächeln. Sie spürte, wie ihr Herz von Freude erfüllt wurde, und zum ersten Mal seit Langem hatte sie kein schlechtes Gewissen, dass sie etwas Schönes erlebte. Dass es ihr gut ging. Vielleicht heilten ihre Wunden langsam, und das Schicksal ihrer Schwester nahm nicht mehr ganz so großen Einfluss auf ihr eigenes Leben.

Sie ging einen Schritt auf Daniel zu und griff nach der kalten Weinflasche auf der Arbeitsplatte hinter ihm. Mit der anderen Hand hielt sie sich an seinem Oberarm fest, und ein vertrautes Kribbeln floss durch ihren Körper, als sie seinen warmen, muskulösen Arm unter dem Hemd spürte.

Sie hielt die Flasche hoch und zwinkerte ihm zu. »Hast du auch Gläser, aus denen wir trinken können?«

93

Obwohl die Wohnung klein und spärlich möbliert war, war dies für die nächsten Monate ihr eigenes Reich und gab ihr die Chance, sich klar zu werden, was sie als Nächstes tun wollte. Bisi hütete sich davor zurückzudenken, an ihre Wohnung in Lagos, an Habiba, ihren Bruder und ihre Eltern. Es war das Beste, wenn niemand wusste, wo sie war. Wenn sie einfach noch mal von vorne anfing und nicht daran dachte, was sie verloren hatte. Immerhin hatte sie ihre Ausbildung, darauf konnte sie aufbauen. Leute, die Computer reparieren konnten, waren überall gefragt, ganz gleich, ob sie in Island bleiben oder sich woanders niederlassen würde.

Sie hatte Teller auf den kleinen Couchtisch gestellt und Kerzen angezündet, die sie auf leere Weinflaschen gesteckt hatte. Jetzt machte sie auf ihrem Handy Musik an, rührte noch einmal den Jollof-Reis um und goss Sud über das Hühnchen, das sie mit Gerstenkörnern, Möhrenschnitzen und verschiedenen Kräutern gefüllt hatte. Es würde zwar nicht so köstlich schmecken, wie wenn Habiba gekocht hätte, war aber hoffentlich trotzdem lecker. Als es an der Tür klingelte, legte sie das Handtuch ab, das sie sich als Schürze umgebunden hatte.

Vor der Tür standen Helena und Sirra und strahlten. Sirra

drückte Bisi einen großen nagelneuen Edelstahltopf mit einer Schleife darum in den Arm.

»Fehlte dir nicht noch ein Topf?«, fragte sie. »Wenn Leute sich neu einrichten, finde ich so etwas Praktisches deutlich nützlicher als immer nur Blumen.«

»Wein haben wir auch noch mitgebracht«, sagte Helena und gab ihr eine Flasche Rotwein. »Wer uns zum Essen einlädt, kriegt natürlich eine Flasche Wein.«

»Sprich nur für dich!«, widersprach Sirra und lachte.

Bisi bat die beiden herein und brachte die Mitbringsel in die Küche. Sie hatte Tränen in den Augen. Diese Frauen waren so gut zu ihr. Helena hatte ihr mit dem Asylantrag geholfen, und Sirra hatte ihr ein Handy geschenkt und sich dafür eingesetzt, dass ihr Anwalt die gesamte Kommunikation mit der Ausländerbehörde für sie übernahm – und zwar kostenlos.

»Wahnsinn, wie gut es duftet!«, schwärmte Helena, als sie die Küche betrat. Schnell zog Bisi die Nase hoch, und Helena erschrak. »Hey, ist alles in Ordnung?«

Bisi nickte eifrig. Es war alles in Ordnung. Zum ersten Mal seit langer Zeit war wirklich alles in Ordnung. »Meine Gefühle spielen nur ein bisschen verrückt«, erklärte sie, und Helena nickte.

»Ja, das verstehe ich.« Sie war mit Bisi noch einmal bei Clara gewesen, damit sie sich von ihrer Freundin hatte verabschieden können, bevor die Leiche verbrannt wurde. Claras Asche sollte nach Côte d'Ivoire zu ihrer Familie geschickt werden, die die Polizei ausfindig gemacht hatte. Bisi hatte Clara im

Sarg zugeflüstert, dass die Polizei dafür sorge, dass diejenigen, die sie getötet hatten, bestraft würden, daher könne sie jetzt ihren Körper los- und alle Bitterkeit zurücklassen und nach Hause fliegen und in der warmen Sonne bei ihren Verwandten umherschweben. Sie hatte zugesehen, wie der Sarg in den Ofen geschoben wurde, und die Trauer hatte sich schwer auf ihr Herz gelegt, aber nur kurz, denn dann überwog die Erleichterung, und sie wusste, dass Clara ihrem Rat folgen würde. In dem Moment, als Claras Körper zu Staub zerfiel, meinte sie zu spüren, wie Claras Seele hinaufschwebte und ganz leicht wurde und sich wie eine Dampfschwade auflöste.

Helena hatte sie gefragt, ob sie das Abendessen nicht besser verschieben sollten, doch Bisi hatte darauf bestanden. Sie fand es gerade gut, an diesem Tag etwas zu tun zu haben. Etwas zu haben, worauf sie sich freute. Und jetzt servierte sie Nüsse und gebratene Banane zum Rotwein, und Sirra und Helena staunten, wie gut sie sich schon eingerichtet hatte. Sie wusste, dass sie das nur aus Höflichkeit sagten, denn diese Frauen waren viel schickere Wohnungen als diese hier gewohnt. Eines Tages würde sie die beiden zum Essen in eine tolle Wohnung einladen. In ihre eigene Wohnung, in der sie ganz sie selbst sein konnte.

Sie bat ihre Gäste, sich selbst Wein nachzuschenken, während sie zurück in die Küche ging und das Hühnchen aus dem Ofen holte. Es war gut durchgebraten, außen knusprig braun, und auf dem Herd duftete der Reis. Schnell spülte sie den neuen Topf und füllte den Reis hinein, denn der neue Topf war deutlich schöner zum Servieren als der alte zerkratzte, den sie im Gebrauchtwarenladen gekauft hatte. Das Essen sah gut aus, doch bevor sie es ins Wohnzimmer trug, musste sie noch eine Sache erledigen. Sie öffnete die Besteckschublade und zog sie ganz heraus. Da war er, in einer Plastiktüte an die Rückseite der Schublade geklebt, gut aufgehoben und versteckt vor allen, die auf die Idee kommen könnten, ihn ihr wegzunehmen. Ihr Pass. Ein Gefühl von Sicherheit erfüllte sie, und sie schloss die Schublade wieder. Sie wusste, dass es nicht nötig war, mehrmals am Tag nach ihrem Pass zu schauen. Er war und blieb an seinem Platz, doch sie musste sich einfach immer wieder vergewissern. Sie trat ans Fenster und sah den Schneeflocken zu, die sanft zur Erde schwebten. Die Flocken wirkten so zart und leicht, und es war so beruhigend zu beobachten, wie sie die Erde bedeckten, mit einer immer dickeren Schicht, bis der Untergrund darunter ganz sanft und weich aussah. Sie erinnerte sich vage daran, wie merkwürdig der Schnee auf sie gewirkt hatte, als sie aus dem Container gekommen war. Es war nur eine dünne Schicht gewesen, wie eine Staubschicht auf dem roten Schotter, in dieser verrückten Welt, in der sie gelandet war, und in diesem Moment hatte sie sich beinahe schon damit abgefunden, tot zu sein und dass das Totenreich halt so war. Kalt, fremd und die Erde schneeweiß. Jetzt fand sie den Schnee schön. Wie im Kino. Demnächst wollte sie das Schlittenfahren ausprobieren und auch Ski fahren lernen.

Bisi nahm den Reistopf und trug ihn ins Wohnzimmer. Helena und Sirra juchzten vor Freude und noch lauter, als sie das Hühnchen brachte. Sie setzte sich neben Sirra auf das kleine Sofa, atmete tief ein und spürte, wie ihr Bauch weich wurde. Sie durfte sich entspannen. Sie nahm ihr Glas und trank einen Schluck, ließ den köstlichen Rotwein einen Moment ihre Zunge umspielen. Dann lächelte sie ihre Gäste an.

»Lasst es euch schmecken«, sagte sie und tauchte die Kelle in den duftenden Reis.

Von Lilja Sigurðardóttir sind bei DuMont außerdem erschienen:
Das Netz
Die Schlinge
Der Käfig
Betrug
Höllenkalt
Blutrot

Die Arbeit der Übersetzerin am vorliegenden Text
wurde vom Deutschen Übersetzerfonds gefördert.

Das bei der Produktion dieses Buches entstandene CO_2
wurde durch die Finanzierung von Klimaschutzprojekten kompensiert:
climate-id.com/17531-2110-1001/de

Deutsche Erstausgabe
Juni 2024
DuMont Buchverlag, Köln
Alle Rechte vorbehalten
© Copyright Lilja Sigurðardóttir 2021
Die isländische Originalausgabe erschien 2020 unter dem Titel
›Náhvít jörð‹ bei Forlagið, Reykjavík.
This translation is published by arrangement with Forlagið,
Reykjavík, and Arrowsmith Agency, Hamburg.
© 2024 für die deutsche Ausgabe: DuMont Buchverlag, Köln
Übersetzung: Anika Wolff
Umschlaggestaltung: Lübbeke Naumann Thoben, Köln
Umschlagabbildung: © plainpicture/Jan Erik Waider
Satz: Fagott, Ffm
Gesetzt aus der Adobe Caslon Pro
Druck und Verarbeitung: CPI books GmbH, Leck
Gedruckt auf säurefreiem und chlorfrei gebleichtem Papier
Printed in Germany
ISBN 978-3-8321-6691-5

www.dumont-buchverlag.de

—

»Bei der Königin des Island-Noir, [...] kriegt die Leserin neben einem Plot, der einen keine Sekunde Atem holen lässt, eine extrem inspirierende Ladung zupackender Frauenkraft. Wow!«

KATJA NELE BODE, DONNA BUCHCLUB

368 Seiten / Auch als E-Book und digitales Hörbuch

Áróra Jónsdóttir arbeitet in London als Ermittlerin im Bereich Wirtschaftskriminalität – und sie ist gut in ihrem Job. Als ihre Schwester Ísafold plötzlich verschwindet, macht sich Áróra auf nach Reykjavík, um sie zu finden. Bei ihrer atemlosen Suche wird sie nicht nur mit der Entfremdung von ihrer Schwester konfrontiert, sondern auch mit ungeahnten menschlichen Abgründen ...

www.dumont-buchverlag.de

Der zweite Fall für die Halbisländerin und Finanzermittlerin Áróra – und es steht alles auf dem Spiel ...

320 Seiten / Auch als E-Book und digitales Hörbuch

Als der Unternehmer Flosi nach Hause kommt, muss er feststellen, dass alles durchwühlt wurde; von seiner Frau Guðrún fehlt jede Spur. Schnell ist klar: Sie wurde entführt. Wenn er das Lösegeld nicht zahlt, wird sie sterben. Da er sich nicht an die Polizei wenden darf, kontaktiert er Áróra, die sonst auf das Aufspüren versteckter Vermögenswerte spezialisiert ist. Mit ihrem Freund, dem Polizisten Daníel, versucht sie fieberhaft, die Entführte zu finden, bevor es zu spät ist.

www.dumont-buchverlag.de